O ÁLBUM NEGRO

UM

Shahid Hasan saiu do banheiro coletivo no final da tarde. Prendeu a porta com um pedaço de fio retorcido e parou para abotoar a calça, sob a pouca luz da lâmpada. A porta do quarto ao lado se abriu para a saída de um homem que carregava uma valise. Era delgado, usava camisa aberta, sapato marrom e um terno cuja cor não tendia para o marrom nem para nenhuma outra cor — um terno atípico.

Shahid surpreendeu-se. A faculdade o acomodara em um dos muitos quartos de um pequeno prédio ao lado de um restaurante chinês, no bairro de Kilburn, zona noroeste de Londres. Os seis andares abrigavam estudantes africanos, irlandeses, paquistaneses e até mesmo um grupo de ingleses. Os moradores amontoados ligavam a música no máximo, fumavam baseados e enchiam os corredores encardidos com cheiro de loção após-barba ordinária e cabrito ensopado, cujas emanações, somadas às outras, descolavam o papel de parede, que se enrolava como um antigo pergaminho. A qualquer hora — embora preferissem o período noturno — os ocupantes discutiam em vários idiomas, espancavam seus cachorros, conversavam com suas gatas e estudavam trompete. Mas, até aquele momento, Shahid não ouvira ruído algum no quarto ao lado do seu. Presumindo que estivesse vazio, não havia se preocupado com o barulho que fazia, e agora sentia vergonha por ter sido tão inconveniente.

A luz se apagou. Apertando um interruptor automático, cada lance de escada se iluminava. Ele parecia estar precisamente ajustado para apagar a lâmpada antes que se chegasse ao destino desejado, por mais que o sujeito corresse. O homem encarou Shahid na penumbra e continuou no meio do caminho. Shahid preparava-se para pedir desculpas quando o vizinho disse algo em urdu. Shahid respondeu, e ele, aparentemente satisfeito por confirmar seu palpite, deu um passo à frente e estendeu a mão, apresentando-se como Riaz Al-Hussain.

A primeira impressão de Shahid foi que Riaz teria cerca de quarenta anos. Quando aquele sujeito amarelado e calvo falou, porém, ele percebeu que Riaz já completara os cinqüenta, no mínimo. Sua atitude cordial combinava com os olhos fracos e cansados de um rato de biblioteca.

Mas os modos gentis tinham com certeza algo de enganador. O sujeito possuía uma força formidável. Observava Shahid atentamente, enquanto trocavam amabilidades e confirmavam que ambos estudavam na mesma universidade. Parecia ver através dele, o que provocou em Shahid prazer, pois alguém se interessava por sua pessoa, e certa tensão, julgando-se exposto demais.

O sujeito tomou uma decisão. “Vamos.”

“Para onde?”

Ele pegou Shahid pelo braço. “Venha comigo.”

Shahid, por razões que não compreendia, permitiu que ele o conduzisse, de bom grado. Desceram dois lances de escada, passaram pelas bicicletas e pilhas de correspondência sem dono largadas na entrada, e saíram para a rua. Inspirando, Riaz voltou-se e gentilmente o instruiu a apanhar casaco e cachecol, caso tivesse um. Pelo jeito, embarcariam numa aventura.

Assim que Shahid se encapotou, iniciaram a caminhada. Riaz falava como se há muito tempo não encontrasse alguém que o agradasse tanto, ou a quem compreendesse tão bem.

“Já comeu? Quando começo a refletir, e a escrever, nem noto o tempo passar. De repente, me dou conta de que estou faminto. Com você também é assim?”

Shahid, que não recebera nem tivera a oportunidade de retribuir um sorriso amigável nas últimas semanas, desde o início das aulas, sentiu-se protegido e disse: “Nos últimos dias, ando com a boca cheia d’água, doido por comida indiana bem-feita. Mas não saberia aonde ir para isso”.

“Naturalmente, você sente falta da nossa comida. Afinal, é meu compatriota.”

"Mais ou menos."

"É claro que sim. Eu o estive observando."

"Sério mesmo? O que eu estava fazendo?"

Riaz não respondeu, acelerando o passo, em linha reta. Para acompanhá-lo, e evitar um esbarrão nos irlandeses reunidos na frente dos pubs, Shahid precisava subir e descer da calçada. Começava a se familiarizar com aquela rua; até então, seu conhecimento da geografia de Londres baseava-se nela. Durante o dia, funcionavam várias lojas de mercadorias usadas, e a mobília de segunda mão ficava espalhada na calçada. Os donos, miseráveis, acomodavam-se nas poltronas mofadas, na frente de mesas podres, lendo os jornais de turfe sob a luz mortiça das luminárias típicas dos anos 40. Colchões manchados, com marcas no revestimento plástico, formavam pilhas junto a eles, como sacos de areia em uma trincheira.

Riaz, pelo jeito, pouco se interessava pela vida a seu redor. Shahid não sabia se estava tentando solucionar um problema filosófico ou se estava com pressa, talvez para não se atrasar em algum compromisso, e desejava companhia durante o trajeto.

Antes de Shahid se mudar para a cidade, passeava pelos campos de Kent, sonhando com a vida dura e desregrada de Londres. Seu irmão Chili emprestara *Caminhos perigosos* e *Taxi driver*, a fim de prepará-lo. Mas eram filmes dinâmicos, que não antecipavam a miséria mundana com a qual se defrontava. Em seu primeiro dia, viu uma mulher miserável, somente com sandálias de plástico nos pés, arrastando três crianças na hora de atravessar a rua e parando no outro lado para tirar o calçado e espancá-las nos braços.

Imaginou, também, que um hospício das proximidades havia sido fechado recentemente, pois dia e noite dúzias de exibicionistas, malucos e similares ficavam falando sozinhos na High Road. Um sujeito com a cabeça raspada passava o dia parado junto à porta, com os punhos cerrados, resmungando. Jovens desocupados — no início, Shahid pensou que fossem estudantes — seguravam latas de cerveja como se fossem granadas; mais tarde, viu quando desmaiavam pelos cantos, molhados de fluidos diversos, como se algum cachorro tivesse urinado por cima. Havia uma moça que passava o dia em construções e becos recolhendo restos de madeira que usaria como lenha.

Apesar de tudo, os diferentes odores de comida chinesa, indiana, italiana e grega que saíam pelas portas abertas ainda agradavam Shahid, como ocorrera na primeira vez em que passara por ali, cheio de expectativas e ansiedade, carregando as malas. Entre os restaurantes, contudo, havia muitas lojas fechadas, protegidas por tábuas pregadas, ou que tinham sido transformadas em lojas de penhores ou bazares de caridade. Shahid considerava os londrinos especialmente generosos, até que um dono, paquistanês, explicou, rindo, que a origem de tal comércio era a falência, e não a virtude.

Quando Riaz falou novamente, não olhou para Shahid. Disse: "Naturalmente, você é esforçado. Todos nós, quando chegamos, somos assim. Além disso, dedica-se a algo muito sério".

"É mesmo?"

"Não duvido de sua determinação, nem por um momento."

Shahid não se considerava apto a discutir as afirmações de Riaz. Surpreendeu-se com a intimidade dos comentários. Talvez Shahid estivesse convivendo demais com ingleses fechados, nos últimos tempos.

"Sim, resolvi dar duro na faculdade, porque..."

"Este restaurante é excelente. A comida, simples. Gente comum faz suas refeições aqui."

"Não me esquecerei dele", Shahid disse.

"Com certeza."

Entre um cabeleireiro caribenho e um restaurante romeno, onde, por trás de cortinas encardidas, alinhavam-se cadeiras brancas e mesas pesadas, havia um restaurante indiano. Shahid entrou, com seu novo companheiro.

"Você vai se sentir em casa, de verdade."

Como Riaz poderia acreditar que ele se sentiria em casa, num lugar com cinco mesas de fórmica, cadeiras forradas de couro vermelho gasto, tudo iluminado com tantos neons que mais parecia um refeitório de penitenciária?

Os pratos ficavam em travessas retangulares de aço inox, atrás do balcão de vidro. Em cada uma, plaquetas indicavam se era um korjet ou um oberjan. A comida era aquecida em dois fornos de microondas postos sobre o balcão. Na parede, uma placa de latão reproduzia versículos do Corão. Um rapaz, provavelmente o filho do dono, Shahid deduziu, fazia a lição de casa, sentado à mesa.

Talvez Riaz temesse ter sido um tanto peremptório com o novo amigo, pois disse a Shahid, com suavidade, ao vê-lo examinar os pratos: "Mesmo que já tenha comido, gostaria que me fizesse companhia. Ou você acha aborrecido demais conversar comigo?".

"Não, absolutamente."

"Sabe, eu não me referi apenas às suas atividades na faculdade. Percebi que você busca algo mais."

"Não sei direito", Shahid disse. "Mas pode ser que você tenha razão."

Shahid sentou-se, enquanto Riaz aproximava-se do balcão para fazer o pedido ao dono, de dentes avermelhados de tanto mascar bétel. Ele despejou a comida em pratos plásticos e os levou ao microondas. Shahid ouviu Riaz perguntar ao dono pelo filho, Farhat.

Os dentes vermelhos ordenaram ao filho que interrompesse o dever de casa e levasse a comida aos fregueses.

"Onde está seu irmão?", Riaz murmurou para o rapaz, ao sentar-se.

O garoto olhou de relance para o pai, como se quisesse certificar-se de que este não escutava a conversa. "Hat estudando. Lá em cima. Não pode sair esta noite. Papai muito bravo com ele."

Riaz balançou a cabeça, de leve. "Falo com Hat amanhã, então."

"Tá."

Após esse diálogo enigmático, Riaz e Shahid queimaram os dedos ao rasgar chapattis quentes, encharcando-os com o purê de lentilhas conhecido como dhal, num keema cheio de óleo. Quando Shahid ergueu os olhos e observou Riaz comer — raramente via alguém comendo com tanta rapidez, como se abastecesse uma fornalha —, pensou: que golpe de sorte! Até então, enquanto esperava que a vida universitária realmente começasse — ansiava por desafios intelectuais, e de todos os outros tipos —, só lia e escrevia, freqüentava as aulas e ficava perambulando. Ia ao cinema, ou comprava os ingressos mais baratos para o teatro.

Certa noite, foi a uma reunião política dos socialistas. Passou por Piccadilly, e ficou uma hora nos degraus de Eros, torcendo para encontrar alguma mulher; vagou por Leicester Square e Covent Garden; entrou num bar "erótico", onde uma garota sentou-se a seu lado por dez minutos. O garçom tentou cobrar cem libras por uma garrafa de água com gás e acabou por dar-lhe um murro, quando saiu. Nunca se sentiu tão invisível; por algum motivo, aquela não era a Londres "de verdade".

"Você sabia", Riaz disse, de boca cheia, "que o chilli foi descoberto na América do Sul? Trata-se de uma palavra asteca. Ela só foi introduzida na Índia na época medieval."

"Não tinha a menor idéia. Chamamos meu irmão de Chili. Combina com o jeito dele."

"Em que aspecto?"

"Sei lá. Combina. Fale sobre seus estudos, Riaz."

"Estudo direito. Durante muito tempo dei conselhos legais e gerais para as muitas pessoas pobres e pouco instruídas de meu distrito, quando era solicitado. Como amador bem informado, fazia o possível para ajudá-las. Agora, estou estudando a sério."

"De onde você é?"

"Originalmente, de Lahore."

"Uma coisa muito importante, o 'originalmente'", Shahid disse.

"A mais importante de todas. Reconhece isso, não é? Fui trazido para este país aos catorze anos."

Shahid descobriu que Riaz morava e trabalhava "com o povo, lutando por seus direitos", numa área muçulmana perto de Leeds. Seu sotaque era um misto desses dois lugares, obviamente. O fato explicava por que ele soava como um cruzamento entre J. B. Priestley e Zia Al Haq. Mas ele falava inglês corretamente, sem gírias. Shahid sentia a pontuação parada no ar, como uma rede.

Shahid lembrou-se de seu tio Asif, jornalista paquistanês que foi preso, certa vez, por escrever contra a política de islamização de Zia. Ele costumava afirmar que hoje em dia os únicos a falar inglês corretamente eram os habitantes do subcontinente indiano. "Eles nos deram a língua, e agora somos os únicos que sabem usá-la."

O tio Asif — em cuja casa passavam as férias de inverno, deitados na rede debaixo das mangueiras do quintal — a bem da verdade adorava entreter Chili e ele com suas opiniões contundentes. Dizia que os paquistaneses que moravam na Inglaterra eram obrigados a fazer tudo, vencer nos esportes, apresentar o noticiário, tocar lojas e empresas. Além de comer as mulheres. "Seu país acabou nas mãos dos pretos!" Ele chamava tudo isso de "o fardo do homem moreno".

Chili, o irmão mais velho de Shahid, adotara o conceito no final da adolescência, antes de se casar com a charmosa Zulma. O vídeo do casamento, mais comprido do que *O poderoso chefão*, partes 1 e 2, tornou-se programa essencial em toda Karachi, e até em Peshawar. Exibindo-se na cozinha, na hora do café da manhã, depois de mais uma conquista, ele dizia: "Agora temos que fazer tudo, por aqui, yaar! É o nosso fardo. Mas, pessoalmente, devo dizer que dou conta do recado!".

Shahid preferiu ser discreto, quanto a sua vida pessoal. Como Riaz também não falou muito a seu próprio respeito, Shahid imaginou haver algum assunto específico que Riaz desejava discutir. Suspeitava que Riaz pretendia pedir-lhe um favor. Evitou, contudo, a desconfiança. Decidiu não ser uma pessoa fechada.

Sendo assim, em alguns minutos Shahid já explicava a Riaz que seus pais e o irmão trabalhavam como agentes de viagem. Vinte e cinco anos atrás, a mãe de Shahid trabalhava como secretária, e o pai era escriturário, numa agência minúscula. Agora, mesmo depois da morte do pai, a família tinha duas lojas em Sevenoaks, em Kent.

Riaz escutava. "Eles se perderam, ao vir para cá?", perguntou.

"Se perderam?"

"Foi isso mesmo que eu perguntei."

Era uma questão estranha. Mas não fora para isso, afinal, que ele entrara na faculdade, para se distanciar da família e pensar sobre suas vidas, e os motivos que os levaram a mudar para a Inglaterra?

"Talvez você esteja certo. Pode ser que tenha ocorrido exatamente isso. O trabalho de minha família sempre foi transportar os outros, para os quatro cantos do mundo. Eles mesmos, porém, nunca vão a parte alguma, a não ser para Karachi, uma vez por ano. Não fazem mais nada, além de trabalhar. Meu irmão, Chili, tem uma... uma atitude mais descontraída. Mas ele pertence a uma outra geração."

"Seria ele um dissoluto?"

"Um dissoluto?" Shahid quase engasgou, com o peso da palavra. "Com que direito você diz isso?"

Por um momento, a paixão substituiu a persistência fria de Riaz, e ele bateu com a mão na mesa. "Com que direito?"

"Isso mesmo", Shahid insistiu.

"Só quero saber o que essa gente — nossa gente — realmente conquistou em suas vidas."

"Eles têm segurança e determinação, pelo menos."

"Então eles se perderam."

"Como assim?"

"Sem dúvida, se eles só conquistaram isso, estão perdidos. Faz sentido!"

Shahid olhou para os dedos, escuros como nicotina por causa da comida. Riaz queria provocá-lo. Lamentou ter sido tão ingênuo. Por outro lado, apreciava aquela discussão. Diria apenas mais uma coisa.

"Concordo que tenham perdido algo", admitiu. "Eles não amam as artes, por exemplo. Além do mais, desprezam seu trabalho, rindo dos clientes que fritam os corpos flácidos nas praias estrangeiras e freqüentam karaokês."

"Nisso eles têm toda a razão! Nenhum paquistanês nem sequer sonharia em bancar o idiota na beira do mar — por enquanto. Em breve, porém — você não acha? —, nós também estaremos desfilando por aí, de biquíni."

"Minha mãe e Chili torcem por isso. Querem que os asiáticos entrem nas excursões."

"Se você me permite, eu gostaria de saber uma coisa — sei que não se importará em dizer. Você vem de uma família distinta, me parece."

"Creio que sim."

"Então, como eles permitiram que você estudasse numa faculdade tão decadente?"

Com seu ar compenetrado, sem nenhuma sombra da fanfarronice embalada a uísque do tio de Shahid, por exemplo, Riaz parecia cortês. Mesmo assim, pensou se não estaria sendo sutilmente coagido por Riaz, como se ele pretendesse descobrir detalhes a seu respeito, para usá-los mais tarde. Mas que propósitos ele poderia ter? Quem era aquele homem que fazia tais perguntas?

"Por causa de uma mulher chamada Deedee Osgood. Você a conhece?"

"Claro, ela tem péssima reputação na universidade."

"Merecidamente. E, também, porque fui mal no colégio."

"Você?", Riaz disse, consternado. "Mas por quê?"

"Na época, sabe, eu estava preocupado com outras coisas. Minha namorada engravidou. Precisou fazer... sabe..."

"O quê?"

"Um aborto fora de época. Foi um negócio sórdido." Sentiu certa apreensão, temendo que o fato o diminuísse perante os olhos de Riaz. Talvez porque ele mesmo sentisse muita culpa, por ter fugido, no final. Riaz, realmente, suspirou. Shahid prosseguiu: "Depois disso, meus pais me obrigaram a trabalhar com eles".

"E você os respeitava?"

"Não tanto quanto deveria. Em vez de mandar as pessoas para Ibiza, eu ficava no escritório lendo Malcolm X e Maya Angelou, e *Souls of black folk.* Li sobre a Revolta, sobre a Divisão e sobre Mountbatten. Certa manhã, comecei a ler *Os filhos da meia-noite*, na cama. Você já leu esse livro?"

"Pareceu-me exato, no que se refere a Bombaim. Mas dessa vez o autor foi longe demais."

"É mesmo? Achei o primeiro livro muito difícil, no começo. O ritmo não é ocidental. Retumba por todos os lados. Depois vi o autor na televisão, atacando o racismo, mostrando às pessoas de onde vem o preconceito. Sabe, senti vontade de aplaudir. Mas acabei por me sentir pior ainda, pois finalmente admiti uma coisa. Comecei a ter pensamentos terríveis. A verdade é esta, Riaz..."

"Só a verdade vale a pena."

"Sim." O coração de Shahid bateu com mais força. "Pensei que ia enlouquecer."

"Como assim?"

"Riaz, eu..."

Naquele mesmo instante, um sujeito entrou no restaurante, correndo tanto que Shahid imaginou que ele sairia pela porta dos fundos, perseguido pela polícia. Ele se deteve, contudo, e sentou-se com eles, vibrando. Antes que pudesse dizer algo, foi interrompido por Riaz, que ergueu um dedo, autoritário. Imediatamente, ele obedeceu a Riaz, e controlou-se, trêmulo.

Riaz disse, olhando para Shahid: "Continue".

"Comecei a me sentir..."

"Sim? Sim?"

"...naquela região, mais deslocado do que já me sentia, normalmente. Bem, você sabe, fui atacado e perseguido muitas vezes. Tudo isso me tornou terrivelmente sensível. Comecei a pensar que faltava alguma coisa em mim."

Shahid, constrangido, se dividia entre o sujeito a seu lado, que, embora não o conhecesse, ouvia seus segredos mais íntimos, e o homem à sua frente, ansioso por saber de tudo.

"Aonde quer que eu fosse, era sempre o único de pele escura. Como as pessoas me viam, em função disso? Passei a ter medo de ir a determinados lugares. Nunca sabia o que os outros pensavam. Convenci-me de que todos estavam cheios de desprezo, nojo e ódio. Caso se mostrassem agradáveis, imaginava que eram hipócritas. Virei paranóico. Não tinha coragem de sair. Vivia confuso, e... ferrei tudo. Mas não sabia, na época, como agir."

Shahid voltou-se para o recém-chegado, que o escutava atento, balançando a cabeça, como se acompanhasse o ritmo, batucando na mesa com os dedos.

"Sou todo ouvidos aos lamentos de sua alma", o sujeito disse. "Pode me chamar de Chad."

"Shahid."

"Ele é meu vizinho", Riaz explicou a Chad.

Os dois trocaram apertos de mão. Chad ocupava muito espaço, era um sujeito avantajado, de rosto imenso, mais parecia um adolescente tentando bancar o adulto. Dava a impressão de estar morrendo de fome.

"Tem uma coisa muito pior." A boca de Shahid estava seca, e as mãos perderam a firmeza. Tentou erguer o copo, mas derramou água na mesa. "Nem sei se consigo falar sobre isso. Talvez nem deva."

"Deve, sim", respondeu Riaz.

"Isso mesmo", Chad disse.

Eles se voltaram para Shahid e se debruçaram, ignorando a água que ensopava as mangas.

Shahid disse: "Eu queria ser racista".

Chad, que já era uma pessoa séria, ficou mais sério ainda. Trocou um olhar rápido com Riaz, levantou-se e foi até o balcão, para pegar a comida. Shahid esperou que voltasse. Riaz parecia resmungar, baixinho.

Shahid tremia. "Minha mente foi tomada por fantasias. Queria matar os pretos."

"Do que estamos falando, exatamente?", Chad perguntou.

"Do que estamos falando? De sair por aí insultando paquistaneses, pretos, chineses, irlandeses e outros estrangeiros nojentos. Eu os amaldiçoava, em voz baixa, sempre que os encontrava. Sentia vontade de chutar a bunda deles. Só de pensar em dormir com moças asiáticas, sentia nojo. Estou sendo bastante sincero com vocês..."

"Abra seu coração", Chad murmurou. Ainda não havia tocado a comida.

"Mesmo quando elas se aproximavam de mim, eu não agüentava. Pensava: olhe para uma moça asiática, e ela já vai querer se casar com você. Recusava-me a tocar em peles morenas, exceto com ferro de marcar gado. Odiava os estrangeiros. Filhos da mãe."

Riaz perguntou, com suavidade: "É mesmo? Como assim?".

"Eu argumentava... por que não posso ser racista, como todo mundo? Por que devo abrir mão desse privilégio? Por que só eu preciso ser bonzinho? Por que não posso sair por aí maltratando pessoas que considero inferiores? Comecei a me transformar em um deles. Ia virar um monstro."

"Você não queria ser racista", Chad disse. "Que isso fique bem claro, de uma vez por todas. E posso lhe dizer, também, que agora já está tudo bem."

Chad olhou para Riaz, que inclinou a cabeça, solidário, confirmando que, realmente, agora já estava tudo bem.

"Não leve isso para o lado pessoal." Chad apontou para si e para Riaz. "Porque nós dois sabemos como é. E não achamos que você seja racista, de jeito nenhum."

"Sou racista."

Chad bateu com o punho na mesa. "Já falei que você foi manipulado, só isso."

"Eu queria entrar para o British National Party."

"Sério mesmo?"

"Teria preenchido a ficha — se eles tivessem ficha." Shahid voltou-se para Riaz. "Como a gente faz para entrar num partido desses?"

"Como o irmão poderia saber?" Chad estava perdendo a paciência. Voltou-se para Riaz, que estava com os olhos fixos em sua valise. Este balançou a cabeça, categórico.

Chad prosseguiu, no limite de sua paciência. "Escute aqui. Vivemos no século mais pesado e longo de toda a história do racismo. Como você poderia não captar essas vibrações de um modo distorcido? Há um pouco de Hitler em todos os brancos — e eles ensinaram você a ser igual. É só isso que sabem transmitir para nós."

"Só aqueles que se purificam conseguem escapar", Riaz disse.

Ele se levantou, e seguiu em direção à saída.

"O irmão precisa de ar fresco", Chad acrescentou. "Todos nós precisamos."

Chad e Shahid seguiram Riaz de volta ao prédio onde ele morava. Shahid entrou em parafuso, temendo ter perturbado tanto os novos conhecidos que estes recusariam a sua amizade. Gostava de Chad. O riso tomava conta de seu corpo inteiro — ombros, estômago, peito —, e as mãos se agitavam como um ventilador, como se alguém tivesse ligado um motor em seu estômago. Mas Chad também se dedicava à árdua tarefa de conter os excessos de sua risada. Ele parecia sentir vergonha por considerar tantas coisas engraçadas.

Na porta do quarto de Riaz, Shahid apertou a mão do vizinho, apreensivo, com uma certa deferência implícita. "Gostei muito de sair com você esta noite."

"Obrigado", Riaz disse. "Também aprendi muita coisa."

"Até logo."

"Nada de até logo."

"Como?"

"Sentiremos muito prazer em tê-lo conosco, sempre." Riaz sorriu para Shahid, como se o rapaz tivesse passado em algum tipo de teste.

DOIS

Pouco depois, quando abriu a porta de seu quarto, Shahid percebeu que Chad viera atrás dele, e pretendia entrar.

"Entre", Shahid disse, desnecessariamente.

Chad fechou a porta atrás de si, e parou ao lado de Shahid. Falava em voz baixa. "Como ele está?"

"Mais ou menos", Shahid disse, calculando que Chad se referia a Riaz, e imaginando que o vizinho sofria de alguma doença. Certamente, não parecia gozar de saúde perfeita. "Você quer beber alguma coisa?"

"Aceito um copo d'água, mais tarde. Honestamente, você tem sorte por morar ao lado do irmão. Como pode dizer que ele está mais ou menos?"

"Por que não?"

Chad estudou o rosto de Shahid, como se pensasse que Shahid conhecia os segredos de Riaz. "Tudo bem, tudo bem", disse, aliviado. "Afastei-me, nos últimos dias, para que ele pudesse terminar um projeto especial, que guardava em seu coração. Sei que vou ter a honra de ser um dos primeiros a ver o resultado — está quase pronto. Ele tem trabalhado demais?"

"Ele se dedica ao projeto o tempo inteiro", Shahid disse, confiante.

"Temos muito a fazer."

"Certamente." Audacioso, Shahid arriscou uma pergunta. "Sabe no que ele trabalha, exatamente?"

"Como é?"

"Quero dizer... trata-se de algo mais específico do que o normal?"

"Mas ele se recusa a fazer qualquer comentário a respeito, Shahid."

"Eu sei, eu sei, mas..."

"Claro, é algo especial. Além disso, há o usual — cartas a deputados, Secretaria do Interior e autoridades de imigração. Artigos para a imprensa. Tentativas de arrancar dinheiro dos comerciantes, para montar um jornal. Ele planeja alguma coisa em conjunto com os iranianos, também. Não gosta de tocar no assunto. Acho que você já percebeu... seja como for..."

Shahid notou a imensa tristeza nos olhos de Chad, como se ele carregasse, lá no fundo, uma tremenda mágoa.

"O que você disse no restaurante — aquilo me tocou pra valer." Suas mãos cerradas se chocaram com as de Shahid. "Foi bom você ter falado. O homem que fala é como um leão. Você é um leão." Chad abriu a porta. "Vamos."

"Aonde?"

"Acompanhe-me."

Shahid seguiu Chad, como seguira Riaz, antes.

Chad bateu na porta do quarto que Shahid imaginara desocupado. Autorizados pela voz do outro lado, entraram.

Riaz estava sentado na frente de uma escrivaninha lotada de papéis, de costas para a porta, trabalhando à luz de uma lâmpada, vendo o salão de bingo, do outro lado da rua.

Chad levou um dedo aos lábios. "Pss..."

Shahid gostou de ver Riaz daquele jeito: ele associava pesquisa, estudo e sede de saber à bondade.

O quarto de Riaz era maior que o de Shahid, e revestido com o mesmo papel de parede com as pontas enroladas. Havia, porém, livros, papéis, cartas e pastas por todo lado. Empilhados no chão, transbordando dos arquivos, grudados no beiral da janela, talvez com chutney de manga ou molho Lucknow. Shahid apostava que algumas daquelas pastas enrugadas continham nans e chapattis secos, e guardavam poppadoms velhos, presos com teias de aranha.

No andar de cima, alguém escutava um disco de Donna Summer. Eles ouviram uma voz masculina soltando gritinhos. Shahid ia rir, zombeteiro, mas intuiu, imediatamente, que nenhum dos novos amigos riria com ele. Shahid ficou curioso em saber se

Riaz tinha consciência de que os quartos eram habitados, entre outras figuras, por muitos gays. Em cima do quarto de Shahid morava uma bicha viciada em anfetaminas, que varria incessantemente o corredor. "Você pode tomar o café da manhã no chão, se quiser", costumava dizer a quem passasse.

Atrás de Riaz, Chad começou a transferir os papéis de uma pilha instável a outra. Consultava, animado, as lombadas dos volumes surrados, antes de levá-los da poltrona ao local inconveniente que havia sido escolhido, no chão. Ao recuar, na ponta dos pés, tropeçava nos livros. Quando Chad lhe passou alguns papéis, Shahid entrou no espírito da coisa, e tentou grudá-los no beiral da janela, evitando cheirá-los, contudo.

Uma prateleira desabou, despejando dúzias de livros em árabe pelo chão. Chad apanhou, debaixo deles, uma bucha, diversas camisas, cuecas e numerosas meias marrons. Por um momento, segurou tudo no alto, olhando para o monte como se a copiadora fosse o local mais adequado para a roupa suja. Em vez de colocar as roupas lá, contudo, passou-as a Shahid. Depois abriu um saco plástico, no qual Shahid guardou tudo.

"Alguém precisa levar isso até a lavanderia."

"Precisa mesmo", Shahid disse, cheirando o saco.

Chad olhava para ele, sugestivamente. "A lavanderia fica aberta a noite inteira."

"Esta cidade é mesmo incrível."

"E reserva muitas tentações para os rapazes."

"Sem dúvida", Shahid concordou. "Graças a Deus."

"Mas a lavanderia é útil."

"Muito."

Shahid deduziu, pela expressão de Chad, que deveria levar a roupa suja de Riaz para lavar! Era um desaforo. Ia recusar a tarefa, mas hesitou. Não seria grosseiro recusar? Shahid buscava companheiros asiáticos interessantes. De que adiantava mostrar-se orgulhoso, logo de cara, quando as perspectivas eram favoráveis? Preferia passar todas as noites sozinho?

Quando Shahid saiu do quarto, viu que Chad ria consigo mesmo. O próprio Shahid tinha um sorriso nos lábios, quando saiu à rua, com o saco de roupa nas costas.

Era tarde. Entrou na lavanderia deserta. Enfiou a trouxa na máquina, as moedas no nicho prateado, apertou o botão e saiu.

Afastou-se da rua principal, caminhando em direção a um conjunto habitacional imenso e escuro. Estimulado e aliviado por sua confissão no restaurante, andava depressa, sem se preocupar em ver para onde ia. Quando deu por si, descia a escada que dava acesso ao estacionamento do metrô, onde não havia carros, apenas lixo parcialmente queimado. Naquela imundície toda, bem que poderia aparecer um ladrão, armado com uma faca. Mas ele não estava apreensivo. Melhor enfrentar as assombrações da cidade grande do que o sol ofuscante das cidades do interior.

Tirou o casaco e sentou-se sob um poste. Anotava tudo que atraía seu interesse, como se manter um registro dos fatos fosse um talismã que conservasse à distância os excessos da realidade.

Papai havia ficado doente. Depois de muito sofrimento, nove meses antes, falecera de ataque do coração. Sem ele, a família se esfacelou. Shahid abandonou a namorada, amargurado. Zulma e Chili brigavam muito. A mãe vivia infeliz, sem objetivos. Foi um período difícil, Shahid queria recomeçar sua vida, conhecer pessoas novas, em algum outro lugar. Sentiria a cidade como sua; não seria excluído, ali; daria um jeito de se integrar.

Guardou a caneta e voltou para a lavanderia. A roupa havia sumido; até o saco desaparecera. Ele correu para examinar as outras máquinas, mas nenhuma delas continha as vestes escuras de Riaz. Foi até a rua, mas não viu nenhum suspeito fugindo apressado.

Só viu alguns cacos de vidro sob seus pés, e um garoto negro correndo pela rua, de bicicleta. Ele freou de repente e entrou numa lanchonete; um homem com a cabeça protegida por um saco de lixo enfiava um pedaço de torta na boca. Uma mulher gritou da janela: "Fora daqui, sua puta, ou você vai ver!". Duas pessoas estavam deitadas, lado a lado, sob a marquise, no chão molhado, cobertas com jornal e papelão. Perto da cabeça delas havia garrafas vazias de cidra, como se fossem pinos. Nas ruas, as lanchonetes, casas de kebab e lojas fechadas zombavam dele, como o ladrão que conseguira escapar.

Shahid chutou e bateu na máquina de lavar, construída para resistir a tais abusos. Lá fora, depois, parou e ficou batendo os pés no chão para espantar o frio, com medo de voltar ao quarto de

Riaz. Indubitavelmente, não sentia a menor vontade de descrever aquela área cheia de gatunos, putas caras e detritos desumanos.

Encontrou Riaz na mesma posição, concentrado, apesar de Chad haver derrubado o tinteiro com um espanador. A silenciosa cena noturna sugeria contentamento. Shahid seria admitido ali, no futuro? Queria justificar-se, mas foi obrigado a esperar até que Chad se afastasse de Riaz.

"Chad, aconteceu uma coisa terrível, mas não foi culpa minha. Eu... bem... perdi a roupa."

"Como assim?"

"Sabe, as roupas que levei para a lavanderia?"

"As roupas de Riaz?"

"Foram roubadas."

Chad olhou para Riaz, entretido em escrever. Murmurou: "Você perdeu a trouxa do irmão?".

"Lamento muito."

"Não acredito que você tenha feito isso."

"Chad, tente entender. Além do mais, ele não sente nenhum orgulho de suas roupas, não é?"

"Ele não se orgulha de nada, e ponto final."

"Não estou dizendo isso. Só que..."

"Aonde você quer chegar?"

Shahid não agüentou. Tentou sufocar um soluço. "Lamento muito, mesmo."

"E de que adianta lamentar?"

"Cometi um erro terrível."

Alguém bateu na porta, com força.

Chad indicou Riaz, com um movimento da cabeça. "Você não ficou tomando conta das roupas do irmão?"

"Não imaginei que alguém ia querer roubar uma trouxa de..."

Chad o fuzilou com o olhar, e foi abrir a porta.

Shahid prosseguiu: "Não imaginei, Chad. Quero aprender, mas acabei de chegar a Londres, é uma cidade tão grande, tão anônima! Há lunáticos por toda parte, mas eles parecem pessoas normais, em sua maior parte! Chad, será que ele me perdoa?".

"Logo saberemos. Você por acaso pretende que eu resolva isso para você?"

"Você pode me ajudar?"

"Verei o que posso fazer. Mas o caso é sério."

"Eu sei, eu sei."

"Espere um minuto", Chad disse.

Um homem, com cabelo cortado rente e barba crescida, aguardava, na porta, com uma sacola verde na mão. Riaz virou-se para cumprimentá-lo, e o sujeito retribuiu a saudação de onde estava, desabotoando o capote longo, que ocultava um avental de açougueiro, manchado de sangue.

"Você pediu este equipamento", ele disse.

"Sim."

A sacola tilintou, quando o homem a passou a Chad, que a abriu para examinar o conteúdo. Enfiando a mão lá dentro, tirou uma faca de açougueiro. Tocou a lâmina.

"Mortífera. Muito obrigado, Zia. Nós a devolveremos — quando tudo terminar."

O açougueiro balançou a cabeça, saudou Shahid e foi embora. Chad guardou a sacola debaixo de uma poltrona e voltou à carga.

"Quer dizer que você jogou tudo fora?"

"Fui roubado, Chad!"

Chad refletiu por um momento. "A imoralidade campeia lá fora. O fato é que precisamos tomar providências, antes que o irmão precise trocar de roupa."

"Isso significa que temos quanto tempo?"

"Quem sabe? Talvez cinco semanas. Ou cinco minutos. Ele pode se levantar a qualquer momento, e decidir trocar de roupa." Shahid suspeitou que teria mais do que cinco minutos. "O que você tem em seu quarto?"

"Uma cama, uma mesa, alguns discos do Prince e uma tonelada de livros."

Chad mostrou-se interessado. "Do Prince?"

"É."

"Quero dar uma olhada."

"Para quê?"

"Acho melhor checar."

"Por quê?"

"Não faça tantas perguntas, para começo de conversa. Caso queira que eu livre sua cara. Agora, saia da minha frente. Trata-se de uma emergência extra-urgente!"

Chad invadiu o quarto de Shahid e começou a revirar a caixa de papelão no chão, onde estavam os discos do Prince. Chad estava entusiasmado, mas sem dúvida aquilo não tinha nada a ver com as roupas de Riaz, certo?

"Qual é? Você é louco pelo Prince?"

"Eu?" Chad balançou a cabeça, enfaticamente, e fechou a caixa. "Música pop não serve mais para mim. Por que você está me fazendo pensar nisso, agora?"

"Eu?"

"As coisas não vão nada bem, no momento. Bem, só quero ver se você tem *The black album.*" Chad examinou a caixa, novamente. "Pouca gente tem. Ei, você tem o CD pirata, também", disse, e sorriu, irônico. "Onde você arranjou isso?"

"Na feira de Camden."

"Sei. Lá é ótimo para conseguir discos piratas."

"Você quer ouvir?"

"Não, nunca!"

Chad afastou-se do Prince, levantou-se e avaliou o quarto.

Em casa, Shahid pegava livros de arte na biblioteca e os abria no seu quarto. Assim, enquanto se barbeava, ou andava para lá e para cá, reclamando da vida, olhava para os Rembrandt, Picasso e Vermeer, tentando entendê-los.

No quarto novo, cobrira vastos trechos da parede revestida de papel marrom e amarelo meio descolado com seus cartões-postais favoritos. Havia vários Matisse — gostava de dizer que Matisse era um artista sobre o qual não se poderia afirmar nada de ruim. Havia também, presos com tachinhas, o retrato de Mary Gunning, de Liotard, Peter Blake encontrando consigo mesmo em Venice Beach, Hockney e Howard Hodgkin, vários Picasso, a estranha *Isabella*, de Millais, uma fotografia de Allen Ginsberg, William Burroughs e Jean Genet, Jane Birkin deitada na cama, e dúzias de outros retratos que retirara do antigo quarto, para levar a Londres.

Chad disse: "Tem uma tonelada de livros aqui, mesmo".

"É. E outro tanto, em casa."

"Como os conseguiu?"

Shahid explicou que seu tio Asif, o satírico, retornara ao Paquistão, deixando os livros na casa de papai. Shahid pegara os Joad, Laski e Popper, as obras de Freud, além de ficção, como Maupassant, Henry Miller e os russos. Ia à biblioteca quase todos os dias. Ler aleatoriamente era seu maior prazer, com intervalos para a música pop. Pulava de um livro para outro, como se fossem pedras, por divertimento e por medo de encontrar pessoas cujos conhecimentos o excluíssem.

Shahid disse: "Prefiro romances e contos, atualmente. Em geral, leio uns cinco ao mesmo tempo".

"Por que você lê essas coisas?"

"Por quê?"

"É. Qual a vantagem?"

Chad parecia hostil. Não fizera uma pergunta objetiva. Sua oposição era tão inexplicável que Shahid se esqueceu das roupas de Riaz e ficou matutando a respeito. Jamais alguém colocara uma questão do gênero. Sem dúvida, não a esperava, da parte de Chad. Mas entrara na faculdade, entusiasmado, exatamente para discutir assuntos deste tipo — o significado e o objetivo do romance, por exemplo, ou seu papel na sociedade.

Olhou intensamente para os livros empilhados sobre a mesa. Se abrisse um deles, o livro libertaria, como um animal enjaulado, as histórias de Swann e Odette ou Levin e Kitty, ou mesmo Scherazade e o rei Schahriar. Os personagens mais fantásticos, Raskolnikov, Joseph K., Boule de Suif, Ali Babá, feitos de tinta, porém imortais, estavam vinculados aos enigmas mais profundos da vida. Como poderia começar a responder à pergunta de Chad?

Tentou: "Sempre gostei de ouvir histórias".

Chad o interrompeu. "Quantos anos você tem? Oito? Por acaso já não tem milhões de coisas sérias para cuidar?" Chad apontou na direção da janela. "Lá fora... temos genocídio. Estupro. Opressão. Assassinato. A história deste mundo se resume numa palavra: matança. E você lê histórias, como se fosse uma velha."

"Você fala como se eu estivesse injetando heroína na veia."

"Boa comparação. Muito apropriada."

"Mas os escritores tentam explicar o genocídio e coisas do gênero, não é? Romances são como retratos da vida. Agora mesmo, estou lendo uma obra de Dostoievski, *Os possessos*..."

"Você não vai conseguir me impressionar. E quanto aos despossuídos? Hein? Saia para a rua, neste exato momento, e pergunte às pessoas o que elas têm lido nos últimos tempos. O *Sun*, talvez, ou o *Daily Express*."

"Sei disso. Por vezes, vejo certas pessoas e sinto vontade de agarrá-las, e sugerir que leiam Maupassant ou Faulkner. Seus livros não podem ser ignorados. São um produto da inteligência humana, melhor do que a televisão!"

"É verdade. As pessoas, no mundo ocidental, consideram-se tão 'civilizadas' e 'educadas' e 'superiores', mas noventa por cento preferem ler coisas que não servem nem para limpar a bunda. Quanto a mim, Shahid, aprendi uma coisa, já faz algum tempo."

"O quê?"

"A vida é mais do que entretenimento pessoal."

"A literatura vai muito além do entretenimento." Percebendo sua agitação, Shahid tentou refreá-la. Apanhou um livro e declarou, casualmente, enquanto o folheava: "Os livros não são tão difíceis quanto parecem".

Chad enrubesceu, com o tom condescendente. "Sei — servem para que os intelectuais se coloquem acima das pessoas comuns!"

"Mas, Chad, você há de concordar que os intelectuais pensam mais do que as pessoas comuns. Há algo de bom nisso."

A gentileza premeditada de Shahid só piorou as coisas.

"Bom? O que os intelectuais sabem sobre o que é bom?" A ingenuidade de Shahid enfureceu Chad, mas ele fez questão de aparentar calma. "Irmão, você precisa aprender muito, ainda. Não vamos perder mais tempo discutindo banalidades. Precisamos cuidar da vida real. Você cometeu um erro grave, esta noite."

"Lamento, Chad."

"Pare de se desculpar, está me dando dor de cabeça." Chad esfregou a testa. "Talvez você possa reparar o erro."

"Como?"

Chad aproximou-se do armário, abriu uma gaveta e tirou as cuecas e os jeans Gap de Shahid, como se escolhesse roupas numa loja. Depois, abriu o guarda-roupa com tanta força que arrancou a porta das dobradiças. Jogou-a para o outro lado do quarto, como se fosse uma caixa de fósforos. Após uma inspeção breve, porém crítica, começou a encher uma sacola, apanhada no fundo do guarda-roupa, com as roupas de Shahid, incluindo as meias de puro algodão, a camisa verde Fred Perry e várias camisetas italianas, que haviam pertencido a Chili.

"O que você está fazendo?"

"Pegando isso para o irmão Riaz."

"Mas, Chad..."

"O que foi, agora?"

"Tem certeza de que combinam com ele?"

"Você acha que não?"

"Não consigo imaginá-lo numa camisa Fred."

"Não?"

"Devolva a camisa. E esta roxa, aqui? Não acha que ele vai parecer meio efeminado?"

"Como é?"

"Com cara de bicha. Esta."

"Não, não." Chad recusou-se a entregá-la. "Temos escolha, por acaso? Quer ver o irmão andando pela rua pelado? Ele pode pegar uma pneumonia, por causa de sua estupidez irresponsável."

"Não", Shahid gemeu, tentando salvar uma das camisas de Chili, antes que Chad saqueasse o guarda-roupa. "Jamais permitiria isso."

"Ei, onde você conseguiu esta camisa Paul Smith vermelha?"

"Na Paul Smith. Tem uma loja em Brighton."

"Riaz vai gostar", Chad disse, erguendo a camisa. "Ele fica melhor com roupa lisa."

"Que bom."

"Então, pode me dar uma força? Você está com a gente ou não?"

"Sim", Shahid respondeu. "Estou."

TRÊS

Na manhã seguinte, a caminho da aula de Deedee Osgood — estava, mais do que qualquer um, ansioso por suas aulas —, Shahid encostou a orelha na porta de Riaz. Como de costume, não escutou nada. Talvez os eventos inusitados da noite anterior — os desconhecidos a quem desnudara sua alma, roupas roubadas e risco de pneumonia, visita do açougueiro, com facão e tudo, debate sobre literatura e meias perdidas — tivessem sido apenas uma alucinação. Ou, quem sabe, talvez Riaz estivesse na mesquita.

A faculdade ficava num prédio vitoriano, sufocante, antes sede de uma escola secundária, a vinte minutos dali, a pé. Destinava sessenta por cento das vagas a negros e asiáticos, possuía uma biblioteca inútil e nada de quadra esportiva. Conquistara sua reputação por causa das brigas de gangues, drogas, furtos e violência política, mais do que pela excelência acadêmica. Diziam que marcavam reuniões da faculdade na prisão de Wandsworth.

Ao entrar, pela manhã, precisou se espremer para passar na roleta, observado pelos seguranças, que ocasionalmente revistavam os alunos, à procura de armas. Seguiu até a cantina escura, no porão, para tomar café. Shahid sentia-se mais animado do que em qualquer outra ocasião, desde o início do curso. Tomou café da manhã com duas colegas de classe, uma mulher asiática de salwar kamiz e jaqueta jeans e a amiga dela, jovem, negra, de calça comprida folgada, tênis e óculos de aro redondo.

Ansiava por ver Deedee Osgood.

Ele a conhecera graças a uma casa noturna chamada Zap, em Brighton, à beira-mar. Era tão boa que a moçada de Londres costumava viajar até lá, no último trem de sábado à noite. Os jovens dançavam a noite inteira, trepavam e zoavam na praia até amanhecer, voltando para casa na hora do almoço. Foi a primeira vez, para Shahid. Ele queria recomeçar a sair, depois do rompimento com a namorada. Certa noite, um amigo disse que o levaria, de carro, ao lugar mais animado que conhecia.

Shahid nunca tinha ouvido música tão rápida; a batida eletrônica mais parecia uma britadeira. Todos usavam bermudas colantes de lycra e camisetas estampadas com rostos amarelos sorridentes. Eles se abraçavam, esfregavam e beijavam com uma inocência elísia. Ao amanhecer, conversou com um rapaz negro, de Londres, que disse ter uma professora sensacional.

Sabendo que estava na hora de tomar a iniciativa, procurou-a em Londres. Bateu em sua porta; antes que ela se apresentasse, confundiu-a com uma aluna. A sala era, no máximo, três vezes maior que uma cabine telefônica. Colados na parede, ele viu retratos de Prince, Madonna e Oscar Wilde, este último com uma citação: "Todas as limitações são prisões".

Deedee o interrogou a respeito da vida em Sevenoaks e suas leituras. Apesar das questões difíceis sobre Wright e Ellison, Alice Walker e Toni Morrison, ela procurou ajudá-lo a se sair bem. Shahid percebeu isso claramente.

Notando que olhava para o retrato do Prince, ela disse: "Você gosta do Prince?".

Ele fez que sim com a cabeça.

"Por quê?"

Sem pensar, respondeu: "Ah, pelo som".

"Mais nada?"

Compreendendo que não se tratava de bate-papo, e sim de parte da entrevista, esforçou-se para pôr seus pensamentos em ordem, mas não conversava com alguém com mais de meio cérebro havia meses. Ela o incentivou. "Prince é meio branco, meio negro, meio homem, meio mulher; de meia altura; feminino, porém macho. Seu trabalho incorpora e leva adiante a história da música negra norte-americana, de Little Richard, James Brown, Sly Stone, Hendrix..."

"Ele esbanja talento. Sabe tocar soul, funk, rock e rap..."

E por aí foi, dando exemplos, quando ela cruzou as pernas e ajeitou a saia. Até esse momento, Shahid conseguira manter os olhos afastados dos seios e das coxas. Mas o movimento, eloqüente — equivalia, naquela salinha, a uma avalanche erótica farfalhante — e sensacional, provocou quase o mesmo efeito de um espetáculo do Prince. Ele devaneou, imaginando gravar os ruídos provocados por aquelas pernas, copiar, acrescentar uma batida e escutá-los no fone de ouvido.

"Por que você não escreve um trabalho a respeito dele?"

"Para o curso?"

Shahid não conseguia pensar em algo que lhe desse mais prazer.

Naquele dia, odiou dizer até logo e pegar o metrô até a estação Victoria. A cidade transformava-se em subúrbio, e o subúrbio em zona rural. O trem o levou de volta para casa, onde seu pai não estaria mais. Não que a morte de papai tivesse contribuído para a diminuição do número de moradores. Mas sua ausência, como centro de tudo, tornou o local mais cruelmente anárquico, em particular desde que Zulma, a mulher de Chili, voltara. Ela escolhera Shahid como alvo especial de suas implicâncias. Mas Shahid, ao menos, tinha uma tarefa. Passara anos ouvindo exclusivamente Prince.

Mesmo assim, sentiu-se desconfortável com a liberdade dos métodos de aprendizado empregados por Deedee. Ela e outros tipos pós-modernos encorajavam os estudantes a estudar qualquer assunto de seu interesse, do cabelo de Madonna à história da jaqueta de couro. Aquilo tudo era mesmo aprender, ou apenas perda de tempo, justificada pelas mais recentes teorias? Estariam os alunos das faculdades melhores estudando coisas que lhes trariam vantagens na vida? Seria sua escola igual aos clubes para a juventude, criados apenas com o objetivo de manter os rapazes transviados longe das encrencas?

Ele não sabia dizer. Finalmente, porém, tinha a chance de cair fora, para ler, escrever e conhecer gente interessante, com quem poderia discutir. Talvez a própria Deedee Osgood tivesse algum tempo para ele. Entusiasmou-se, afinal, com a versatilidade de suas leituras. Em casa, ainda via alguns colegas de escola, muito embora, nos últimos três anos, tivesse perdido o interesse pela maioria deles; desprezava alguns, pela falta de esperança que demonstravam. Quase todos estavam desempregados. E os pais, em geral patriotas entusiastas da Union Jack, nada conheciam de sua própria cultura. Poucos possuíam livros — quando os tinham, eram manuais de jardinagem, atlas, exemplares da *Reader's Digest*.

O verão demorou a passar. Em agosto, arrumou suas coisas para a faculdade. Todos os dias desejava já estar lá.

"Prestem atenção."

Ela parecia particularmente ferina e agressiva, naquela manhã. Shahid correu para ocupar seu lugar de costume, conhecido como "gargarejo", bem no meio da primeira fila. Ali, não perderia sequer o menor de seus movimentos.

Os outros estudantes ocuparam as áreas do "círculo" e do "olimpo". Ela tocou uma fita conhecida. Chili dera a Shahid, havia muito tempo, seu "Star spangled banner", com Jimi Hendrix, preferindo escutar George Clinton. Dois rapazes levaram as mãos aos ouvidos, e Sadiq — um asiático descolado, com quem Shahid costumava conversar — revirou os olhos para o alto. Por um momento, Deedee pareceu confusa. Shahid sentiu vontade de bater neles. Algum outro professor começaria a aula com Hendrix, por acaso?

"O que isso significa?", ela perguntou.

A mão de Shahid se ergueu. Ele não conseguiu se conter.

"Sim, Shahid."

"Estados Unidos."

"Estados Unidos, sem dúvida. Tema de nossa aula de hoje."

Para alívio seu, ela não perdeu o ânimo. Sem consultar anotações, como se falasse a cada estudante individualmente, descreveu como, na época de Elvis Presley, os negros nem sequer podiam ver um filme no centro de Washington, sua própria capital. A miscigenação era ilegal, na metade do país. Aos quinze anos, Emmett Till foi linchado, por assobiar para uma mulher branca, em 1955. Sua voz se alterava, de tanta emoção, ao falar em King, Malcolm, Cleaver, Davis e outros defensores das liberdades civis.

Shahid escutava, embevecido, anotando tudo furiosamente. História viva, pulsante, de uma luta: como vivera tanto tempo sem conhecer tais coisas? Onde as haviam escondido? De quem mais as ocultavam?

Ela concluiu a aula tocando "What's going on", com Marvin Gaye.

Por desejar ouvir sua voz durante o resto da manhã, e se possível até o final da tarde, até o final da semana, ele formulou uma pergunta, seguida de uma hipótese e acompanhada de uma dúvida e uma questão factual. Poderia ter prosseguido, mas a classe, grosseira, estava inquieta: queria sair logo para o intervalo.

Ele foi o primeiro a deixar a sala, seguindo para a biblioteca, onde pretendia repassar suas anotações. Ao sair da classe, contudo, ouviu alguém pronunciar seu nome, suavemente, e voltou-se. Ela estava atrás dele, carregando uma pilha de livros, jornais e trabalhos dos alunos, como de costume.

"Adorei suas perguntas."

"Obrigado, professora."

Ela franziu a testa. "Pelo amor de Deus, não fale assim comigo."

Shahid a seguiu, apressado, pelos corredores da faculdade. Duas moças, colegas de classe, passaram por eles, e a primeira sapecou: "Queridinho da titia". O otimismo o tornava invulnerável. Que o considerassem puxa-saco era a última de suas preocupações. Sentia o impulso de ousar, aquilo sim é que era vida! Com o máximo de cautela, perguntou: "O que você vai fazer agora?".

"Por quê? Você quer me convidar para alguma coisa?"

"Pra tomar café."

Ela o encarou. "Claro. Por que não?"

Shahid não teve coragem de perguntar se Deedee gostaria de ir a outro lugar, fora da escola. Entraram na fila, portanto, para pegar os cafés. Sentaram-se, meio envergonhados, numa das mesas centrais da cantina. Os outros estudantes não tiravam os olhos deles. Embora fosse benquista pelos alunos, vê-la acompanhada de um deles era algo inusitado. Ouviram risos e comentários em voz baixa.

Talvez por causa disso, ela e Shahid, no início, pouco falaram. Deedee parecia pouco à vontade, reservada, como se não soubesse o que estava fazendo ali. Provavelmente, esperava que ele começasse a reclamar das deficiências da faculdade.

Shahid disse: "Você gosta de seus alunos?".

Ela retrucou, ferina: "Gosto de me dedicar ao máximo a meus alunos, mas somente quando vale a pena".

Referia-se a ele?, pensou. Não, concluiu, quando ela prosseguiu, e falou de sua tendência maternal, especialmente em relação a alunas asiáticas. Duas delas chegaram a morar em sua casa. "Foi duro."

"Por quê?"

Ela se mostrou disposta a contar tudo, mas recuou, sorrindo. "Vamos deixar isso para depois. Vai interessá-lo, creio."

Responsabilidade. Densidade. Ela pretendia ir em frente. Não sentia medo.

Ela perguntou como Shahid estava se saindo. Ele disse que se sentia muito só, e que em muitos momentos não sabia o que fazer, especialmente de noite. Felizmente, nos últimos dias, conhecera pessoas que o excitavam. Apoiando o queixo nas mãos, ela se inclinou sobre a mesa. "Quem o excita mais? Que tipo de pessoa? Rapazes ou moças?"

"Quis dizer novos amigos, só isso."

"Ah! Desculpe-me."

Ela enrubesceu.

"Tudo bem", ele disse, sentindo que também corava. "Andou lendo algo interessante, recentemente?"

"Claro que sim."

Deedee era atenciosa, e gostava de falar a respeito de livros, especialmente os escritos por mulheres. Havia em seu comportamento, porém, um lado abusado, como se não desse muita importância às boas maneiras; importava-se com questões mais urgentes. Imaginou que a professora poderia ter sido hippie — eles eram muito românticos, e se opunham ao convencionalismo, certo? —, pois ela ria alto, e fumava. De repente, ela se espreguiçava, erguendo os braços para o alto, e bocejava; sentia-se exausta, morta de cansaço. Ele a estava aborrecendo. Paixões intensas, contraditórias, caracterizavam aquela mulher; com ela, ele poderia perder o controle da situação; a faculdade era pequena demais. Ela queria que ele soubesse disso, ele imaginou, mas era difícil, sendo Deedee professora. No trato com os estudantes, precisava sempre se lembrar de que poderia ser mal compreendida. Em suas conversas, seria melhor apenas insinuar certas coisas.

Você é uma mulher de verdade, sentiu vontade de dizer; a seu lado, teria muito a aprender. As outras, coitadas, não valiam grande coisa. Sentiu necessidade de correr em torno do prédio, para respirar um pouco de ar puro e recuperar a consciência de quem era, antes de dizer alguma coisa a ela, mais seguro de si. Por outro lado, não queria deixá-la naquele momento, não queria pronunciar a frase: "Até mais tarde".

Ele disse que a aula fez com que sentisse vontade de passar o dia na biblioteca.

Ela reuniu o farto material que carregava. "Acompanho você até lá."

A biblioteca ficava no porão, também; a sala, comprida e estreita, parecia um submarino, abafada e quente. As mesas haviam sido riscadas a faca, e faltavam muitos livros, que haviam sido roubados. Encontrou poucos estudantes por lá; poderia ficar sozinho, contente consigo mesmo.

"Você é um bom aluno", ela disse, rindo. "Ao contrário da maioria."

"Por que os estudantes daqui não prestam?"

"Porque sabem que não conseguirão trabalho. Não recebem instrução de verdade. Isto aqui só serve para evitar que vivam à custa do governo. Nunca vi tanta falta de motivação."

Ela o encarou, como se pretendesse dizer mais alguma coisa. Deu meia-volta, porém, e o deixou sozinho com seus estudos.

Shahid leu alguma coisa para o curso sobre colonialismo e literatura, decidido a preparar um trabalho monumental, cheio de citações, com pencas de notas de rodapé e argumentação brilhante, que exigisse uma discussão minuciosa na aula dela.

Quando, no final da tarde, precisou parar para descansar, numa confusão mental que mesclava raiva e iluminação, havia passado tanto tempo concentrado que se surpreendeu ao encontrar a faculdade funcionando normalmente. Os estudantes desciam as escadas estreitas no centro do prédio, aos empurrões.

Na cantina, viu Chad e Riaz, sentados com Sadiq e um estudante que conhecia, mas cujo nome não sabia. Prestavam atenção às palavras de um homem branco de meia-idade, que usava óculos de aro metálico, paletó esportivo de listrinhas enviesadas e gravata.

Shahid aproximou-se e parou na frente da mesa deles. "Alguém quer café?"

O sujeito tentava falar, mas parecia ter alguma coisa presa na garganta o impedindo. De repente, soltava uma espécie de gargalhada, e seu pomo-de-adão subia e descia como uma bola de pingue-pongue quicando no chão. Escorria baba por seu queixo. Shahid pensou, assustado, que ele estava sofrendo uma espécie de ataque.

Aproveitando-se da situação, abaixou-se rapidamente, para conferir, por baixo da mesa, a parte inferior de Riaz. Ele usava o mesmo terno e as mesmas meias da noite anterior. E se o roubo tivesse provocado tanta contrariedade, a ponto de levá-lo a se recusar a usar as roupas doadas por Shahid, além de boicotá-lo totalmente? Shahid entrou em pânico. Não queria perder os novos amigos por causa de uma bobagem daquelas. Já teria isso ocorrido?

Ele não sabia, pois seus amigos continuavam fascinados pelo sujeito que, estimulado pela platéia atenta, batia com a mão na lateral da cabeça enquanto falava, como se quisesse reparar algum mau contato. Em seguida, o homem esmurrou a mesa, apertou as mãos de todos e saiu andando, apressado, acenando para os outros estudantes, que zombaram dele pelas costas.

"Fico muito triste por ele", Riaz disse.

"Conhece o doutor Andrew Brownlow, Shahid?", perguntou o outro estudante. "Sou o Hat, caso você não saiba."

"O Chapeleiro Maluco", Chad disse.

"O pai dele é o dono do restaurante", Riaz explicou.

"Oi, Hat", disse Shahid. "Adorei a comida."

"Apareça sempre. Infelizmente, não pude conversar com vocês naquela noite. Soube que você andou falando uma porção de coisas."

"Foi", respondeu Shahid.

"Tudo bem."

"É", Chad disse, protetor. "Ele é um cara legal."

Hat falava com voz suave, e seu rosto era delicado, como o de uma moça. Shahid recordou-se de tê-lo visto na sala de aula, com os cotovelos plantados na carteira, segurando a cabeça, escrevendo furiosamente. Notara, naquele momento, que o colega se mostrava entusiasmado e genial, com tendência a rir em momentos impróprios.

"Creio que já vi o doutor Andrew por aí", Shahid disse. "Mas não sei o que é que ele faz."

"Leciona história, aqui. Freqüentou a Universidade de Cambridge, faz uns vinte anos..."

"Foi o melhor estudante de sua turma", Chad disse, interrompendo o outro.

"Pois é. O que eu acho é o seguinte", Hat disse. "Ele vem de uma família de classe média alta. Poderia ter feito qualquer coisa na vida. Foi convidado para lecionar em Harvard. Ou teria sido Yale, Chad?"

"Recusou todos os convites."

"Sim, mandou que fossem plantar batatas. Odiava aquela gente, sua própria classe, seus pais — tudo. Escolheu esta faculdade para nos ajudar, para dar uma força aos pretos, asiáticos e outros povos marginalizados. Não é um mau sujeito — para um marxista-comunista."

"Leninista", Sadiq corrigiu.

"É isso aí, um tipo marxista-comunista-leninista", Hat disse. "Sempre ataca o racismo. Odeia o fascismo imperialista e a dominação dos brancos, não é, Riaz?"

Todos olharam para Riaz, esperando por sua reação. Após uma pausa, ele murmurou: "Andrew Brownlow possui uma certa integridade pessoal".

Chad balançou a cabeça, concordando. "O problema é que..."

"Sim, o problema é que..." Hat fez uma cara de coitado, reprimindo o riso. "...Ele ficou g-g-g-gago."

"Isso é novidade, então?", Shahid perguntou.

"Claro. Começou quando os países comunistas do Leste europeu entraram em colapso. A cada país que caía, ele acrescentava uma nova sílaba à sua gagueira. No final, durante uma aula, precisou de vinte minutos para pronunciar a primeira palavra. Ele começou a falar O... o... o... o... o... Achamos que poderia estar tentando dizer Oxford, ONU, sei lá."

"Mas o que era, afinal?"

"Oi."

"Oi?"

"Sim, seu idiota. Oi, pessoal. Queria nos cumprimentar. Quando Cuba cair, acho que não vai conseguir falar nem isso."

"Ele poderia tentar dizer adeus", Shahid sugeriu.

Hat o tocou com o punho. "É isso aí!"

"Apesar de tudo, ele é um ótimo ouvinte", Chad disse. "Recitei minha teoria sobre a evolução da sociedade inteirinha, e ele a escutou com a maior paciência, até o final."

"Foi o primeiro a conseguir isso", Hat disse.

Sadiq caiu na gargalhada. Chad tentou cortá-lo. "Cale a boca."

"Comunismo. Uma ótima idéia, não acha?", Riaz disse. Eles o encararam, sem concordar nem discordar. Shahid não imaginava Riaz assinando a carteirinha do partido. Ele prosseguiu: "Mas, no final das contas, o ateísmo não serve para a humanidade".

"Nem pensar", Hat disse. "Ademais, ateísmo é coisa de uma minoria insignificante."

"O ateísmo não vai durar", Riaz explicou. "Sem a religião, a sociedade é impossível. E, sem Deus, as pessoas pensam que podem pecar impunemente. Não existe moral."

"Só extremismo, ingratidão e corações empedernidos, como ocorre no thatcherismo", Chad disse.

Ele ia continuar o raciocínio, quando Riaz disse: "Já sabemos esta história de cor e salteado. Gula, niilismo, hedonismo — é o capitalismo num beco sem saída. Ao lado disso, estamos assistindo ao ocaso do comunismo. Os revolucionários não conseguiram criar o socialismo numa única sala sequer. Ao mesmo tempo, estamos testemunhando a decadência do ateísmo".

"Ele já acabou", Chad confirmou. "Disseram que Deus estava morto. Mas é justo o contrário. Sem o Criador, ninguém sabe onde está, ou o que fazer."

"O doutor Andrew certamente não sabe o que fazer", Hat disse. "Shahid, você conhece a mulher dele, com certeza. Deedee Osgood."

"A senhora Osgood? Ela é mulher dele?"

"É mulher dele, sim, senhor."

"Mas não pode ser!"

"Por que não?"

"Ela não tem nada a ver com ele."

"Está interessado nela?", Sadiq perguntou. "Notei seu queixo caído, durante a aula."

"Sabe", Chad disse, com firmeza, "sem a consciência de Deus, pode-se fazer qualquer coisa. E, quando isso acontece, o sujeito está perdido. Sei que Deus me observa, neste exato momento. Como Ele vê cada movimento, tomo todo o cuidado possível."

"Seria como viver numa casa de vidro?", Shahid perguntou. "Ou numa estufa?"

"Isso mesmo", Riaz disse, sorrindo. "Exatamente. Esta é a idéia correta. Deus é testemunha de todos os nossos atos."

Shahid voltou para a biblioteca. Pretendia estudar um pouco mais, recuperando o entusiasmo da manhã. Mas não só o momento havia passado como começou a sentir um certo mal-estar, que o cobria como se fosse um encerado.

Nem conseguia decidir se deveria sentar-se e reunir seus papéis ou fazer isso em pé, ou deixar tudo de lado e sair andando na chuva fria com os outros lunáticos e comer um Big Mac, tomar um milk-shake e bater punheta em seu quarto. Poderia ler e escrever, mas com que objetivo? Ele sabia que desejava ser um jornalista, de algum tipo, na área de artes. Poderia trabalhar num jornal, ou na televisão. Nas horas vagas, escreveria contos e, um dia, um romance. Mas tudo isso pertencia a um futuro distante e não o satisfazia, naquele momento.

Remexendo suas anotações, Shahid encontrou uma folha de papel que não havia posto ali.

O bibliotecário abriu a porta da sala dele e anunciou, para o salão quase deserto: "Estamos fechando".

Shahid desdobrou a folha de papel. Não ergueu os olhos antes de ler o recado três vezes. "Não sou eu que vou impedi-lo", disse. "Também estou com pressa." E começou a enfiar as coisas na mochila. Uma mulher escrevera um recado para ele, dando seu endereço. E o convidara para visitá-la, naquela mesma noite.

Tinha motivos, agora, para voltar a seu quarto, pensou. Precisava se arrumar.

Saiu da biblioteca, atravessou a faculdade e mergulhou no engarrafamento do fim de tarde. Pela primeira vez, não notou coisa alguma na rua.

QUATRO

O ralo do banheiro coletivo entupira. A água saía pelo ladrão, escorrendo pela parede lateral do prédio. Shahid foi obrigado a se lavar na pia amarela rachada de seu quarto. Primeiro um pé, depois o outro. Desajeitadamente, lavou as axilas, as bolas, depois o pau. Para desviar a atenção do fio de água gelada que escorria da torneira quebrada, e da posição desconfortável em que estava, ligou o walkman. Estava pensando em Riaz. Escolheu a voz mais sensual entre as cantoras brancas. Chrissie Hynde cantou "Stop your sobbing", provocando arrepios e encantamentos, e preparando-o para uma noitada promissora. Assim que começou "I go to sleep", porém, vozes o obrigaram a desligar a fita.

Ouviu uma discussão, murmúrios, conversas em punjabi, urdu, hindi, inglês, numa cacofonia tumultuada do lado de fora. O prédio tornou-se uma babel de vozes insistentes; os sons não eram claros, com a porta fechada. Vestiu-se rapidamente e saiu para ver o que se passava.

Hat segurava duas xícaras de chá, enquanto orientava uma fila de asiáticos que começava na porta do quarto de Riaz, passava pelo corredor e seguia escada abaixo. Os moradores do prédio desciam, resmungando. Na porta de seus quartos havia bebês choramingando, crianças impacientes e mulheres usando casacos mal-ajambrados, esperando pelo atendimento, como se o corredor tivesse virado sala de espera de algum médico. Uma moça, vestindo hijab, com pele cor de melão, auxiliava Hat.

"Por favor, por aqui. Sente-se, sente-se", dizia a um senhor idoso.

Hat viu Shahid. "Já estava na hora de você aparecer", ele disse. "Mais do que na hora."

"O que está havendo aqui?"

"Precisamos de uma cadeira", a moça disse.

"Esta garota maravilhosa é Tahira", Hat disse, ajustando o boné de beisebol vermelho, que usava com a aba para trás.

"Se não for ajudar, saia da frente", ela disse, com sotaque do norte. Shahid a imaginou originária de Leeds, ou Bradford. Talvez tivesse acompanhado Riaz até Londres.

Hat apontou para um homem de barba, recurvado, usando um salwar kamiz folgado. "Primeiro, pegue uma cadeira."

Shahid apanhou a única cadeira de seu quarto. O senhor idoso, que parecia muito doente e respirava com dificuldade, sentou-se, agradecendo a gentileza.

Hat inclinou-se e disse a Shahid: "Chad está lá embaixo, tomando conta, para ver se o dono não aparece. O centro comunitário foi atacado por vândalos, sabia?".

"Pela polícia, isso sim", o homem disse, sem sorrir.

"Como é?", Shahid perguntou, surpreso por ouvir a acusação na boca de um velho.

Hat explicou: "Em função disso, Riaz foi obrigado a transferir as consultas semanais para cá". Hat pegou na mão do velho. "O filho dele estava indo para a escola quando foi preso. Foi acusado de agressão e condenado a quinze meses. Eles o confundiram."

"Sério, mesmo?"

"Sim! Vamos fazer uma campanha violenta, em prol de sua libertação. A sede será no seu quarto. Toda esta gente adora o irmão Riaz. Viajam muito, para vir até aqui. Sabem que ele, quando diz algo — quando promete escrever a um deputado, ou recomendar um advogado —, sempre fala sério."

"Quem está lá dentro, agora?", Shahid perguntou.

"Ansioso para aprender, né?" Hat entregou-lhe as duas canecas de chá. "Leve para ele. Assim, aprenderá o quanto nossa querida Inglaterra é hospitaleira."

Shahid entrou silenciosamente no quarto de Riaz. O sujeito sentado à frente de Riaz falava e chorava com tanta intensidade que nem percebeu sua chegada.

"Aqueles rapazes, senhor, vão a meu apartamento e ameaçam minha família, todos os dias, todas as noites. Como já contei, levei vários socos no estômago. Moro lá faz cinco anos, mas agora a situação piorou muito. Além disso, minha irmã e meu irmão escrevem sempre, dizendo que me esqueci deles, que levo uma vida luxuosa e não mando dinheiro para comprar remédio, nem dinheiro para o casamento, nem dinheiro para nossos pais adorados..."

Riaz olhava-o direto nos olhos, emitindo um murmúrio baixo, contínuo, como sinal de discreta solidariedade.

"Senhor, eu já tenho dois empregos; um de dia, no escritório, e outro no restaurante, até as duas da madrugada. Não agüento mais de tão cansado, e o mundo inteiro pega no meu pé..."

Riaz ergueu os olhos com o rosto impassível de sempre. A piedade, porém, o fizera corar. Shahid deixou o chá sobre a mesa.

"Já entendi", Shahid disse a Hat, do lado de fora.

Chad se aproximara.

"Ei, Shahid, está todo arrumado. Você vai sair?"

"Nada importante. Só uma reunião. Você sabe, coisa de estudante."

"Sei. Reunião, né, Hat?" Chad balançou a mão direita, como se ela estivesse em chamas. "Acho que vamos precisar de uma força aqui, hoje."

"Isso mesmo", Hat disse. "Riaz está trabalhando demais. Precisamos bater algumas cartas no computador, e sei que você tem um Amstrad no quarto."

Shahid encarou os dois. "Agora?" Ele tirou o paletó e pegou a chave do quarto.

"O rapaz é sério", Hat disse. "Gosto de sua atitude. Você não concorda, Chad?"

"Para mim, tanto faz."

Hat desistiu. "Não precisa. Pode deixar para depois."

"Está bem", Shahid concordou. "Volto em duas horas." Ele apontou para a fila. "Isto é incrível."

Hat sorriu. Chad disse, irônico: "Vejo que você está com muita pressa. Mas encontrei uma pessoa, lá embaixo, esperando por você".

"Por mim?"

"Foi o que eu disse."

"Quem?"

Chad deu de ombros. "Não conheço gente dessa laia — atualmente. Usa terno cinza, brilhante. E sapato de crocodilo."

"Um parente, provavelmente", Hat disse, sorrindo para Chad.

"Deve ser", Shahid concordou, inseguro.

"Bem, ele saiu para comprar cigarro."

Shahid os encarou, subitamente. "Hat, já falei que preciso sair. E está tudo bem comigo. Muito obrigado, e até mais."

"Hat não gosta de mentiras", Chad disse.

"Como é?"

"Não gosto, mesmo", Hat confirmou. "Estou estudando para ser contador."

Chad ergueu os olhos. "Seja como for, já é tarde demais. Pelo jeito, seu amigo dos *Embalos de sábado à noite* acaba de chegar."

Shahid olhou para a frente e deu de cara com o sujeito que Riaz chamara de "dissoluto", abrindo caminho na fila com a segurança de alguém acostumado a enfrentar defesas fechadas e o fastio de quem odeia multidões. Sem dúvida, seu terno era de um cinza iridescente, que combinava com o Bass Weejun que calçava naquele dia. Chili nunca usaria sapato de crocodilo.

"Como vai, irmãozinho?"

Chili balançava as chaves do carro, segurando também o Marlboro e os óculos Ray-Ban, sem os quais não saía do banheiro. Chili só tomava café preto e Jack Daniels puro; só usava ternos Boss, cuecas Calvin Klein e seu ator preferido era Al Pacino. O barbeiro apertava a mão dele, o contador o convidava para jantar e o traficante de drogas fazia questão de atendê-lo a qualquer hora, além de aceitar cheques. Para seu alívio, não estava fumando um baseado.

"Chili."

"Mas o que é isso?" Chili abriu os braços. "Me abrace, garoto."

Shahid foi puxado para junto de Chili, que lhe deu uns tapinhas nas costas. Odiava sentir tanta relutância e tensão. A cordialidade inesperada do irmão despertara sua desconfiança.

Shahid conseguiu livrar-se do abraço. "Quer conhecer minha casa?"

"Por que você acha que vim até aqui? Quero ver o local, *toot sweet*."

Antes de tirar Chili dali, Shahid foi obrigado a apresentá-lo a Chad e Hat, que se recusavam a voltar ao trabalho, apesar dos tossidos e gemidos da turba. Enquanto Shahid mantinha a porta aberta para o irmão entrar, Hat disse "Oi" e examinou Chili dos pés à cabeça. Chad o cumprimentou com um movimento curto, irônico.

Shahid disse ao irmão: "Sinta-se em casa. Tente não olhar para o papel de parede".

"Acho melhor colocar o Ray-Ban."

Chili limpou as lentes com o lenço. No mesmo instante, Shahid percebeu que Chad, depois de apertar as mãos do permanentemente perfumado Chili, cheirava os dedos e fazia cara de nojo para Hat. Shahid pediu a Deus que Chili não tivesse notado.

Shahid fechou a porta.

"Não tem nada a ver com a nossa casa."

"Deve ser por isso que você veio morar aqui", Chili disse.

A residência da família era uma mansão imaculada, construída na década de 60, perto do centro, um caravançarai mais cheio de gente que um hotel em plena temporada. Papai a redecorava constantemente, trocando a mobília a cada cinco anos, e acrescentando novos quartos, sempre indispensáveis. A cozinha parecia ser sua maior preocupação, muito moderna, embora não parecesse a Shahid mais "inovadora" que a anterior. Papai odiava tudo que fosse "antiquado", a não ser que atraísse turistas. Queria destruir as coisas velhas; adorava o "progresso". "Quero tudo do bom e do melhor", costumava dizer, e isso significava novidades, a última moda, o auge da ostentação.

"Onde vou sentar, diacho?"

"Onde quiser."

Shahid tomou a iniciativa e acomodou-se na cama, jogando livros e roupas no chão.

Mas Chili não fazia o gênero de quem se sentava em camas desarrumadas. Fechou a cara, esnobe, e ficou andando de um lado para o outro, mexendo negligentemente em cadernos, fitas, cartas. Examinava tudo, como se aquilo pertencesse à família. Mesmo assim, Shahid percebeu que ele tentava disfarçar o desprezo excessivo que estava sentindo. Pela primeira vez parecia que Chili não ia mencionar algo que ele gostava de chamar de "mundo real". Quando tocou uma pilha de livros com a chave do carro, demonstrou até um certo respeito.

"Por que você está querendo se livrar de mim com tanta pressa, querido irmão?"

"Não estou."

"Não dou a mínima se você fica batendo o pé para as outras pessoas, querendo apressá-las. Mas não venha com onda para cima de mr. Chili."

"Sinto muito."

Chili ficou amuado.

Até então, Chili sempre considerara Shahid um monte de merda incorrigível. Na adolescência, Chili o atormentava e espancava. Certa vez, na frente dos amigos embriagados, obrigara Shahid a sair da sala — pela janela do segundo andar. Shahid quebrou o braço. Depois, Chili passou a fazer o possível, quando estava em casa, para manter a maior distância de Shahid.

Aos vinte anos, Chili casou-se com uma prima, Zulma, e mudou de casa, no estilo ocidental. Foi para um apartamento em Brighton. Lá, tentaram manter o estilo de vida elegante a que ela se acostumara em Karachi. Mas o refinamento só era possível com auxílio externo. Zulma não estava acostumada ao serviço doméstico. Sabia fazer muitas coisas, inclusive, diziam, felação. Mas lavar louça não se incluía entre suas prendas. E muito menos entre os dotes de Chili.

No ano anterior, depois da morte de papai, Chili pegou Zulma e a filhinha deles, Safire, e voltou a morar na casa da família. Desde então, raramente a via, pelo que Shahid notou. Dizia estar obcecado com a implantação de um grande projeto empresarial. Cansara-se, certamente, de trabalhar como agente de viagens, e cumpria suas tarefas apenas para agradar ao pai e garantir um salário estupendo. Chili passou a defender a expansão dos negócios familiares — para Londres. Com isso, justificava sua eterna ausência de casa.

"Você está estudando à noite? É por isso que está todo fantasiado?"

"Tenho um encontro, Chili. Mais tarde."

"Boceta?"

"Hein?"

"Você ouviu muito bem."

"Não. Uma professora da faculdade."

"Já vi tudo. Boceta chique. Quantos anos ela tem?"

Shahid refletiu um pouco. "É maior de idade."

"E o convidou para ir à casa dela?"

Shahid fez que sim.

Chili assobiou. "Uau. Não esquente a cabeça. Vou levá-lo de carro até a porta, seja onde for. Pense nisso: ela está vestindo a calcinha predileta, neste exato momento, enquanto conversamos."

"Não seja estúpido, ela é minha professora."

"Ficou excitado, né? Acho melhor nem me apresentar a ela."

"Não pretendia fazer isso, mesmo."

"Você está começando a aprender. Tem mais de uma mina perfumando a boceta para mim, esta noite, além da... nem lembro o nome daquela vaca. Sabe, a família está deslumbrada. Bonita calça. Xadrez fica ótimo em você. Por acaso seria minha?"

"Não."

Chili examinou as roupas penduradas no armário. "Cadê minha camisa vermelha?"

"Lavando. Depois eu devolvo."

As paixões insaciáveis de Chili sempre foram mulheres, roupas, mulheres, carros, e o dinheiro para comprar tudo isso. Quando os dois eram mais jovens, deixava claro que considerava o gosto de Shahid pela leitura coisa de efeminado. Sofria influência de papai, prático e agressivo, que dizia que o interesse de Shahid pelo estudo não só era improdutivo como também um fardo para a família, principalmente depois do incidente com o conto que Shahid havia escrito. Desde que Shahid entrara para a faculdade, entretanto, a atitude de Chili mudara.

A morte de papai fora responsável pela transformação. Em seu leito de morte, papai removeu a máscara de oxigênio, beijou Chili e disse: "Não largue o menino na mão. Não me deixe ir desta para melhor pensando que Shahid ficou desamparado".

Chili passou a telefonar para Shahid. Começou a levá-lo a casas noturnas tenebrosas, instaladas em porões em South Kensington, onde seus conhecidos aproximavam-se da mesa para prestar a devida homenagem. Entre eles havia traficantes alemães, que usavam luvas de couro preto e pistolas automáticas escondidas debaixo do casaco e apreciavam a companhia de adolescentes italianas; advogados ingleses chicanistas, que levavam policiais corruptos para uma noitada no centro; campeões búlgaros de esgrima; crupiês franceses que mais pareciam gigolôs — quando sacavam notas de vinte libras de maços da grossura de um taco —, e investidores milionários das Bermudas. Em meio às conversas urgentes, em voz baixa, Chili pedia margaritas para Shahid e o apresentava a moças maquiadas que lhe davam as costas assim que Chili se afastava. Tentava também descobrir o que o irmão gostava de fazer, mas Shahid era sensível demais para revelar suas preferências. Shahid guardou a impressão de que seu irmão mais velho se considerava um guia turístico do mundo real, mostrando-lhe os perigos da vida para evitar que cometesse algum erro grave por causa de sua credulidade, sensibilidade ou falta de malícia.

Shahid teria sentido mais raiva caso não percebesse que Chili estava tentando se aproximar, embora não soubesse direito o caminho. Chili não tinha amigos; tinha colegas, companheiros e sujeitos que chamava de "amigos pessoais", em geral criminosos. Respeitava tanto as namoradas, e causava-lhes tantos desgostos, que era incapaz de conversar com elas.

Quando Shahid se olhou no espelho embaçado, Chili disse: "Sua aparência melhorou um bocado. Parece mais saudável. Se desse um sumiço nos óculos, pusesse lentes de contato... cortasse o cabelo mais curto... ficaria menos afrescalhado. Você tem um ar resoluto. Mas sempre foi um bebê chorão. Suponho que agora você seja quase um homem. Papai ficaria contente em vê-lo".

"Acha mesmo?"

"Não fique surpreso. Ele sempre admirou sua cabeça."

"Papai?"

"Claro. Ele só queria que você fizesse um bom uso dela. Desistiu daquela história de ficar escrevendo, né?"

"Como assim?"

"Vai acabar levando uns tapas, se ficar perdendo tempo com isso." Ele acariciou o rosto de Shahid com a mão aberta, divertindo-se com o temor instantâneo do irmão. "Vamos nessa. Você está ficando nervoso."

Shahid imaginou que a fila para ver Riaz já teria diminuído. Ao sair, porém, os queixosos e deprimidos já chegavam à rua.

Normalmente, Chili soltaria farpas venenosas, mas ele levou tudo na brincadeira, chegando a lançar um olhar meloso na direção de Tahira. Todavia, a caminho do carro, ele encarou Shahid com curiosidade e disse: "Aquele grandão é amigo seu?".

"Chad? É."

"Então diga ao cretino que vou acabar com a raça dele, se da próxima vez ele cheirar a mão, entendeu?"

"Entendi."

Shahid acomodou-se no suntuoso banco dianteiro da BMW de Chili. No console, viu um exemplar de *Cem anos de solidão*. Folheando o livro, perguntou: "Posso pegá-lo de volta?".

"Deixe aí. Eu ainda estou no começo."

"Já imaginava. Preparei as perguntas."

Havia alguns meses, Shahid estava com um monte de livros quando Chili, que se gabava de nunca ter lido nada — "Para mim, a literatura é um livro fechado" —, disse que gostaria de experimentar um livro, para ver qual era o barato. Shahid respondeu que Chili não conseguiria ler aquele romance, que seria um erro começar por Márquez. "Além disso", acrescentou, com maldade, "funcionalmente você é um iletrado."

"Vá à merda, seu veadinho", Chili havia dito então, com um esgar. Jurou devorar o livro em seis meses e enfrentar uma sabatina rigorosa de Shahid. Caso falhasse, daria ao irmão mil libras — em dinheiro.

"Adoro um desafio", Chili disse. "Mas isso já é demais. *Cem anos*. Dez já bastariam. Ou seis meses. Me diga uma coisa, por que o autor dá o mesmo nome a todos os personagens? Aquele outro escritor, o sujeito que fala mal da religião, faz assim também?"

"Não."

"Livros são legais. Mas, fora a voz de Ray Charles, não há nada melhor na vida do que uma bela mulher. E é atrás delas que nós vamos, irmãozinho!"

Deedee residia em Camden. Enquanto Chili se perdia em meio às ruas de mão única, até encontrar uma avenida onde pudesse correr, Shahid consultava o guia *De A a Z*. Quando localizaram a rua, Shahid pôs a cabeça para fora, tentando ver os números das casas. De repente, apontou.

"Pode parar! Deve ser ali."

Chili deu meia-volta no carro. Os dois examinaram a casa.

"Sua paquera anda bem de vida", Chili zombou. "Mora num bairro quase chique. Num dia claro, pode ver os negros e operários ao longe, sem que passem pela porta de sua casa, ou roubem o microondas. Não é boa dona de casa, mas gosta de jardinagem. Feminista, por acaso?"

"Como todas, hoje em dia."

"Certo. Difícil evitar isso. O negócio é fazer da necessidade uma virtude, como diz o ditado."

"Como?"

"Falam muitas mentiras sobre as feministas. As pessoas dizem que elas deixam crescer os pêlos das pernas, e que não gostam de cacete. Mas, pode acreditar em mim, sexualmente elas vão fundo — caso concordem em dar uma trepada com você —, porque não sentem vergonha. Por outro lado, vivem dizendo que o seu pau é muito pequeno."

"Sempre dizem isso, é?"

"Não fique nervoso." Chili deu um tapinha na cabeça do irmão. "Não vai acontecer nada disso, esta noite. Tenho quase certeza. Na verdade, elas sentem medo de que suas bocetas sejam grandes demais. Se tiver problemas, mencione este fato, com jeito."

"Como posso dizer isso 'com jeito'?"

"Ora, é fácil."

"Dê um exemplo."

"Agora?"

"Por via das dúvidas."

"Tudo bem." Chili refletiu por um momento. "Fale assim: 'Trepar com você, mina, é que nem passear de bicicleta pela Oxford Street. Eu preferia chegar perto da guia, de vez em quando'."

"Posso falar assim?"

"Claro."

"Isso nunca aconteceu com você, não é?"

"Uma vez, não faz muito tempo. Quando eu estava fodendo a mulher, ela disse: 'Põe tudo, mete até o cabo'." Chili riu. "E eu já estava lá dentro, inteiro. Daí eu falei: 'Já meti tudo, gostosa. Hoje, vai ser só o prato do dia'. Ela não se incomodou. Nem ligam para isso, quando a gente dá um jeito de se explicar. Bom, você está a fim de traçar a professora ou não?"

"Chili, que pergunta! Eu mal a conheço."

"As pessoas sabem, nos primeiros dois minutos, se querem trepar com alguém. Em uma hora, se querem namorar. Se gostou da mulher, ataque."

"Não posso fazer isso."

"Por que não? Minha nossa, está quase batendo os dentes. O que papai diria, se o visse?"

Chili engatou a marcha e agarrou o volante, como se estivesse na cabine de um bombardeiro em pleno mergulho. Arrancaram, cantando pneu.

"Para onde você está indo?", Shahid gritou.

"Ainda é muito cedo."

Shahid quase agarrou a direção. "Estou em cima da hora!"

"Ela vai gostar mais de você, se a obrigar a esperar."

Shahid suportou as intermináveis voltas por Camden High Street, passando pela estação do metrô, cinema, bares, enquanto ouvia o cantor paquistanês qawali Nasrut Fatah Ali Khan no último volume. Shahid começou a imaginar se não haveria algo de errado com seu irmão. Chili sempre tinha algum lugar melhor para ir, e coisas muito mais importantes a fazer do que passear com ele.

"Chegamos." Na frente da casa, Chili puxou a carteira do bolso traseiro. Era do tamanho de meio pão de fôrma. "Pegue, para o caso de precisar voltar para casa de táxi." O Guia do Mundo Real deu algum dinheiro a Shahid. "E não se esqueça: elas sempre sentem mais medo do que a gente."

"Chili."

"O que foi, porra?"

Shahid percebeu que o irmão não mencionara a esposa.

"Como vai Zulma?"

"Zulma? Não banque o cretino. Zulma está sempre do mesmo jeito. Mas que diabos você está querendo saber, afinal?"

"Nada."

"Quer me provocar, por acaso?"

"Não, Chili, eu juro."

"Sério mesmo?"

"Só perguntei porque ela é parente."

Chili o beijou. "Não se esqueça da minha camisa vermelha."

"Claro que não."

"Bom rapaz."

Shahid aproximou-se da entrada, parou e hesitou. Ainda não sentia vontade de entrar. Mas, ao virar para trás, viu Chili sentado ao volante. Acelerando o carro, ele berrava: "Boceta! Boceta! Boceta!".

Shahid tocou a campainha. Quando Deedee abriu a porta, Chili buzinou e deu uma gargalhada.

CINCO

Ele ficou parado no meio da sala, ansioso, com a mão enfiada no bolso.

"Onde você prefere sentar?", ela disse. Ele não tinha a menor idéia. "Bem, fique à vontade."

Era uma casa grande. As portas tinham vitrais e o piso do vestíbulo era revestido por magníficos ladrilhos. Mas ela estava tão malcuidada que parecia mais suja do que o próprio quarto de Shahid: assoalho de tábuas todo gasto, tapetes enrugados, cartazes rasgados de Billie Holiday e Malcolm X, três bicicletas velhas encostadas na parede. Nas poltronas e no chão, havia pilhas de jornais amarelados, cobertos de poeira. Alguns haviam sido cortados, como se pretendessem arquivá-los. Parecia uma república estudantil, e Deedee explicou que de fato três rapazes da faculdade ocupavam os quartos que sobravam.

Na frente da lareira ficava o sofá. No chão, uma tábua com um pedaço de Gruyère em cima. Ela pediu licença para ir buscar o vinho. Ele se acomodou no sofá, sem se dar conta de que ela, ao retornar, teria de se sentar a seu lado. No caminho, ele alimentara esperanças bizarras, parcialmente inspirado por Chili. Agora, sentia vergonha, constrangimento.

Levantou-se num pulo, foi até a janela e observou a rua.

O carro de Chili não se movera. Chili desligara a música e olhava para o vazio. Shahid não se recordava de tê-lo visto sentado imóvel, antes. Como se percebesse que estava sendo observado, Chili virou o rosto, sorriu e fez sinal de positivo. Shahid arrepiou-se todo. O que aconteceria se Chili, de repente, resolvesse conhecer Deedee? Seria uma atitude típica dele. Shahid teria de explicar a ela que não deveria abrir a porta.

Ouviu um barulho, vindo da cozinha. Voltou apressado para o sofá e fixou os olhos na pequena televisão desligada, que ficava do outro lado da sala, numa estante.

"É bom ver alguém que consegue se instalar confortavelmente em qualquer lugar", ela disse. Carregava uma garrafa e duas taças. Colocou tudo no chão e ligou o videocassete. Um show antigo do Prince. "Enquanto você assiste, vou preparar a sopa de abóbora com coco e gengibre. É uma delícia. O que você acha?"

"Parece ótimo. Obrigado, espero não estar lhe dando muito trabalho", disse, enquanto ela caminhava em direção à porta. "Por falar nisso, obrigado por colocar esta fita. Não conseguiria fazer o trabalho sobre o Prince sem vê-la."

"Falaremos sobre isso mais tarde."

"Claro."

Mais tarde?

Ele tentou se concentrar na fita, mas o show acabou antes disso. Não achou o controle remoto, e foi obrigado a se levantar para voltar tudo e rever o show. Depois, pôs outra fita, que voltou mais duas vezes, enquanto pensava nos comentários inteligentes que faria quando ela voltasse. A palavra *inconsútil* não lhe saía da cabeça. Precisava de algo assim, desse nível. Mas não conseguia pensar em outras palavras adequadas. O que ela pensaria, se apenas dissesse duas vezes: "Realmente inconsútil"?

Estava trocando a fita quando ela entrou na sala carregando a bandeja com sopa, pão francês e salada grega. Ela ia sentar no sofá. Ele não podia mais voltar, empurrá-la e retomar a posição anterior.

Ela apontou para as fitas. "O que você achou dos vídeos? Sexy?"

Sentou-se a seu lado. A sopa estava quente e Shahid quase queimou a língua, quando tentou engoli-la. Não pôde deixar de se perguntar onde estava o marido.

"Muito. Mas eles são, em parte, pantomima." Hesitou, mas foi em frente. "Você não os acha inconsúteis... inconsúteis, porém nada catárticos?"

"Odeio esta casa."

"Hein?"

Ela olhava para a sala. "Estamos tentando vendê-la. Desculpe-me, o que você estava dizendo?"

"Os vídeos. Que eu os acho inconsúteis."

Ela olhou para a sopa. Ele estava ficando com calor, precisava tirar o casaco, senão começaria a suar.

Já em mangas de camisa, desabotoava o colarinho quando percebeu que, no vestíbulo, dois olhos o vigiavam. Brownlow apressou-se em vestir o sobretudo. Em seguida, tentou sorrir, acenando. Shahid fez o mesmo, enquanto procurava afastar-se ao máximo de Deedee. Mas temia ter avançado o sinal, pois Andrew entrou na sala, parou a seu lado e olhou para baixo.

Brownlow pretendia dizer algo, mas ao abrir a boca recordou-se de que lhe faltava o dom da palavra. Por isso, estendeu a mão pegajosa, que Shahid apertou com o máximo de cordialidade que conseguiu demonstrar, tentando ignorar o fato de que a mulher do sujeito estava praticamente sentada no seu colo.

Quando Brownlow saiu, dando-lhe as costas, e Shahid, aliviado, pôde voltar à sua sopa, ele viu Brownlow e Deedee se olhando com uma curiosidade objetiva, como dois estranhos tentando se recordar de onde mesmo se conheciam.

A porta da frente se fechou. "Homem de poucas palavras, não é?"

Deedee baixou a colher para rir. "Ele é meu marido! Dá para imaginar uma coisa dessas?"

"Acho meio difícil, para ser sincero."

"Num determinado momento, a gente está perdidamente apaixonada, e noutro, não muito distante do primeiro, nem consegue acreditar que algum dia sentiu algo pelo sujeito. Já aconteceu com você? Uma vez, faz muitos anos, Andrew voltou de uma festa e me disse que havia beijado outra mulher. Naquela época, os casais tentavam ser totalmente honestos e abertos, sabe como é?"

"Por quê?"

"Nem me lembro direito. Por razões políticas, creio. Seja lá como for, passei duas noites sem dormir. Nunca me senti tão abandonada. Agora, nem entendo o porquê de ter ficado daquele jeito." Ela suspirou. "A gente espera, apesar dos pesares, que a intimidade deixe alguma marca mais profunda, que algo permaneça. Mas que nada. No final, acaba pensando: puxa, quem é este cara?"

Eles terminaram a sopa.

Deedee perguntou se ele gostaria de ver os vídeos novamente, mas Shahid, embora consciente de que, quando chegasse a hora de redigir o trabalho, pouco se lembraria das fitas — além do fato de que Prince gostava de usar calcinha de mulher —, sabia que não agüentaria ficar mais tempo ali, sentado, imóvel. O problema era que ele não sabia se era isso que ela queria fazer, ou se isso a deixaria aborrecida. Ela tirou os pratos.

Na volta, parou, enrolando uma mecha de cabelo com o dedo indicador, e disse: "Sabe, eu preciso sair. Fico tensa, quando passo muito tempo aqui dentro. E não gostaria que meus inquilinos começassem a dizer coisas. Não há nada...". Ela apontou para os dois "...não há nada de mais. Mesmo assim...", e deu de ombros. Ele balançou a cabeça, concordando. "Mesmo não havendo nada de mais, sua visita será comentada na faculdade, amanhã de manhã."

Ele se levantou depressa e bocejou, tentando parecer convincente: "Tudo bem, estou mesmo muito cansado".

"Que nada. Você vem comigo."

"Vou?"

"A não ser que esteja muito cansado, Shahid. Eu gostaria muito que você viesse."

"Não, eu não estou cansado, não." A determinação de Deedee o deixou tão impressionado que ele ficou sem saber o que fazer. "Eu... iria com você para qualquer lugar... qualquer um. Sim."

"Isso é ótimo. Adoro quando dizem 'sim'. É a palavra mais interessante de todas, você não acha? Como uma dobradiça que abre uma porta para fora. Sim, sim, sim."

Ele deu um passo em sua direção.

Os olhos de Deedee franziram de prazer. "Posso me arrumar, então?"

Ela desapareceu por um tempão.

Na falta do que fazer, ele foi até a janela. Chili estava recostado no banco do carro, fumando. Não fitava a casa. Seu olhar se perdia na distância. A música continuava a tocar, indolente.

O que o Virgílio de Bass Weejun faria numa hora dessas? Seguramente, até o momento, Shahid não dera nenhum fora. Mas Chili, de carro e armado com sua faca, teria dominado melhor a situação. Só que Deedee jamais se aproximaria dele.

Não, Chili era a última pessoa a quem Shahid desejava imitar. Se Chili achava que ele tinha problemas, estes não eram nada, se comparados aos problemas que o irmão provavelmente enfrentava, Shahid pensou.

Para Chili, as pessoas eram fracas e preguiçosas. Não as considerava estúpidas; jamais cometeria esse erro. Afirmava, contudo, que as pessoas temiam mudanças, mesmo que fosse para melhorar de vida; eram medrosas, complacentes, covardes. Alguém com iniciativa e disposição levava vantagem.

Chili pensava, por exemplo, que os homens temiam passar por idiotas na frente das mulheres, e por isso se seguravam, quando chegava a hora de atacar. Chili se via como um predador. Quando uma mulher se oferecia, saboreava seu momento de glória. Com freqüência, nem mesmo era necessário dormir com ela. Um olhar ávido, ansioso, permissivo, já lhe bastava.

Em casa, Chili costumava sentar-se na cama de Shahid, pela manhã, e contar as aventuras da noite anterior. Chili tirando o short de alguma garota, atrás do muro do tênis clube. Chili no dormitório das moças, na escola, fugindo pela janela. Chili e seu gosto pelo sexo a três, ele e duas garotas — "sanduíches King's Road", como dizia. Chili saindo de alguma casa noturna para foder a mulher, enquanto o marido, um velho, olhava.

Papai também se deliciava com as aventuras do filho predileto. Não que Chili contasse as mais apimentadas. Temia que papai as considerasse "escabrosas demais". Mas, quando Chili saía para mais uma expedição "extenuante", o velho gritava: "Quero saber de tudo". Papai queria conhecer as mulheres. "Sem dúvida, elas gostam muito de sair com você", dizia a Chili. "Mas aposto que prefeririam conversar comigo. Traga-as para cá!"

Chili obedecia. Papai ficava deitado na cama, no centro do quarto, usando um robe castanho brilhante, e sob este o inevitável pijama de seda azul. Deixava um disco de Glenn Miller tocando, enquanto bebia uísque em um copo alto: meia dose de Bushmills, meia de club soda. Papai sempre ficava na cama, quando não estava no serviço. Deitava-se lá, como um paxá, com uma pilha de revistas em quadrinhos no criado-mudo. Seu "centro de operações", como costumava dizer. Enquanto isso a mãe de Shahid cuidava da própria vida, com as amigas, irmãs e filhos, em outra parte da casa; era como se vivessem em Karachi.

O problema era que papai queria que Shahid imitasse Chili.

Quando Shahid completou quinze anos, papai o persuadiu a sair com uma moça da região. Eles passearam pelo campo, e Shahid leu Shelley para ela, num monte de feno. Na volta, papai insistiu para que Tipoo — seu irmão mais novo, que era esquizofrênico e fazia o trabalho doméstico — conduzisse Shahid até o "centro de operações".

"Passou a mão nela?" Papai esfregou seu próprio peito arfante. "Aqui, ou mais embaixo?", perguntou, batendo então nas coxas, magras como as de um Cristo medieval. Na porta, Chili ria, irônico.

"Não."

"E o que você ficou fazendo?"

"Lendo poesia."

"Fale direito, seu eunuco de bosta!"

"Lendo Keats e Shelley para ela."

"Para a moça?"

"Sim."

"Ela riu de você?"

"Acho que não."

"Claro que riu!"

Papai e Chili não conseguiam parar de zombar dele.

Apesar da inclinação para o deboche, papai tinha muito de respeitável e correto. Ele era baixo, mal passava de um metro e meio, e seu bigode lembrava uma escova de dentes; usava paletós e blazers no escritório, gravata e calça cinza. Durante a guerra, pilotara bombardeiros da Força Aérea britânica em East Anglia, e fora condecorado por isso. Papai sempre desejara conquistar muitas coisas. Tinha um orgulho ilimitado, que beirava o heroísmo.

Papai levava os filhos pessoalmente às compras, para garantir que tanto ele como os meninos só usassem as melhores roupas. Mesmo se os filhos fizessem caretas na frente dos espelhos, da Burtons the Tailors, ele e o gerente continuavam olhando os grossos catálogos de tecidos xadrez, listrados ou estampados, como estudiosos examinando antigos manuscritos. Papai voltava várias vezes para os ajustes — a calça sempre ficava muito comprida —, até decidir, após interminável reflexão, qual colete ou gravata era ligeiramente incompatível com a calça. Em casa, levava Shahid e Chili para o banheiro, ensinando o único jeito correto de fazer a barba, com direito a detalhes como o modo de esfregar o pincel, o ângulo do barbeador, o escanhoar perfeito e como massagear a pele, no final. Depois, papai tirava a roupa para ensiná-los a como tomar banho, e como passar talco nas bolas, axilas e vãos dos dedos dos pés. Papai preferia cair duro na rua a passar por uma porta antes de uma dama. Ensinava tais cortesias a seus meninos, e também como apertar a mão dos homens com firmeza, ao dizer: "Muito prazer". Queria que as pessoas notassem o quanto seus filhos eram perfeitos. Mas, de que adiantara?

Deedee ainda não havia voltado. Shahid estava ficando intrigado com a ausência. O que ela estaria fazendo?

Seus pais haviam mudado para a Inglaterra porque desejavam viver com conforto e estabilidade, num país que não fosse governado por ditadores. Tendo conseguido isso, concentraram sua ambição nos filhos, em particular no primogênito. Papai amava Chili, mas será que aprovaria sua conduta atual? O plano mais recente do irmão era enriquecer nos Estados Unidos, embora não fosse a voz da liberdade que atraísse Chili, e sim sua violenta intensidade. Não se cansava de assistir a *Era uma vez na América*, *Scarface*, *O poderoso chefão* — como se fossem documentários escolares. Chegou a maldizer papai — pelas costas, claro — por escolher a cansada Inglaterra, em vez de ficar na fila em Ellis Island, junto com os judeus, poloneses, irlandeses e armênios. A Inglaterra não valia grande coisa, era rígida demais. Impossível conquistar a verdadeira glória num país onde a polícia usava capacetes que mais pareciam joelhos dobrados. Chili pensava que nos Estados Unidos seria alguém, mas não pretendia ir para lá sem dinheiro. Primeiro se estabeleceria em Londres, e depois atacaria Nova York, abrindo caminho com sua "reputação".

O problema era, como mostrou certa vez tio Asif, que o dinheiro caíra nas mãos de Chili com excessiva facilidade, nos anos 80. Ele não respeitava a origem desse dinheiro. "É muito fácil para as pessoas, especialmente na juventude", dizia tio Asif, "esquecer que mal acabaram de chegar à Inglaterra. Só depois de muitas gerações a gente se acostuma a um lugar. Pensamos estar instalados, mas somos iguais a noivas que acabam de entrar em sua nova casa. Precisamos tomar muito cuidado, para não acordar um dia e descobrir o quão calamitoso foi nosso casamento."

Suas palavras continham muita amargura, claro. O tio enfrentava a tarefa impossível de viver num país que não aceitava inteligência, iniciativa, imaginação, no qual a maioria dos projetos acabava atolada no desânimo. Mas Shahid concordava com sua opinião.

Ele se levantou. Nem sinal de Deedee, ainda. Alguma coisa deveria ter acontecido.

Aventurando-se pelo corredor, resolveu procurá-la. Começou a subir a escada. Lá em cima, em algum lugar, ela cantava, acompanhando a música. Reconheceu a canção; Chili costumava ouvir o disco enquanto se vestia para sair. Era a primeira faixa do *Beggar's banquet*. Deu meia-volta.

Ouviu uma voz, no alto da escada.

"Shahid. É você?"

"Sim."

"Poderia subir? Quero lhe perguntar uma coisa."

"O que você quer saber?"

"Não sei o que usar. Pode subir, e dizer se estou bem?"

Ele subiu a escada, imaginando o que ela e a noite teriam a lhe oferecer.

SEIS

Não tardou muito para que saíssem de casa. Chili, ao vê-los, ligou o carro e partiu. Shahid agradeceu ao irmão, silenciosamente.

Caminharam rua acima. Um ônibus parou. O cobrador olhou para os dois e, quando Deedee fez um sinal com a cabeça, ele mandou o motorista prosseguir.

Em Camden Plaza, a bem da verdade ela não chamou um táxi; apenas ergueu a mão na direção do trânsito. Imediatamente, um táxi parou ao lado deles. Deedee entrou e debruçou-se para orientar o motorista. Shahid saboreou o momento, pensando no quanto ela estava estupenda, de saia curta e blusa de gola larga, sob a qual usava sutiã preto.

No táxi, sentaram-se bem próximos um do outro. "Estamos tentando vender a casa, agora que Andrew e eu decidimos nos separar", ela disse. "Não vejo a hora de conseguir um lugar só para mim."

Ela recendia a flores. Os brincos balançavam, como duas gotas d'água prestes a pingar.

Ele disse: "Por que vocês resolveram se separar?".

Imediatamente, lamentou ter feito uma pergunta tão inconveniente.

Ela não respondeu. Continuou com a mão dentro da bolsa, como se sorteasse um número.

Ele tentou acomodar-se melhor. Afinal, estava num táxi londrino.

Ela disse: "Aquele homem só se interessa por uma coisa: política. Eu também estive envolvida com política, durante anos.

Nem consigo admitir o quanto isso me podava. Acabei sentindo muita culpa".

"E agora, o que você gostaria de fazer?"

"Estou tentando descobrir. Outras coisas. Cultura. Se possível, não fazer absolutamente nada. E, de vez em quando, um pouco de prazer. Sim." Ela enfiou a mão na bolsa outra vez. "Andrew arranjou uma namorada nova, e passa a maior parte do tempo na casa dela. Temos uma regra — não levamos amantes para a nossa casa."

Shahid considerou a palavra "amantes", aplicada a Andrew, cômica, e por um instante se divertiu imaginando o doutor Brownlow sem calças; como viu também Andrew beijando Deedee, e não pôde acreditar que ela suportasse um homem daqueles.

Calculava que Deedee seria provavelmente mais complicada do que ele poderia entender; então, ela tirou da bolsa uma caixinha de madeira com cantos de cobre. Abriu a caixinha, pegando duas pílulas brancas raiadas. Em sua mão aberta, elas mais pareciam duas bombas minúsculas.

"Não sei por que estou me expondo desta maneira — talvez minha intuição esteja dizendo que você é legal", ela falou.

"Foi por isso que você me convidou para visitá-la esta noite?"

"Sim. E também porque você estava muito sozinho... gostei de como você olha para mim."

"Muitos homens convidam você para..."

"Como é?"

"Nada. Só estava pensando alto. Desculpe, não queria me intrometer."

Ela desviou a vista para a janela, de propósito. "Vou tomar uma coisa. Você quer?"

"O que é?"

Sentiu a pressão do corpo dela contra o seu. "Algo para rir e dançar à beça."

Ela explicou o que era; os termos farmacêuticos que usou e o tom professoral — "Você experimentará..." — fizeram com que soasse como um médico irresponsável. Adorou escutá-la, ela sabia de tudo. Por outro lado, ficou tenso. Ela falava sobre coisas que sua mãe chamava de "erradas", como música pop e drogas, do mesmo modo como adultos discutiam vinhos e literatura.

"Tudo bem", ele disse. "Costumava queimar fumo, mas só tomei esta pílula uma vez. Em Brighton."

"E gostou?"

"Tomei meia, e a pessoa que me deu disse que eu precisava conhecer você. Foi este o efeito."

"Fico contente em saber que você já experimentou. Esta aqui é muito boa. Me deixa louquinha. Quer?"

O táxi avançava tranqüilamente, não havia muito trânsito. Shahid não sabia para onde iam. Naquela cidade ilimitada, informe, era possível andar de carro por duas ou três horas, sem sair do outro lado. A partir de certo ponto, aonde os turistas nunca chegavam, as pessoas eram mais maltrapilhas, os carros mais velhos, as casas mais maltratadas.

Ela levou uma das bombas à boca, e virou a cabeça para trás, bebendo água da garrafinha plástica que trouxera consigo.

"Na verdade, estou legal assim", ele disse.

"Você tem certeza?"

Ele se ajeitou no assento. "Os vídeos do Prince já me deixaram bem louco."

Deedee não falou nada, nem olhou para ele. Ficou furiosa com Shahid, ou talvez consigo mesma, ele não sabia. Um mal-entendido pairava no ar, sem dúvida.

Melhor pedir a ela que parasse o táxi. Não demoraria muito para pegar um ônibus, ou o metrô. Riaz trabalhava até tarde, havia tanta coisa a fazer — precisava ajudá-lo com a digitação; seu trabalho era muito mais valioso e essencial. Riaz, Hat e Chad haviam sido as primeiras pessoas iguais a ele que conhecera, não precisava lhes explicar nada. Chad mostrava confiança nele. Hat o chamara de irmão. Sentia-se mais próximo daquele grupo do que de sua própria família. Mas aquela mulher que o convidara para sair — precisava tomar cuidado para não chamá-la de senhora — parecia tensa. Devia ser do tipo que imaginava que tinha muitos problemas, e precisava discuti-los constantemente, com amigos e terapeutas; todavia, se comparada à maioria das pessoas, estava na cara que ela levava uma vida agradável, e provavelmente muito frívola. Não admitira isso, ao confessar que procurava o prazer? De qualquer maneira, ela o deixava nervoso. O que pretendia, afinal?

"Onde estamos, Deedee?"

Em resposta, ela apontou. Os rebordos da ponte os introduziam na boca que levava ao sul de Londres. Ele teria descoberto isso por conta própria. Não gostou do modo como ela apontou para o rio.

O aquecimento do táxi estava funcionando bem, e o calor penetrava nas roupas, na pele que ia umedecendo. Precisava tirar a roupa, ou tomar um pouco de ar. Concluiu que, mesmo sem saber o que estava acontecendo, seria mais fácil sumir, cair fora, e desaparecer na cidade.

Pararam no sinal. Ele se debruçou para pegar a maçaneta. Pensou, entretanto, que antes de se matar precisava refletir bastante. Melhor abrir a janela, apenas. Mas ela não cedeu, e, mesmo forçando ao máximo, com as duas mãos, não conseguiu abrir a miserável. Não adiantaria nada ficar se debatendo como um gato na chuva. Ela não olhou em sua direção. Jogou água na mão, esfregou a testa e a nuca. Aflito, ele se recostou no banco.

Ela se debruçou por cima dele e abriu a janela com um único golpe. A brisa fumegante do rio invadiu o táxi, bem-vinda. O motorista estendeu o braço e ligou o rádio. Alguém dizia algo sobre o tempo em Orkneys, a única coisa sobre o que falavam por lá. Depois, o motorista sintonizou uma estação de música pop e aumentou o volume.

Shahid, de repente, ouviu um som que mexeu com seus joelhos. Seriam os Doors? Imagine, bobagem, era algo mais novo, Stone Roses ou Inspiral Carpets, uma das *guitar bands* de Manchester. Quem quer que fosse, a música o animou. Ela funcionava como uma injeção de adrenalina, e ele sentiu vontade de gritar de alegria por estar ali com aquela professora, que o convidara para sair. (Só gostaria de ter coragem para perguntar aonde iam.) Quando desistiu de tentar se controlar, percebeu que estava gostando da aventura. Baixou nele a certeza de que realmente queria estar ali. Pois é, nada mau; Chili não tinha nada a ver com aquilo.

"Tudo bem", ele disse.

"Tudo bem o quê?"

"Quero tomar."

"Tem certeza?"

"Sim."

Fechou os olhos, enfiou a pílula na boca e tomou um gole no gargalo da garrafa. Depois estendeu o braço para envolvê-la. Ela recostou a cabeça em seu peito, instantaneamente. Queria beijá-la, juntava coragem para isso, mas temia meter os pés pelas mãos. Chili dizia que tudo está na voz, e não na linguagem corporal; engana-se quem pensa o contrário. Mas, pelo amor de Deus, aquela era a sua professora; poderia até ser expulso.

Entraram numa viela que parecia feita sob medida para assassinatos, passaram por oficinas, estacionamentos e árvores retorcidas. Viraram abruptamente, numa rua sem saída. O prédio no final vibrava sutilmente. Era o White Room.

Um armazém prateado.

Na frente havia um pátio grande. Em seu centro um caminho, demarcado por arame farpado espiralado. A área inteira fora cercada por um alambrado alto, e uma ofuscante luz amarela a banhava, dando ao local uma aparência de pátio de penitenciária. Três guaritas eram ocupadas por sentinelas equipadas com radiotransmissores. A multidão rodeava os guardas, no meio da noite fria. Alguns rapazes, que não haviam sido autorizados a entrar, continuavam por ali, encostados na cerca. Outros tentavam escalá-la, como refugiados. Xingavam o prédio, até que eram puxados de volta e expulsos.

Deedee deu seu nome, e os dois foram admitidos. Filmados pelas câmeras da segurança, atravessaram o corredor iluminado, enquanto a multidão os observava com inveja. Pareciam astros da música pop numa estréia. Entraram no bar, uma área escura cheia de mesas e cadeiras, onde as pessoas bebiam água e suco de fruta, debaixo de pára-quedas estendidos no alto. Não havia bebidas alcoólicas à venda.

"Por aqui."

Ele a seguiu pelo labirinto de túneis de lona ondulada. Chegaram finalmente a um salão cavernoso, contendo no mínimo quinhentas pessoas. Slides coloriam as paredes. Sentiram o pulsar incessante de ruídos interplanetários. Jatos de luz caleidoscópica cortavam o ar. Muitos rapazes, sem camisa, seguravam chicotes de couro. Viram mulheres nuas da cintura para cima, ou só de short e tops mínimos. Uma delas, nua, estava de salto alto e usava apenas um pênis enorme preso entre as pernas, com o qual brincava.

Outros dançavam mascarados, vestidos de bebês ou com trajes de borracha. A dança era frenética, individual. Alguns tocavam apitos, outros uivavam de prazer.

Deedee encostou os lábios em sua orelha. A presença íntima do perfume de seu cabelo e de sua pele provocaram nele um curto-circuito.

Ela gritou, virando-se para aquele inferno: "Vamos dar só uma olhada, e depois seguir em frente".

"Você acha que eu vou pensar que posso voar?"

"Por quê? Você está ouvindo algum zumbido?"

"Não sei bem."

Ela disse: "Sabe, acho que forcei você a vir aqui".

"Foi mesmo, mas valeu a pena. Faz parte da minha educação, por assim dizer."

Ela começou a mover braços e pernas. Iniciou uma coreografia sensual, como uma serpente. Ele parou na frente dela com os pés fixos no chão, por medo de flutuar.

Com os olhos semicerrados, ele perscrutou a névoa ultravioleta incandescente. Notou que, em meio às sombras douradas, ninguém parecia se interessar muito pelos outros, embora as pessoas se encarassem com intensidade. Logo passou a agir assim, também; todos pareciam maravilhosos. Antes que pudesse pensar nos motivos para tanto, ou em por que estava se divertindo tanto, uma onda de satisfação o invadiu, como se uma criatura bafejasse gozo sobre seu corpo. Sentiu que soltaria os pés do chão e flutuaria.

A sensação o abandonou e ele se sentiu traído. Queria tê-la de volta. Ela voltou uma vez, outra. Em seu transe rítmico, começou a vibrar de prazer, sentindo-se parte de um oceano ondulante. Poderia ter ficado ali dançando para sempre, mas não demorou muito e Deedee o chamou: "Precisamos ir embora".

Ondas elétricas de luz percorriam o ambiente. Pontas de dedos flamejantes acenavam para os DJs, trazidos especialmente de Nova York, em suas cabines envidraçadas.

"Mas por quê?"

"Sei de um lugar muito melhor, um de meus estudantes mais confiáveis me explicou onde é. Vai rolar uma festa de final da década."

"Mas a década ainda não acabou."

"Não, mas parece que sim."

"Deedee, impossível existir um lugar melhor do que este."

Ela balançou a cabeça, decidida. Sabia de tudo. "Vamos fumar um cigarro e cair fora."

Ele a seguiu.

O ar frio gelou o suor em sua testa e temporariamente tomou conta de sua mente, trazendo-a de volta à lucidez. Mesmo que a rua resplandecente, semelhante a um palco de musical, o tenha deixado boquiaberto. Ele e Deedee não falaram muito, mas não conseguiam despregar os olhos um do outro.

Percebeu que haviam tomado outro táxi, mas não tinha a menor idéia de onde estavam ou para onde iam. Perdera também a noção do tempo. Pelo jeito, seguiam para o extremo sul da cidade, talvez passando por algum parque. Era uma área luxuriante, aberta, suburbana, sem comércio. Nas ruas geladas silenciosas, nem tráfego nem pedestres. As mansões escuras, distantes da rua, projetavam-se contra o céu, por trás das muralhas de árvores altas e dos portões de ferro. Pensou em Chili. Onde estaria naquele momento? Pensou na mãe, dormindo na cama. Sua família adoraria morar num bairro daqueles.

Chegaram à imponente cerca de ferro de uma mansão branca, no estilo que um Gatsby inglês escolheria, imaginou. Havia caminhões estacionados no acesso. Homens fortes estavam parados na penumbra. Revistaram Shahid, enfiando a mão em sua calça. Foi obrigado a tirar a meia e sacudi-la no ar, num pé só, descalço na terra enlameada.

Chegaram ao saguão revestido de mármore e fixaram os olhos na escadaria imensa. Depois passaram pela eficiente chapelaria, pelo bar e pelo urso polar empalhado, em pé sobre as patas traseiras, com uma luz na boca. Atravessaram o carpete fofo, vararam portas, corredores largos e um jardim-de-inverno, onde as árvores roçavam o telhado de vidro. Chegaram finalmente a uma banheira de hidromassagem: todos nus, na água. Além dela havia uma piscina interna, iluminada. Em sua superfície sombreada flutuavam dúzias de balões de cores cítricas.

Em seguida, o jardim se estendia até o infinito, iluminado por chamas azuis etéreas.

Local perfeito para dar uma festa. Deedee o pegou pelo braço e, quando seus olhares se encontraram , ela murmurou em seu ouvido: "Mas que lugar selvagem! Enfeitiçado e sagrado/ Ali a mulher uiva pelo amado demônio/ Sob a luz pálida da assombrada lua".

A casa fora invadida na noite anterior, depois de ter sido descoberta pelo baterista dos Pennies from Hell, um limpador de janelas que a encontrara durante suas andanças.

Naquela noite, estava tomada por hordas de rapazes e moças do sul de Londres. Usavam cabelo tipo pajem, tops de skatista, bonés de beisebol, gorros, ponchos coloridos e calças boca-de-sino. Deedee comentou que eles, na maioria dos casos, nunca tinham entrado numa casa assim, exceto para entregar as compras do supermercado. Agora, estavam tirando a barriga da miséria. Quando terminasse o final de semana, a casa estaria em pandarecos. "E a moçada também", acrescentou.

Deedee e Shahid tentaram subir a escadaria, mas dúzias de pessoas desciam. Outros dançavam onde estavam, erguendo os braços para o alto e gritando: "Todo mundo é livre para se sentir bem, todo mundo é livreeeee...". Alguns permaneciam sentados, balançando a cabeça, de olhos fechados. Logo Shahid se perdeu de Deedee.

Quase no final da escada, um cara baixo, rijo, sacudia um pacote e berrava: "Quem quer mais um? Quem quer mais um? Eeeee... E para o povo! Viva a classe operária!".

"Quanto é?", Shahid perguntou.

O preço era exorbitante.

"Quantas vai?", o cara disse.

"Três."

O cara largou três bombas na mão espalmada; Shahid tomou duas.

"Como você chama estas aqui?", Shahid perguntou.

"As brancas? Abre-coxa. Tenho outros tipos, também."

"Não, tudo bem."

"Então divirta-se", o cara falou. "A gente se vê."

"O que você está fazendo?", Deedee perguntou.

Estava atrás dele, e o abraçou na altura do peito.

"Tome."

Ele depositou uma pílula em sua língua estendida. Depois ela sumiu de novo, no meio da multidão. Sozinho, ele subiu as escadarias.

No andar superior, que estava congelando, não havia ninguém na vertical. As pessoas ficavam deitadas no chão, sem se moverem — a não ser para beijar e esfregar o corpo no do vizinho —, como se tivessem sido massacradas. Shahid precisava se juntar a elas, e deitou, aproveitando um espaço entre dois corpos. No momento em que fechou os olhos, sua mente, que ele costumava ver como algo ancestral, dividida em camadas, como a crosta da Terra, tornou-se uma figura oblonga, fulgurante de luz, em que as luzes dançavam.

Alguém o cutucava; abriu os olhos e viu uma garota, que o estava encarando.

"Tudo bem?"

Surpreso, ele disse: "O que você está fazendo?".

"Estou me sentindo bem, igual a você."

"E o resto do tempo?"

"Resto de que tempo?"

"Todo tempo."

"Faço isso", ela disse.

"O dia inteiro?"

"Todos os finais de semana. Sexta, sábado e domingo. No resto da semana..."

"O que você faz?"

"Tenho que ficar na cama. Amanhã, você vai entender."

Ele estava ligado, a mil — líquido, como se a fornalha em seu estômago derretesse ossos e músculos, transformando-os em lava. As palavras daquela garota, contudo, bateram fundo. Em algum ponto de sua mente, escondia-se a desolação: as coisas de que normalmente gostava haviam se esvaído, e ele não conseguia mais localizá-las; nem mesmo conseguia lembrar que coisas eram essas. Precisava de uma caneta, para fazer uma lista das razões para viver. O que poderia colocar na lista, porém, que fosse capaz de rivalizar com a sensação provocada por aquela droga? Fora iniciado em um segredo perigoso; uma vez revelado, boa parte de sua vida, observada a partir desse ponto privilegiado, parecia muito pequena.

Ele e a garota trocaram beijos, mesclando línguas até sentirem que as cabeças se fundiam.

Alguém, deitado ao lado, bateu em seu ombro. Shahid ignorou o toque. A sala toda se transformara num único corpo, boca, beijo. Rolou de um lado para o outro. De repente, sentiu que o puxavam. Era Deedee, com um olhar feroz. Ela afastou a outra e mergulhou em sua boca.

Pegou-o pela mão, e seguiram adiante; foram os primeiros a cair na piscina.

Mergulharam no silêncio do táxi, e descobriram que seus ouvidos pediam música, como um estômago reclama por comida. Mas não havia música disponível. Deedee deitou a cabeça em seu ombro. "Conte uma história."

"De que tipo?"

"Ora, algo romântico e sujo." Ela fechou os olhos. "Visualizarei as cenas, enquanto você conta. Esta noite, consigo ver além da superfície."

No início, por medo e vergonha, ele contou a história de modo deliberadamente infantil, mas, como ela puxou a lapela de seu casaco e lambeu sua orelha enquanto ele falava, sentiu que precisava, por exigência da platéia, descobrir uma história bem suja, sacana, um caso capaz de excitá-la.

Quando não conseguiu inventar mais nada, ela disse: "Por favor, não conte nada a ninguém, sobre esta noite".

"Claro que não." Percebeu que a questão ainda a incomodava. "Prometo, gata."

"Isso, me chama de gata." Ela o beijou no rosto. "Gata, gata, gata." Mas continuava preocupada. "Espero não ter sido a mulher mais velha daquela festa."

"Gostaria que esse tipo de coisa não a incomodasse."

"Só fico pensando que todos os meus amigos estão casados, ou morando com alguém. A maioria já tem pelo menos um filho. Não sonhariam em sair por aí, deste jeito. Não consigo nem pensar em contar isso a alguém."

Ele reconheceu a rua, mas todas as portas pareciam idênticas. Ela ria, enquanto o ajudava a tentar abrir vários prédios, com sua chave. Finalmente, uma das portas cedeu, e entraram no hall fedendo a mijo de gato. O táxi esperou. Eles se beijaram, encostados na parede.

"Outra vez?"

Ela respondeu: "Outra, e mais outra".

Ele subiu para o quarto, repetindo: "Outra, e mais outra", até que as palavras perderam completamente o sentido.

Poderia ter dormido, mas sabia que a vida, quando acordasse, voltaria a ser banal. Por que Deedee tinha de ir embora? Por que não estava com ele, agora? Por que não conseguira pedir à professora que passasse a noite com ele, depois de tanta folia na piscina de seus sonhos?

Ao entrar no quarto, tirar a roupa e deitar na cama, concluiu que ela deveria estar voltando. Sem dúvida, despachara o táxi e não fora capaz de suportar a solidão. Voltaria para ele, pelas ruas cheias de ursos polares iluminados, sabendo que ele estaria à espera. Afinal, ela sussurrara, no táxi — esperava ouvir aquela frase desde a adolescência: "Posso chupar você? Adoraria enfiar seu pau na minha boca". Ela havia dito aquilo, certo?

Mas agora, quando a felicidade finalmente chegara, seus dentes batiam. Seria capaz de satisfazê-la? Nem mesmo conseguia sentir as bolas. Certamente, ao encontrá-lo naquele estado, ela vestiria a jaqueta Katharine Hamnett novamente e desceria a escada, passando pela fila boquiaberta na frente do quarto de Riaz. Chamaria um táxi para levá-la a um clube no West End; ele a via entrando e caindo nos braços de um homem alto de terno escuro, que a estava aguardando.

Pelo menos, Shahid não precisaria sair da cama de pijama, quando ela tocasse a campainha. Ele poderia estar fazendo algo — o quê? Preparando uma omelete. Vestiu a calça, ligou o walkman, acendeu as três bocas do fogão e deitou-se no chão empoeirado, decidido a permanecer alerta até a hora de quebrar os ovos — caso conseguisse encontrar os ovos. Talvez ela trouxesse alguns. Claro, sabia de tudo.

O que mais ela disse?, pensou, enquanto tirava o pau para fora, tentando fazer com que endurecesse. (Logo estaria ali; tiraria as roupas dela, e deitaria a seu lado; pela manhã, iriam à faculdade: amantes.) No momento da despedida, ela pediu desculpas por levá-lo a locais onde só havia brancos. "No White Room, bem, você viu, só dá branco mesmo."

O que foi aquele som? Ela estava batendo. Chegara! Ele precisava abrir a porta para ela. Mas não conseguia se mexer; o quarto girava tanto que nem conseguia sentir o chão sob suas mãos. Claro, ela saberia disso. De qualquer maneira, deixara a porta destrancada. Ela se aproximaria logo, feito um anjo.

Ela havia chegado para acordá-lo! Tremeu quando ela o abraçou, quente como uma mãe, e derreteu.

SETE

"Você, definitivamente, é um sortudo", Chad disse a Shahid, com uma ponta de sarcasmo. "Ei, Shahid, estou querendo saber por que você é tão privilegiado!"

Riaz, em pé ao lado da escrivaninha, examinava uma pilha de papéis. Conforme terminava de ler uma página, Tahira a passava para Chad, que a prendia na pasta destinada a Shahid.

O irmão Shahid, sentado na cama de Riaz, mantinha uma das mãos sobre os olhos e a outra perto da boca — que, no momento, parecia cheia de queijo parmesão —, para o caso de que algo deplorável fosse arremessado.

Esforçou-se para dizer: "Por que sou sortudo?".

"Por ser tão útil. O irmão pediu sua presença, especificamente."

Meia hora antes, Chad arrancara Shahid da cama, segurara as roupas enquanto Shahid se vestia, apoiado no outro. Desajeitadamente, enfiou cueca, calça e camisa. Naquela hora, impressionado com o monte de banha marrom na nuca de Chad, caíra na gargalhada, achando tudo aquilo absurdo. Agora, estava irritado.

"Pronto, é isso", Riaz disse. "Shahid!"

"Shahid!", Chad repetiu.

Shahid notou que Riaz parara na frente dele com a pilha de papéis. Riaz esperou que Shahid abrisse os olhos, antes de entregá-los. Quando o fez, parecia relutante, como se pressionado por uma força irresistível.

"O que foi, Riaz?", Shahid disse, gentil.

"Por favor." Riaz pediu-lhe que pegasse a papelada.

Shahid, com os dedos pegajosos, folheou o material, deixando uma impressão digital úmida em cada página. O original totalizava umas cinqüenta páginas. O título, manuscrito, era "A imaginação do mártir".

O olhar deslumbrado de Chad movia-se de Shahid a Riaz. Tahira encarava Shahid, enlevada.

"Sim, esta é... minha pequena contribuição", Riaz disse.

"Ah!", Tahira exclamou. "Está pronto, mesmo?"

"Apenas o manuscrito, por enquanto. Por favor", Riaz disse a Shahid. "Poderia fazer algo para mim?"

"Qualquer coisa, Riaz."

"Poderia digitá-lo para mim?"

"Mas é claro. Sem problema."

"Chad me disse que você tem veleidades literárias."

"Sim, estou escrevendo um romance."

"Sobre?", Chad intrometeu-se.

"Meus pais. Crescimento. Um típico romance de estréia."

"Não se trata de algo desrespeitoso, como as coisas que certas pessoas andam escrevendo, espero", Tahira disse.

"Isso não combina com ele", Riaz disse.

"Não", ela concordou.

Riaz disse: "Bem, outros se ofereceram, mas andei pensando, nos últimos dias, e concluí que você é a pessoa certa para realizar esta tarefa".

Intrigado, Shahid examinou a primeira página. O texto não preenchia todo o espaço. Era poesia. Riaz escrevera um livro de poemas. Queria ser escritor, também.

Riaz sorriu para Shahid. "Sabe, venho de uma pequena aldeia, no Paquistão. Aí, há basicamente... cantos de recordações, adolescência e maturidade. Mas, talvez, possam mudar um pouco este mundo."

"Eu não sabia que você...", Shahid começou a dizer, virando as páginas. Percebeu que Riaz preferia adjetivos, e calculou que os verbos estariam lá, em algum lugar.

"Mas é claro", Chad disse. "Riaz é poeta."

Riaz sorriu, modesto. "Meu trabalho pertence a Deus."

"Mas traz seu nome, na capa", Shahid disse.

"Sim", Riaz respondeu, afetado. "A culpa é toda minha."

Tahira trouxe um copo d'água para Shahid, e dois analgésicos. "Isso deve ajudá-lo no trabalho." E, para Riaz: "Qual a mensagem contida no livro, irmão?".

"A mensagem — e toda arte, para nos afetar de verdade, precisa conter uma mensagem — é de amor e compaixão."

"Lindo", Chad murmurou, apontando para Shahid: "Agora, precisamos deixar que o irmão medite em paz".

Os olhos de Shahid se encheram de lágrimas. Ele se voltou e aproximou-se da porta. "Irmão Riaz, muito obrigado... muito obrigado... por tudo!"

"Ora, ora", Riaz disse.

Chad seguiu Shahid até seu quarto, incapaz de se conter.

"Uau, isso é incrível, ele deu o livro para você digitar. Tratase de um privilégio, sério mesmo."

"Você não queria fazer o serviço, não é, Chad?"

"Por quê? Sabe, vou lhe dar um aviso — você deve manter segredo absoluto a respeito."

"O que você pensa que eu sou, afinal?", Shahid disse. Começava a ficar irritado. Papai e Chili haviam ensinado a Shahid as vantagens de ter um gênio difícil. Era algo que gostaria de cultivar, mas ainda não conseguia estourar com facilidade. "Está insinuando que não sou digno de confiança, por acaso?"

"Não, irmão, não é nada disso." Chad tentou acalmá-lo. "Mas Riaz é perigoso, radical demais. Para nós, trata-se de um amigo, mas muita gente importante, em nossa comunidade, não aprecia sua criatividade. É algo frívolo demais, leve demais para eles. Alguns caras entram no supermercado e, se está tocando alguma música, saem correndo."

"É mesmo?"

"Dizem que as emoções não devem ser discutidas. Que ele deveria dedicar seu tempo a coisas mais sérias." Chad levou a mão ao ombro de Shahid. "Lamento, irmão. Está se sentindo bem?"

"Meio fraco."

Chad tirou o livro de Riaz das mãos de Shahid. "Por que não descansa um pouco, antes de iniciar um trabalho tão importante?"

Shahid deitou-se na cama. Enquanto isso, Chad sentou-se junto à mesa de Shahid e começou a ler o livro, embora não tivesse recebido permissão de Riaz para tanto, obviamente.

* * *

Por volta das seis da manhã, Shahid acordara no chão do quarto, duro de frio, com a cabeça doendo. Um dedo pressionava seu olho; havia água borbulhando em seus ouvidos; pior de tudo, ele se sentia como se alguém tivesse enfiado um saco plástico em sua cabeça. Não conseguia respirar. Boca, garganta e até o nariz estavam bloqueados. Lutou, como alguém que se afoga, mas não identificava a obstrução, nem a origem do caldo grosso que ensopava seu peito. Temia que o cérebro tivesse derretido e escorrido pela boca e pelo nariz. Para piorar tudo, Deedee batia em suas costas, e seu pau estava pendurado para fora.

Era Riaz, e não Deedee, que o ouvira entrar em casa; atraído pelo cheiro de gás, pensando em pedir a Shahid que digitasse uma carta ao líder trabalhista George Rugman Rudder, ele entrara no quarto.

Riaz batera em suas costas para libertá-lo do vômito que obstruía a garganta; Riaz o levara até a pia, para limpar o nariz e a boca. Finalmente, prostrado na cama, Shahid vira seu irmão espiritual, em meio a uma montanha de pirâmides púrpura ondulantes, limpar o vômito das paredes, do piso, e de vários clássicos da Penguin, com a flanela que a mãe de Shahid lhe comprara. Riaz, em seguida, lavou o pano na pia, verificou se o vizinho ainda estava vivo e saiu na ponta dos pés.

Shahid agora só queria dormir. Precisava dormir, queria sonhar com Deedee, com as roupas que usava, com os programas que fariam juntos. Mais: queria vê-la novamente, talvez ainda naquela noite; assim que ela quisesse, assim que pudesse ir até lá. Como poderia voltar a viver sem ela? E que sensação ia causar, também — as pessoas ficariam superimpressionadas —, se tivesse algum conhecido que pudesse impressionar. Não poderia se gabar da amante com ninguém, contudo. Muito menos com seus novos amigos.

Enquanto devaneava, descobriu ser capaz de ter novamente as alucinações da noite anterior, misturadas à voz de Chad, do outro lado do quarto. "Magnífico", sussurrava. "'Beleza pura, em minhas mãos... Como é flagrante a sombra da espada!' "

Shahid sentou-se e puxou o balde próximo à cama.

" 'Seu corpo estava molhado, e sua língua cativante contava uma história de fadas, sua vaca.'" Quando Shahid gemeu, Chad voltou-se para ele. "Desculpe-me, não estava falando com você. Sabe, Shahid, meu irmão, Riaz, gostaria que você fizesse uma outra coisa. Mas ficou constrangido em pedir."

"E o que seria?"

"Ele precisa de ajuda para publicar o livro."

Shahid vomitou no balde e limpou a boca no acolchoado, antes de dizer: "Sabe, passei muito mal, ontem à noite. Mas Riaz veio até meu quarto...".

"Ele é muito intuitivo..."

"E salvou minha vida."

Chad roncou de satisfação. "Você deve tudo a ele."

"Isso mesmo", Shahid concordou. "Prometi fazer o possível para retribuir."

"Vai ajudá-lo a encontrar uma editora para o livro?"

"Claro."

"Agradeço, em nome dele."

Shahid não conseguiu mais dormir o resto do dia, possuído ora pelo medo ora pela felicidade, como se o mergulhassem alternadamente em água fria e quente.

Mas ficou na cama, ao menos. Em casa, raramente tinha oportunidade de descansar em paz. Papai saía muito cedo para trabalhar, mas tio Tipoo — que cuidava do jardim, da faxina e da roupa — ficava encarregado de acordá-lo. Tipoo, no entanto, temendo enfrentar Shahid, passava o aspirador do lado de fora do quarto, no corredor; depois, aspirava até debaixo da cama de Shahid, mesmo se este ainda dormisse. No final, arrancava as cobertas de Shahid e saía correndo.

Quando Shahid não estava trabalhando com os pais, raramente os via. Durante a semana, saíam várias vezes para jantar com clientes. Iam a festas, trabalhavam até mais tarde, ou então papai se trancava no quarto com os amigos. Shahid os conhecia mais pelos ruídos do banheiro. Deitado na cama, ouvia seu pai gastar rios de água, Shahid não entendia para quê. Mas a torneira jorrava sem parar. A mãe vivia deixando cair coisas na pia, como pincéis de maquiagem e brincos; abria e fechava bolsas; os saltos ecoavam no piso.

A porta da frente se fechava, e o carro partia. Shahid se levantava, lembrando que mais um parente vivia na casa; se Zulma estivesse por lá, passava a maior parte do dia no quarto, procurando evitá-la de todas as maneiras possíveis.

Aqueles dias asfixiantes de uma inutilidade auto-imposta não voltariam mais. Shahid resolveu ir à luta.

No final da tarde, conseguiu sair da cama e sentar-se na frente do processador de texto. Abriu o manuscrito de Riaz; seus dedos encontraram os pontos familiares das teclas. Começou a digitar as palavras de Riaz mas, ao olhar para a tela, não conseguia evitar mergulhar em seus devaneios.

Quando Shahid tinha dezesseis anos, seu pai, instigado por Chili, ordenou que o caçula fosse trabalhar na agência. Não era um serviço fácil, pois Shahid precisava fingir que estava ocupado. Felizmente, na sala dos fundos, onde havia duas máquinas de escrever abandonadas e um manual de datilografia, Shahid pôde começar seu aprendizado solitário no teclado. Adorava a máquina quadrada, cinzenta, com sua fita preta e vermelha, com seu matraquear metálico na página, como chuva caindo num teto de zinco. A campainha tocava ao final de cada linha, avisando que era hora de mais um retorno do carro. Para aumentar a velocidade, copiava trechos de seus autores favoritos: Chandler, Dostoievski, Hunter S. Thompson. Quando se cansava de seguir o texto, alterava as palavras e levava os personagens a fazer o que bem entendesse. Começou a escrever contos no bloco timbrado de papai.

Sua primeira realização — criou um sanduíche de papel carbono fino, que produziu duas cópias borradas — chamava-se "Páqui porco, volte para casa, porra". Contava a história de seis garotos, que ocupavam a última fila de carteiras em sua classe. Um dia, quando a professora abandonou a aula, desesperada, eles gritaram para Shahid: "Páqui, páqui, páqui, fora, fora, fora!". Ele bateu com força nas teclas ao reviver a cena, registrando em prosa raivosa, em boceta-cacete-foda-se, o medo terrível e a fúria. Ela era capaz de expressar seus sentimentos, como se ele fosse um cantor de soul berrando ao microfone.

Certa noite entrou em seu quarto e surpreendeu a mãe, ainda com a capa de chuva, lendo o texto. Ela gesticulou em sua direção, com as folhas na mão, como se tivesse encontrado uma carta com insultos intoleráveis à sua pessoa.

"Eu sempre descubro, quando você está aprontando alguma. Espero que não tente publicar este monte de lixo!"

"Ainda não pensei no assunto", ele mentiu. "Não depende de mim, não é?"

"De quem depende, então?"

"De alguém que se interesse."

"Ninguém vai se interessar! Quem desejaria ler uma coisa dessas? As pessoas não querem encher suas vidas de ódio!" Ela começou a rasgar a parte que já havia lido. "Chega de sujeira, chega de porcaria. Não se atreva a mostrar isso a ninguém!"

Não foi fisicamente fácil, para sua mãe, destruir as quinze páginas do texto. Uma cópia fora enviada à revista literária *Stand*, com um envelope selado para resposta. Toda manhã ele descia correndo a escada, para ver se o envelope havia voltado. Ela encarou o filho, que não mostrou nenhuma disposição para ajudála. Claro que não. Ela se mostrava tão decidida que se debruçou sobre o texto, para dar mais peso ao ataque.

Passou vários dias dirigindo-lhe olhares recriminadores.

Acima de tudo, ela odiava conversas sobre raça ou racismo. Provavelmente, sofrera com os insultos e a discriminação. Mas seu pai era médico; em Karachi, todos — políticos, generais, jornalistas, chefes de polícia — freqüentavam sua casa. A idéia de que alguém a tratasse com desprezo era insuportável. Mesmo quando Shahid vomitava e cagava de medo, antes de ir para a escola, ou quando retornava com cortes e marcas, ou com a mala retalhada a facadas, ela agia como se tais insultos revoltantes jamais tivessem ocorrido. Por isso, afastou-se dele. O que sabia era demais para ela.

Mesmo assim, sua atitude em relação ao conto o chocara, definitivamente. Dois anos antes, haviam assistido a *A casa de Bernarda Alba*, no teatro da Universidade de Kent.

Desde a primeira cena — uma empregada esfregando o chão, sinos de igreja badalando, a entrada apavorante da matriarca inquisitorial, toda de negro, gritando: "Silêncio!" — até o final do espetáculo, o mundo fervoroso e sufocante de Lorca os comovera. Animou-se ao ver a mãe, a seu lado, tão chocada, excitada e perturbada quanto ele.

No final, não conseguiu suportar a quebra do encanto e tentou evitar os comentários de todos os presentes na platéia. Sua mãe pareceu perceber isso, pois voltaram para casa, debaixo de chuva, num silêncio cúmplice. Shahid perguntou se a peça fizera com que se lembrasse da vida das famílias paquistanesas. Ela permaneceu pensativa por muito tempo, antes de balançar afirmativamente a cabeça.

"É isso! É isso!", Shahid disse a si mesmo, circulando pelo quarto, mais tarde. A literatura não era assim na escola, onde enfiavam livros pela goela dos estudantes, como se fosse remédio, até que vomitassem tudo. A peça preencheu seu vazio; ele reviveu as paixões trágicas, claustrofóbicas, que os atores evocaram; repetiu, em voz alta, a linguagem veemente. Era como se alguma coisa dentro dele tivesse tido uma confirmação triunfal. Descobriu novas emoções, novas possibilidades. Mais do que nunca, desejou obter o mesmo efeito em seus escritos.

Mas quem era ele para pensar que poderia ser tão sutil e profundo? Qualquer um podia achar que sabia escrever e contar sua história. Contudo, a peça de Lorca, escrita dois meses antes de sua morte, não intimidara Shahid. Algo naquela grandeza sublime o inspirou a pensar que, a seu modo, ele era dotado de experiência, imaginação e dedicação. Por que precisava se desvalorizar? Não faltava quem fizesse isso por ele. Escrever, de qualquer maneira, era uma compulsão que já durava alguns anos. Claro, precisava se esforçar, e com freqüência preferia fazer outra coisa, qualquer coisa. Era um trabalho nunca totalmente satisfatório; um momento de contentamento se opunha a uma semana de desânimo. As recompensas não chegavam instantaneamente, como nas brincadeiras infantis, e nunca eram absolutas. Sempre que atingia um ponto, percebia, à frente, uma meta mais difícil a ser conquistada. Aquilo não terminaria nunca, felizmente.

Os sentimentos despertados dentro dele pela "noite de Lorca" o levaram a desejar outras experiências igualmente intensas. Copiou fitas de ópera, jazz e música pop do acervo da biblioteca. Escutou seguidamente obras de compositores que, segundo suas leituras, não eram tão ruins quanto pareciam, como Bartók,

Wagner e Stravinski. Procurava ver bons filmes. Sua busca não foi infrutífera. Ampliou a experiência que tivera com Lorca, sempre mais, cada vez sentindo e pensando de um modo novo. Nunca perdeu o apetite pela excitação e pela empolgação.

Presumira que a noite de Lorca significara para a mãe um esclarecimento duradouro. Mas, na primeira oportunidade em que se viu no carro de papai, este perguntou por que ele escrevia "coisas tão terríveis". Papai, sempre consciente de suas próprias limitações, não gostava de passar sermões nos filhos, mas sentiu claramente a necessidade de fazer isso, naquele momento. "Você não é do tipo que precisa agir assim. Por que não se limita a estudar? Meus sobrinhos são advogados, banqueiros e médicos. Ahmed entrou para o comércio de chapéus, e construiu uma sauna na casa dele! Os artistas são sempre pobres — como você vai olhar nossos parentes de frente?"

Shahid começou a perceber que existiam inúmeras questões verdadeiras que não podiam ser abordadas, pois conduziam a pensamentos inconvenientes. Podiam até provocar rupturas. A verdade podia ter conseqüências sérias. Sem dúvida, era nas palavras não ditas que tudo acontecia.

Papai falou: "Seu tipo nunca servirá para escrever livros".

"Mas, por que não?"

Inspirado, papai não hesitou: "Porque os escritores...".

"Quais?"

"Howard Spring, Erskine Caldwell e Monsaratt, por exemplo, preocupam-se com flores, árvores, amor e tudo o mais. Esse não é o seu departamento." E acrescentou, com ternura: "Devemos viver no mundo real".

Não era seu departamento. Flores, árvores, amor e tudo o mais. O mundo real.

"Quebro seus dedos, se tentar escrever mais alguma coisa do gênero", foi o comentário de Chili, mais tarde, abraçado a Zulma, no sofá. "Nunca vi mamãe tão magoada. E papai? Veio falar comigo. Já sofreu uma trombose. Você vai explodir o coração dele. Nem consigo imaginar o que você pode aprontar, da próxima vez."

Shahid adorava e venerava o pai; tanto ele como Chili, cada um a seu modo, queriam ser como o velho. (Shahid lembrava-se de imitar o andar autoritário do pai.) Mas aquilo era diferente.

Shahid foi forçado a admitir que papai se equivocara e a procurar seu próprio caminho, fosse qual fosse.

Agora, sentado à mesa, digitando o manuscrito de Riaz naquela caixa cheia de luzes piscando, Shahid tornara-se uma secretária — chapada, mas secretária — cerrando os olhos para decifrar os garranchos do outro.

Logo chegou à metade da primeira página de "Um artista herético". Seus dedos, ao digitar, sentiam o corpo de Deedee nas teclas, dançavam eufóricos pelas palavras. Disse a si mesmo que a concentração era a pedra fundamental da criatividade. Tentou se controlar, mas sentiu uma ereção que não queria abandoná-lo.

OITO

Para facilitar as coisas mais tarde, Shahid rompeu o selo de uma caixa nova de preservativos. Passara a tarde na biblioteca reescrevendo seu ensaio, antes de voltar para casa e começar a digitar a primeira versão do texto. Mal caíra a tarde, e já escurecera totalmente. Os ruídos enchiam a rua, lá fora. Cerrou as cortinas e ligou o aquecedor a gás. Após seu esforço diligente, com a consciência mais tranqüila, poderia desfrutar aquela parte do dia e apagar a luz para escutar "Dancing in the dark" enquanto decidia se vestiria jeans pretos, vermelhos ou azuis. A promessa de amor e a noite — a noite toda — se projetavam à sua frente.

Ia se encontrar com Deedee. Depois daquela primeira noite, haviam se falado diversas vezes pelo telefone, e trocado beijos na sala dela, na faculdade, depois de conversarem. Desta vez, ele tomara a iniciativa: "Quer sair comigo?". Mesmo assim, ela se encarregaria de escolher o programa. Conhecia Londres e adoraria mostrar a cidade. Afinal, não era uma educadora?

Deedee reservou uma mesa no restaurante indiano que costumava freqüentar, o Standard, em Westbourne Grove, que não tinha nem papel de parede de juta, nem música de cítara. O menu nunca mudava, os garçons eram ágeis e profissionais, nada de estudantes ou atores. O *hot mutter paneer* era picante; em nenhum lugar de Londres preparavam um grão-de-bico tão saboroso, embora fosse preciso, mais tarde, deixar as janelas abertas.

Em seguida, fariam a digestão num pub em Maida Vale, com vista para os barcos do canal. Os fregueses bebiam cervejas européias de casco escuro e usavam, como só os jovens de Londres sabiam fazer, uma mistura peculiar de roupas de griffe, de brechó e de marcas esportivas norte-americanas. Algumas pessoas se comportavam como se posassem para uma sessão de fotos. Havia mais rabos-de-cavalo do que em Ascot. Eles poderiam ficar lá até a hora de fechar, observando o movimento e fazendo comentários. Ela conseguira um fumo alucinógeno, também. Talvez fossem ao cinema. No Gate passava um filme cult, polêmico, muito discutido.

Ela disse, e Shahid pôde sentir a tensão em sua voz: "Arranjei um apartamento. Fica em Islington. Pertence a uma amiga, Hyacinth. Ela viajou. Poderíamos ir para lá, depois. Passar a noite. Que tal?".

"Sim", ele disse.

"Excelente. Até mais tarde, então."

Alguém batia na porta. Shahid a abriu, hesitante, temendo a chegada de Chili. Deu de cara com o rosto redondo e invariavelmente perturbado de Chad. Ele entrou correndo no quarto e, sem dizer nada, desligou o som.

"Escute esta."

Shahid ergueu a calça, escondendo a camisinha no bolso traseiro. "Escutar o quê — nada?"

"Muitas vezes, o silêncio é a música mais linda."

Chad, de repente, resolvera bancar o sonhador. Mas interrompera Shahid em hora imprópria.

"Você não acha esta música... barulhenta demais?"

"Acho barulhenta de menos, neste momento."

Shahid temia a corpulência e a violência latente de Chad, mas o empurrou para o lado e ligou novamente o som, aumentando os graves até fazer com que a mobília vibrasse. Chad levou as mãos aos ouvidos, embora simultaneamente acompanhasse o ritmo com os pés. Shahid o observou em silêncio.

"Riaz me mandou aqui. Vim a pedido do irmão."

"Eu gostaria muito de saber, Chad, por que você ficou olhando minhas fitas, no outro dia."

"Shahid, vou contar uma coisa, cara — quero dizer, irmão. Eu era viciado em música. Mas, agora, sente-se e ouça com atenção!"

"Agora não dá, Chad."

"Mas eu era igual a você! Passava o dia inteiro ouvindo música! Aquilo estava devorando a minha alma."

"Você estava sendo controlado pela música?"

"Me dê só um minuto!"

Estava ficando tarde, mas Shahid não tinha escolha. Chad o agarrou pelos ombros e o forçou a sentar-se na cama, mantendo o rosto, afogueado pela convicção, a apenas alguns centímetros de distância. Para Shahid, ele mais parecia um louco. Comportava-se como se reagisse a alucinações antigas.

"Eu não era nenhum esquizofrênico maluco! Mas a música e a indústria da moda nos dizem o que vestir, aonde ir, o que ouvir. Não somos escravos de tudo isso? E eu fazia o resto, também. Para começar o dia, cheirava pó, se tivesse sobrado algum. Quando o pó me estressava, eu dava uma bola e bebia uma garrafa de sidra. Para dançar, tomava dois Es, ou um ácido. De noite, quando ficava confuso, e pensava que a polícia me vigiava pela televisão, tomava um pico. Olha só os meus braços."

"Minha nossa, Chad."

"Pois é. Espere até eu mostrar a perna."

"Eu passo."

"Freqüentava as casas noturnas da moda. Nunca via a luz do dia, exceto de manhãzinha. Rejeitava as pessoas, só por causa da roupa ou da música que ouviam! Tinha como lema uma frase de Aleister Crowley: 'Fazer o que você bem entender deve ser a única lei'. Escravidão doida, né?"

"Não sou nenhum junkie."

"Não é? E quanto tempo vai demorar para virar um, hein?"

"Esta noite vou sair com uma amiga."

"A mesma amiga da outra vez?"

Shahid disse: "Não pretendo viver sem música. Diga a verdade — você também sente falta, não é?".

"Sou mais forte agora, sem essas drogas." Chad apertou o braço de Shahid e, olhando para ele com um misto de bondade e loucura, como se estivesse servindo a verdade numa bandeja, disse: "Não gostaria de nadar num mar mais limpo, e ver o mundo sob uma luz mais clara?".

"Mas não é isso que a arte nos ajuda a fazer? A vida seria um deserto, de outro modo. Não seria, Chad?"

Chad moveu o peito com força. "Imagine você boiando na água morna."

Shahid tentou se livrar de Chad. Não aceitaria ser manipulado por aquele sujeito, para quem a realidade era indubitavelmente um reino inalcançável. Especialmente quando ele tinha de se preparar para um encontro.

Mas Chad insistiu, como se precisasse salvá-lo.

"Por que você não me leva a sério? Não somos macacos de circo! Temos mente, e sentidos. Por que aceitar que nos reduzam a animais? Não descendo do macaco, e sim de algo mais nobre! Você precisa olhar para o fundo das coisas. Não está conosco, afinal?"

"Sim."

"Sim, você diz. Mas não tenho certeza de que seja um irmão de verdade. Purifique-se. Entregue os discos do Prince!"

"Não toque neles — alguns são importados!"

Shahid foi obrigado a lutar contra Chad.

"Somos escravos de Alá!", Chad gritou. "Ele é o único, e devemos nos submeter! Ele pôs narizes em nossos rostos, e..."

"E poderia ter posto onde?"

"No estômago, por exemplo. Como pode negar sua capacidade, poder e autoridade?"

"Não nego nada, Chad, claro que não. E sabe que eu o respeito, como irmão. Por isso, estou pedindo que pare com isso."

"A gente se acha o máximo, mas desonramos a confiança de Alá! Lembre-se das palavras de Riaz. Esteve conosco na mesquita, para ouvi-lo. Não ficou impressionado?"

Shahid disse que sim. Visitara o imenso edifício gelado em duas ocasiões, com o grupo, para ouvir a palestra dominical de Riaz. Essas palestras ganhavam popularidade crescente, em geral entre os jovens cockneys de origem asiática. Por não ser um velho obscurantista, Riaz se tornava o mais popular dos pregadores. Deve ter sentido a atmosfera de sua época, sem mergulhar nela, pois intitulava os sermões de "*Rave* até a morte?", "Adão e Eva — não Adão e Ed", "Islã: parte do passado ou fogo do futuro?", "Democracia é hipocrisia".

Sentado descalço num tablado, de pernas cruzadas, usando salwar cinza, com um vaso de flores à frente, Riaz não consultava anotações, e nunca hesitava. A força de sua convicção lhe dava fluência, humor, brilho ofuscante e passional. Parecia mais à vontade falando para a multidão do que conversando com uma única pessoa. Nunca faltavam palavras, ou surgiam constrangimentos, para ele. Nenhum assunto o intimidava. Poderia iniciar a palestra indiretamente, disfarçando o tema sob o manto da identidade islâmica, por exemplo, para mergulhar em seguida na criação do universo, perseguição internacional contra os muçulmanos, Estado de Israel, gays e lésbicas, Islã na Espanha, operações plásticas, nudez, lixo nuclear no Terceiro Mundo, perfume, colapso do Ocidente e poesia urdu.

Mesmo que começasse dizendo, ardilosamente: "Hoje não vou condenar nada", ele logo se entusiasmava e, punho cerrado erguido no ar, desfiava o verbo, criando um frisson de cumplicidade bem-humorada na platéia. Depois, bancando o arrependido, implorava aos irmãos que se desculpassem com quem quer que tivessem discutido e os exortava a amar quem professava outra religião.

No final, esgotado, saía escoltado por irmãos como Hat e Chad, que colocavam o paletó sobre seus ombros; mas não sem receber, primeiro, os merecidos elogios pelos quais ansiava.

Chad disse: "Não venha me dizer que nos tornamos socialistas ocidentais, europeus! Os socialistas falam à toa. Estão imobilizados, para sempre. Veja aquele cretino do Brownlow, por exemplo. Ou a mulher dele, a tal de Osgood!".

"O que tem ela?"

"Eles vivem no nível mais baixo! E nós ainda pensamos que queremos nos integrar. Mas não devemos ser assimilados, pois assim perderemos a alma. Somos orgulhosos, e somos obedientes. O que há de errado nisso? Não somos nós que precisamos mudar, e sim o mundo!" Chad olhava para Shahid. "Os infiéis queimarão no fogo do inferno, você sabe disso muito bem."

"E os outros vão para o céu?"

"Sim. O que me diz disso, irmão? Hein?"

Naquele momento, Riaz entrou no quarto. Usava sobretudo grande, grosso, e luvas.

A seu lado, carregando a mochila militar que o açougueiro trouxera, ia Hat, de capote de lã e capuz de tricô, puxado até cobrir a orelha. Seu cachecol fora cuidadosamente enrolado no pescoço. Parecia uma criança vestida pela mãe para ir à escola, num dia frio.

Tahira, acompanhada de colegas — Tariq e Nina —, os aguardava no corredor, também vestida para o frio. Os olhos negros de Tahira, praticamente a única parte à vista de seu corpo, sorriam para ele, encorajadores. A moça percebeu que ele encarava Hat e disse: "O pai dele acha que foi visitar a tia em Birmingham".

Chad afastou-se de Shahid. "Tem mais. Não deu tempo de contar uma outra coisa. Podemos conversar? Você tem um tempo livre?"

"Para quê?"

"Temos uma emergência. Precisamos nos defender. Nosso povo pode sofrer um ataque, esta noite."

"Do que você está falando?"

Riaz olhou para Chad, e depois para Shahid. Chad empertigou-se. A presença de Riaz transmitia calma a todos. Ele disse: "Esta noite, Shahid, você deve permanecer conosco".

"Shahid está sempre conosco", Chad disse, batendo em seu ombro.

"Mas eu..."

Hat disse: "Muitos outros, da faculdade, concordaram em se unir a nós".

"Venha conosco", Riaz disse. "Pegue roupas quentes."

Shahid percebeu que não tinha escolha, e vestiu o capote preto que sua mãe lhe dera. De qualquer maneira, pretendia estreá-lo.

"Mas o que vamos fazer, afinal?"

"Missão de proteção", Hat disse. "Pessoas decentes estão sofrendo violências."

"Não somos cristãos medrosos", Riaz retrucou, com agressividade inusitada, em se tratando dele. A atitude não convenceu muito porque, como de hábito, ele carregava sua pasta. "Não damos a outra face. Lutamos por nosso povo, que sofre torturas na Palestina, no Afeganistão, em Caxemira! Declararam guerra contra nós. Estamos, porém, armados."

"Não aceitamos a degradação de nossa gente", Chad disse, enquanto desciam as escadas, apressados. "Quem se recusar a lutar responderá a Deus por isso, e queimará no fogo do inferno!"

"Deveríamos batizar nosso grupo de Legião Estrangeira", Shahid disse a Hat, na escada, entrando no espírito da coisa. Seu sangue estava quente; sentia orgulho físico da causa, fosse qual fosse. Era um soldado, naquele regimento de irmãos e irmãs. "O que acha, Chad?"

Chad passou o braço em volta do ombro de Shahid. "Sabia que viria conosco. Lamento ter gritado com você. Perdi o controle."

"Legião Estrangeira!", Hat entoou.

A milícia de Riaz se apertou para passar pelas bicicletas na entrada. O telefone tocou. Hat atendeu. "Legião Estrangeira!" Depois disse: "Ei, Shahid, é para você".

"É Chili? Diga que eu..."

Hat fez que não. "Voz de mulher."

Shahid pegou o telefone. A idéia de deixar Deedee na mão o apavorava. Ela o esperava. Agora, poderia explicar que surgira um problema urgente. Iria a seu encontro mais tarde, deitaria a cabeça em seu ombro e explicaria tudo.

"Shahid?"

Ele reconheceu a voz, mas não identificou a pessoa. Mesmo assim, tremeu.

"É Zulma."

Em casa, para evitar a mulher de Chili, costumava se trancar no banheiro, pensando nas diversas maneiras de atormentá-la. Ela gostava de reclamar que o cunhado era preguiçoso, resmungava que "odores humanos esquisitos" emanavam de seu quarto e poluíam a casa. Com Chili, zombava de Shahid, dizendo: se ele é tão intelectual, por que nunca passa nos exames? Por que suas namoradas relaxadas se vestem sempre tão mal? Será que ele não consegue arranjar uma moça decente, paquistanesa? Nossas mulheres são as mais deliciosas do mundo!

"Zulma, mas que prazer ouvir sua voz. O que houve?"

Ele a imaginou deitada no sofá, de salwar de seda, fazendo pose de artista de cinema. O cabelo preto, que arrastava no chão, brilhava como couro.

"Como vão os estudos?"

Tão amigável, de repente. O que desejava dele?

"Muito bem, Zulma."

"Trabalhando muito?"

"Mais do que nunca."

"Fez novos amigos?"

Pela porta aberta, viu que os outros o esperavam, na rua.

"Muitos."

"Tem visto Chili?"

Por que perguntar a ele? Era mulher de Chili. Deveria vê-lo sempre, mais do que qualquer um.

"Sim."

"Shahid, me diga quando foi."

"Quando? Ele passa aqui de vez em quando, para dar um alô."

"Chili nunca passou para dar um alô a ninguém. Qual é o telefone dele agora, em Londres? Estou com a caneta na mão."

Lá fora, Chad gesticulou, chamando Shahid. Dois táxis encostaram.

"Não sei, Zulma."

"Onde ele está morando?"

"Sabe como ele é, provavelmente na casa de amigos. Eles jogam pôquer a noite inteira, estas coisas."

Ela ficou furiosa. "Mas que diabo, Shahid, com quais amigos? Acho melhor me contar, senão vai ver só."

"É mesmo?"

"Da última vez, ele me disse que logo eu o veria. Sabe onde? No noticiário da televisão, falou. Anda aprontando alguma loucura, aposto."

Como sempre, tentava pressioná-lo. Mas por que deveria fazer favores, logo a ela?

"Lamento, Zulma, mas preciso ir à biblioteca. Conhece Chili muito bem, ou deveria. Ele não costuma revelar seus planos a ninguém."

Ela fez uma pausa, ponderando se deveria acreditar em suas palavras ou não. Por mais que desejasse, não poderia esganá-lo, pelo telefone. Lá fora, o primeiro táxi partiu.

Ela disse: "Estou indo para Londres. Precisamos conversar. Pensamos muito em você, aí, aprendendo tantas coisas".

"Tchau, Zulma."

"Espere! Você anda metido com aquele bando de pilantras, por acaso? Sei o quanto é facilmente influenciável."

"Tchau."

"Shahid!"

Ele desligou, e ia ligar para Deedee quando o segundo táxi começou a se mover e tocou a buzina. Shahid correu para fora,

Chad abriu a porta e ele pulou para dentro, espremendo-se ao lado de Riaz. Um sujeito de salwar kamiz, usando colete por cima do traje, pilotava o carro. Pelo pára-brisa, escorriam filetes de água.

Para alívio de Shahid, seguiram em silêncio. Assim, teve tempo para pensar em Zulma. Havia perdido Chili; ou Chili a evitava, ou então algo pior acontecera. Para chegar ao ponto de admitir o fato, deveria estar preocupada.

Zulma vinha de uma família importante, dona de muitas terras em Karachi. Como outras de sua classe, vivia parte do ano no Paquistão e o resto na Inglaterra. Em Karachi, passava pelos camelos e ruas esburacadas num Fiat Uno vermelho importado, usando lenço Hermès na cabeça. Em Londres, freqüentava a casa das amigas e dedicava-se a fazer compras, fofocar e perturbar a vida das famílias, com grande empenho e prazer. A formosa Zulma, com sua pele clara, nunca se achava bonita o suficiente: levava dois dias até se aprontar para uma festa. Escovava cem vezes o cabelo, que possuía em quantidade suficiente para três pessoas, e só o lavava em água de chuva. Sempre que o tempo fechava, ela acordava Tipoo e o mandava correr para o jardim, com baldes e panelas.

A inteligência não constava da lista de qualidades exigidas de uma mulher assim, de modo que ela chamou a atenção quando, após o casamento, recusou-se a passar o dia na cama, ou a praticar aeróbica, preferindo acompanhar o marido ao serviço, onde aprendeu tudo sobre turismo.

Ela também se empenhava em garantir que papai a adorasse. Fazia qualquer coisa que pedisse; Bibi, mãe de Shahid, sempre sentira certa dificuldade em cumprir esse papel, que sabia interminável: preparar frango tandoori, comprar discos dos Ink Spots, ouvir histórias de guerra. Quando anoitecia, e os conhecidos de papai — donos de lojas, restaurantes e postos de gasolina locais, paquistaneses e ingleses — apareciam para tomar uísque, assistir a vídeos e "jogar conversa fora", em torno da cama de papai, Zulma, a única mulher admitida na roda, sentava-se com eles.

No início, apenas cumprimentava as visitas, pegava gelo, oferecia batatinhas fritas e ia buscar fitas na locadora. Mas logo tornou-se óbvio que servir não era sua única qualidade. Os homens começaram a encorajá-la a externar suas opiniões. E, envolta pela névoa densa dos charutos, digna de um bar, Zulma despejava veneno sobre os conhecidos comuns ou ausentes. Os apelidos que inventava e os relatos de seus infortúnios eram tão maliciosos e cruéis, em sua objetividade, que os presentes se encolhiam de medo, ou caíam na gargalhada. Apavorava-os a idéia de se transformarem em suas vítimas, o que invariavelmente ocorria. Papai se divertia com seu talento ferino. Gostava de exibi-la aos amigos, como se fosse um tigre lustroso, pronto a romper a coleira cravejada de brilhantes.

Chili também se orgulhava dela. Adorava chegar a uma festa acompanhado de Zulma, e ver o monte de gente que logo a rodeava. Em casa, o telefone não parava de tocar. O casal saía para jantar com políticos, banqueiros, empresários, produtores de cinema como Ishmail Merchant e atores famosos como Karim Amir, ao lado de quem fora fotografada, para a revista *Hello!*. Seu irmão era comandante, numa linha internacional, e Zulma sabia pilotar, também. Alugava aviões com a mesma tranqüilidade com que as outras esposas alugavam cavalos para praticar equitação, rindo para os amigos que a acompanhavam. Contribuía para a glória de Chili; ele não poderia ter encontrado mulher melhor. Entretanto, um lado dele sentia ciúme das atenções dos outros homens e, mais importante ainda, inveja de seus atributos. Sentia-se diminuído a seu lado. Deveria saber mais coisas do que ela, e não sabia.

Chili retomou a vida anterior. Voltava tarde para casa, desaparecia em Londres, onde freqüentava boates com suas namoradas; tomava cuidado com Zulma, porém. Raramente a desrespeitava, e nunca batia nela.

Zulma pouco se importava com tais ausências; tinha seus próprios divertimentos. Entendia-se maravilhosamente com o time paquistanês de críquete, quando papai convidava os jogadores para visitar sua casa. Shahid a flagrou na cozinha beijando um arremessador ágil — muito ágil. A família dela mantinha um apartamento em Knightsbridge, onde passava os períodos de resguardo e onde, disseram a Shahid, ela se distraía com virgens pouco convictas.

O erro de Shahid foi tentar discutir política com ela, pois, a exemplo de Chili, ela era thatcherista inflamada. Zulma o desprezava, zombava de suas opiniões. "Isso é típico de você. Afinal, vive com uma família de empresários, e não numa comunidade, certo?", Zulma dizia, e quase o levava às lágrimas, de tanta frustração, caso ele falasse em justiça, igualdade ou oportunidades para todos, ou na necessidade de se reduzir o desemprego. Ria, sempre; o mundo jamais seria do jeito que Shahid gostaria. E precisava exatamente do oposto — gente empreendedora (como Chili e ela, supostamente), que não hesitava em pisar nos outros para conseguir o que desejava.

Ele argumentava e chamava-a de trouxa, explicando que os thatcheristas eram racistas. Zulma se considerava muito inteligente, parte da elite, mas, para eles, nunca passaria de uma páqui a ser educada. Aceitava haver um fundo de verdade nisso, mas via o caso como resíduo do colonialismo — os novos-ricos não tinham cor.

Ela e Chili acabaram voltando a morar na casa. Papai havia morrido. Shahid percebeu que precisava cair fora e fazer algo que tivesse importância. Mas Zulma insistia para que ele, pelo bem da família, se dedicasse "às viagens".

Bem, ele se dedicou a uma viagem — para Londres. E agora afastava-se cada vez mais dela e dos outros, literalmente. Escapara, mas para onde?

"Para onde vamos?", Shahid repetiu para Riaz.

Ele e os novos amigos, depois de passarem pela City, rumavam para o East End, pelo jeito. Precisava descobrir o que fariam; estava ansioso, com medo de perder o encontro com Deedee, mais tarde.

Riaz disse: "Escrevi um poema sobre o assunto. 'A ira.' Já chegou nele?".

"Como é o nome?"

"'A ira.' 'A ira.'"

"Não, ainda não."

Chad os interrompeu. "Ainda vai demorar muito para passar tudo para o computador?"

"Estou tentando fazer o mais rápido possível. Riaz, irmão, para quando deseja o serviço? Já fiz uma parte, mas..."

"Por favor, não se apresse."

"Obrigado", Shahid disse. "Além do mais..."

Ele pretendia informar a Riaz que a linguagem empregada não possuía sempre a força pretendida, e que os pensamentos, às vezes, eram muito confusos. Reorganizara alguns trechos. Estava a ponto de contar isso a Riaz quando o táxi parou num conjunto habitacional fustigado pela ventania.

"Vamos logo", Chad disse. Pegando a sacola das armas, retirou de lá um facão, e o escondeu sob o casaco. "Chegou a hora, irmãos e irmãs."

NOVE

Estacionaram. Desceram do carro e seguiram o motorista, que arrastava os pés ao caminhar. O sujeito usava cachecol sob o queixo, amarrado no alto da cabeça, como se sofresse de dor de dente.

Um céu sombrio, caminhos enevoados e folhas mortas davam certa unidade aos prédios do conjunto. Árvores mirradas, apesar de protegidas por cercados de arame, haviam sido partidas ao meio, como se tivessem cometido um crime grave. Os grafites não passavam de marcas, eles não tinham mais nada a dizer, além do lema estranho, em letras com trinta centímetros de altura, em preto e dourado: "Coma o porco".

As lâmpadas, na rua, pouco iluminavam. A sombra do grupo os perseguia, como figuras a cavalo. O silêncio foi quebrado pelo som do alarme de um carro. Ouviram passos, um homem passou correndo, seguido por outros, e gritos. O grupo parou e esperou, compacto, antecipando o ataque. Estavam prontos; na verdade, desejavam, exigiam o confronto. Mas o momento passou. Ameaçador, o silêncio retornou.

Os rapazes encapotados e moças encapuzadas chegaram a um elevador precário. Percorreram corredores, feitos fantasmagóricos pelos reflexos salientes dos penhascos de concreto. Passavam por um fosso, quando Shahid reconheceu os metais lamurientos de "Try a little tenderness" escapando por uma janela aberta. Chad também os ouviu, e parou, petrificado. Tariq tropeçou nele, e Tahira pisou em Hat, sujando seu tênis branco. O motorista, apressado, virou num canto e desapareceu.

Chad abaixou-se para atar o cadarço, por duas vezes, enquanto a música tocava. Erguendo-se, notou que Shahid o encarava. Os olhos de Chad estavam úmidos. Shahid quis abraçá-lo, mas ele seguiu adiante.

Chegaram a um apartamento, pertencente a uma família de Bengala que freqüentava os "consultórios" de Riaz. O pai era o sujeito com quem Riaz conversava, na ocasião em que Shahid entrou em seu quarto.

A família sofria pressões havia meses. Eram encarados, escarrados, chamados de "escória páqui". Depois de alguns meses, foram agredidos. O marido, atingido na cabeça por uma garrafa, tinha ido parar no hospital. A esposa levara um soco. Enfiaram fósforos acesos na caixa de correio. Os delinqüentes tocavam a campainha, a qualquer hora do dia ou da noite, ameaçando voltar para chacinar as crianças. Chad deduziu que os agressores não eram skinheads fascistas. Pomposos demais, estes não se envolveriam em provocações baratas. Os vândalos em questão tinham entre doze e treze anos.

Por meio de seu contato na câmara local, George Rugman Rudder, Riaz conseguira a transferência da família para um prédio ocupado por bengaleses, mas isso ainda demoraria algum tempo. Sendo assim, Riaz optara pela ação direta. Até a mudança da família, montaria guarda no apartamento e procuraria encontrar os delinqüentes, com a ajuda de Hat, Chad, Shahid e outros estudantes universitários.

O motorista murmurou algo, encostando a boca na caixa de correio, e a mulher, depois de destrancar várias fechaduras, abriu a porta. O apartamento, mobiliado precariamente, tinha as janelas protegidas por tábuas, ocultando a vista deprimente da cidade. Era iluminado apenas pela luz da televisão e por um abajur. A mulher preferia que os inimigos pensassem que a família se mudara dali.

As quatro crianças não estavam com medo. Brincavam, e logo descobriram Chad. Ao entrar, ele esvaziou os bolsos cheios de balas e moedas, entregando os trocados a elas. Os dedos pequenos mal conseguiam segurar tudo.

"Qual é o problema, Chad?", Shahid disse.

"O sofrimento destas pessoas me comove", ele disse, com esforço. "Não consigo me controlar."

"Se você começar a chorar, a mulher não terá muita confiança em nós."

"Tem razão." Ele assoou o nariz. "Apesar de teimoso, você é sensato, às vezes."

Hat bateu na sacola verde, e os tacos de críquete, cacetes, socos-ingleses, facas de carne e cutelos emprestados pelo açougueiro retiniram.

"Já usou armas antes?", Chad disse.

"Não", Shahid respondeu. "Nunca usei. E você?"

"Já. Vou ensiná-lo."

Enquanto Chad, entusiasmado, mostrava o melhor modo de empunhar um cutelo, Hat examinava o apartamento, para identificar entradas, saídas e pontos vulneráveis, como se fosse um policial da televisão. Em seguida, provocando risos em Chad e Tahira, ele desfez a mala que a mãe havia preparado, guardou a escova de dentes e o fio dental no banheiro e pendurou o boné de beisebol no cabide da entrada.

Enquanto isso, Tahira preparou uma área de estudo para ele, no canto do quarto.

"Hat está sempre estudando", Chad disse, observando-o. "É muito inteligente, e o pai faz questão de que se forme contador."

"O pai dele não é dono do restaurante que Riaz aprecia tanto?"

"Isso mesmo", Chad disse, sombrio. "Mas o pai não gosta da gente. Acha que vamos impedir Hat de ser contador. Mas não vamos. Só achamos que contadores são obrigados a conviver com muitas mulheres. E a apertar a mão delas. Além do mais, precisam tomar bebidas alcoólicas diariamente, e lidar com pagamentos de juros. Talvez Hat se sinta excluído, entende?"

Shahid ia tirar o fone do gancho, na entrada, para ligar para Deedee, quando Riaz anunciou a hora da oração.

Em Karachi, por exigência dos primos, Shahid fora à mesquita várias vezes. Enquanto os pais bebiam uísque contrabandeado e assistiam a vídeos ingleses, os parentes e amigos mais jovens de Shahid reuniam-se em sua casa às sextas-feiras, antes de sair para rezar. O fervor religioso da geração mais nova e seu vínculo com o radicalismo político sempre o surpreendiam. Certa vez, Shahid demonstrava algumas posições de ioga para uma das primas, quando o irmão dela o interrompeu violentamente, tirando os tornozelos da moça da orelha. Ioga o fazia lembrar dos "hindus desgraçados". Aquele irmão também se recusava a falar inglês, embora esta fosse a língua corrente na casa, e a primeira que aprendera. Ele dizia que a geração de papai, com seu sotaque inglês, diploma tirado no exterior e esnobismo britânico, considerava sua própria gente inferior. Deveriam ser forçados a viver nas aldeias, entre os camponeses, como Gandhi havia feito.

Em casa, papai preferia dizer, em relação à sua fé: "Sim, eu tenho uma crença. Creio em trabalhar até criar calo na bunda!". Shahid e Chad pouco aprenderam a respeito da religião. E, nas ocasiões em que Tipoo orava em casa, papai resmungava e reclamava, dizendo que não agüentava ouvir aqueles sons monótonos durante seu programa favorito, *O mundo em conflito.*

Agora, no entanto, Shahid temia que sua ignorância o tivesse conduzido a uma terra de ninguém. Naqueles dias, todos insistiam na questão da identidade. Todo mundo se dizia homem, mulher, gay, negro, judeu — exibindo com orgulho quaisquer características que pudessem reivindicar, como se deixassem de ser humanos, caso não exibissem um rótulo. Shahid também queria pertencer a seu povo. Antes, porém, precisava conhecê-lo, saber como havia sido seu passado e seus projetos para o futuro. Felizmente, Hat o ajudara muito. Interrompera os estudos, em diversas ocasiões, para visitar Shahid em seu quarto, levando-lhe livros; sentava-se a seu lado e, por horas a fio, narrava trechos da história islâmica, bem como as crenças essenciais. Depois, desimpedindo uma pequena área no chão, mostrava como proceder nas rezas.

Enquanto orava, Shahid tinha pouca noção a respeito do que pensar, de quais seriam as ações cerebrais concomitantes. Por isso, ajoelhado, ele celebrava interiormente o lado substancial do mundo, o fato da existência, os fenômenos inexplicáveis da vida, arte, humor e do próprio amor — numa linguagem murmurada, em si outro milagre sagrado. Acompanhava seu êxtase e deslumbramento com música adequada; a "Ode à alegria", da *Nona Sinfonia* de Beethoven, por exemplo, que cantarolava inaudivelmente.

Mais tarde, naquela mesma noite, o grupo comeu no chão, como um bando de guerrilheiros. Tinham os livros da faculdade, para estudar; mas haviam percorrido um longo caminho, estavam excitados, antecipando a vingança. Ninguém abriu os livros.

Por volta das onze, bateram na porta.

Armados, todos se levantaram, inclusive Tahira e Nina. Riaz, na ponta dos pés, ergueu uma espécie de cimitarra, dando a impressão de que não conseguiria levantá-la além dos ombros, e muito menos rachar a cabeça de um skinhead com ela. Chad já esperava, na entrada, perto da porta. Parecia um urso, mas se movia com rapidez. Ansioso por entrar em ação, arregaçou as mangas, exibindo braços musculosos. Antes de liberar a entrada, abaixou-se para ouvir a voz, do outro lado da porta.

Para surpresa geral, Brownlow surgiu na sala. Além de usar sandália e meia branca, falava. Sua testa ossuda brilhava. Shahid surpreendeu-se com a brancura do sujeito. Era como se alguém tivesse tirado a cor da televisão.

"Camaradas!"

Com exceção de Riaz, todos se sentaram novamente, desapontados.

"Boa noite, camaradas", Brownlow declarou. "Algum sinal de lunáticos?"

"Só agora que você chegou", Shahid murmurou; os outros sorriram, com ironia.

Riaz aproximou-se dele. "Ainda não", disse. "Mas sabemos que os imorais nos cercam. Doutor Brownlow, fico contente por ver que recebeu nosso recado, e veio dar seu apoio."

Brownlow abriu os braços, expansivo, como se pretendesse abraçar a todos. Lutavam na mesma trincheira.

"Terrível, este conjunto habitacional. O que fizeram a esta gente! Crimes contra a humanidade. É importante visitar a periferia, regularmente. Caso contrário, nos esquecemos. Ao ver tudo isso, aprende-se um bocado. É óbvio, não chega a ser surpreendente que..."

Finalmente revelada, a voz do doutor Brownlow, profunda e melodiosa, era capaz de atrair um táxi na extremidade oposta de Knightsbridge, despachar garçons como se fossem cães enxotados e instantaneamente aplacar colônias inteiras amotinadas, sem o menor esforço. Fosse para vociferar, insultar, comandar ou pedir, o exército, a City, a universidade, o campo e a Inglaterra haviam adocicado cada sílaba rotunda. Pobre Andrew, falando bem do alto de tudo que desprezava. No dia da revolução, sua primeira missão seria cortar a própria língua.

"Como?", Riaz disse, sorridente e intrigado, ao encará-lo com certa intensidade.

Riaz se mostrava invariavelmente cortês para com Andrew, chamando-o de doutor Brownlow, segurando sua mão, dando tapinhas nas costas, como um gerente de restaurante indiano quando recebia uma visita do prefeito. Ao mesmo tempo, pelo que Shahid já aprendera, Riaz fazia questão de ficar por cima. Sua pergunta, portanto, embutia um desafio. O grupo prestou atenção ao diálogo.

Ele prosseguiu: "O que não chega a ser surpreendente para o senhor, doutor Brownlow, meu grande amigo?".

Mas Brownlow olhava para Tahira, com inconfundível luxúria: praticamente ofegava. Passara horas seguidas no bar, sem dúvida. Chad percebeu isso, também, e recuou, como se evitasse um maçarico. Tahira tapou a ponta do nariz com os dedos e fez cara de nojo.

Shahid sentiu um certo constrangimento. Brownlow parecia alegre, naquela noite, e era bem capaz de contar que o encontrara na casa de Deedee.

"Não chega a ser surpreendente a atitude violenta deles", Brownlow disse. "Este lugar. Vivem num lugar horroroso. Circulei um pouco, sabem, passei uma hora ou duas no Hades, perdido no meio daquela umidade imunda. Vi cachorros gigantescos, muros altos, bolsões de miséria. Pocilgas. Ambiente propício a tudo o que não presta, estes conjuntos, no que respeita às crianças. E a antipatia racial, infectando a todos, indiscriminadamente, transmitida como se fosse AIDS."

Riaz continuava a encarar Brownlow e, como Chad costumava dizer, quando Riaz encarava alguém o sujeito sentia a força de seu olhar. Riaz deu alguns passos; preparava um discurso. Começou: "Mas eu aprendi a gostar destes conjuntos".

"Isso mesmo. Acabaram de reformar tudo", Chad resmungou.

Brownlow pressentiu a armadilha e ficou intrigado. "Prossiga", disse.

"Deixe-me explicar uma coisa. Trocaria de casa com estes amigos meus, hoje mesmo! Hoje!" A voz de Riaz se elevou mais e mais. "Veja como estão gordos. De tão gordos, mal conseguem tirar a bunda gorda da frente da tevê!" Todos riram, com exceção de Brownlow. "Possuem casa, eletricidade, aquecimento, televisão, geladeira, hospital bem perto! Podem votar, participar politicamente, caso queiram. São privilegiados, não concorda?"

"As pessoas daqui não podem se opor às grandes corporações", Brownlow disse. "São impotentes. Mal-alimentadas. Não têm instrução nem empregos. Ninguém gera empregos com base na esperança, exclusivamente."

Riaz prosseguiu: "E você acha que nossos irmãos, no Terceiro Mundo, como vocês gostam de classificar quem é diferente de vocês, têm uma fração disso tudo? Acha que nossas aldeias possuem eletricidade? Já esteve numa aldeia?".

"E ele não está falando de Gloucestershire", Chad resmungou.

Brownlow disse: "Em Soweto. Três meses vivendo com o povo".

"Então você sabe do que estou falando", Riaz disse. "O que temos aqui seriam luxos dignos de James Bond, para as pessoas de lá. Eles sonham com geladeiras, televisões, fogões! E por acaso são skinheads racistas, ladrões de carros, estupradores? Desejam dominar o resto do mundo? Nada disso. São gente humilde, trabalhadora, gente que ama Alá!"

Shahid e os irmãos murmuraram, em sinal de apoio. Brownlow deve ter lamentado o momento em que voltou a falar. Era sensível e, com sua crença na libertação, deve ter sofrido com o ataque do homem cuja causa apoiava.

Ele forçou um sorriso.

Shahid não sabia se os outros estavam tão intrigados quanto ele. Ali estava um elemento da classe dominante, que recebera educação de primeira. Um privilegiado. Seus ancestrais haviam circunavegado e conquistado o mundo. Shahid esperava mais da força que o produzira. Ao mesmo tempo, ele e os outros não podiam evitar sentir um prazer perverso. As pessoas que os haviam governado ainda os tratavam com paternalismo e desprezo, mas não eram deuses. Educados para mandar, para liderar, não passavam, atualmente, de mais uma minoria. Deedee explicara isso a ele. "São enviados para a escola aos sete anos, e lá fazem coisas terríveis com eles. Nunca se recuperam disso."

Riaz, educadamente, convidou Brownlow para sentar-se a seu lado. Sadiq estendeu um tapete persa e trouxe uma jarra com água e dois copos. Poderiam discutir confortavelmente instalados.

Todo mundo relaxou.

Shahid aproveitou a oportunidade para pegar um romance. Não lera nada naquele dia, e sentia falta do recolhimento, da concentração. Mas, ao tirar o livro da sacola, intuiu que os outros desaprovariam sua atitude. Não deveria ler na noite da vigília.

Em vez de ler, quando Brownlow e Riaz começaram a dialogar, Shahid aproximou-se mais. Quando Riaz falava na faculdade, ou na mesquita, não havia discussão, só perguntas camaradas. No final, o grupo de Riaz dava tapinhas em suas costas, parabenizando-o, e afastava os fãs mais entusiasmados.

Shahid percebeu que sua relação com Riaz chegara a um ponto em que não poderia discutir com ele aspectos fundamentais da doutrina. Shahid estava freqüentemente ansioso, em função de sua falta de fé. Observando a mesquita, na qual só via coisas sólidas, do mundo material, e depois as faces dos irmãos, nas quais a espiritualidade se manifestava, considerava-se um fracassado. Temia, porém, que suas perguntas o tornassem suspeito, de algum modo. Podia, pelo menos, discutir suas dúvidas com Hat. Este dizia para ele não se preocupar, deixar as coisas acontecerem. E, quando Shahid realmente relaxava, compreendia que a fé, como o amor ou a criatividade, não era algo que dependesse da vontade. Era uma aventura que dizia respeito ao conhecimento. Precisava seguir a receita, com paciência. A compreensão viria, certamente; seria abençoado, um dia.

Brownlow, sentado de pernas cruzadas, na frente de Riaz, reabria as feridas da sua incerteza.

"Na minha vida adulta", ele disse, dirigindo-se tanto a Shahid como a Riaz, "em muitas ocasiões desejei, e por vezes com desespero, ser capaz de seguir uma religião. Mas, tendo lido Bertrand Russell aos catorze anos... vocês conhecem sua obra, não é?"

"Um pouco", Shahid disse.

Brownlow mexeu os dedos úmidos do pé. "Deedee fala sobre ele? Ou só sugere que veja vídeos do Prince?"

"Ela é uma boa professora."

Brownlow resmungou, e foi em frente: "Ele situou a divindade em sua devida perspectiva, vocês não concordam? Russell disse que Deus, se existisse, seria um idiota. Rá, rá, rá! E afirmou, também, que o conceito de Deus deriva dos antigos despotismos orientais. Sensacional, não acham? Desde então, senti-me abandonado no universo. O ateísmo pode se tornar um fardo terrível, como vocês devem saber. Exige que se dê sentido ao mundo. Seria maravilhoso acreditar que, depois de morrer de câncer, a gente vai chupar uvas, melões e virgens no paraíso. Num paraíso semelhante a Veneza. Sem mau-cheiro nem horário comercial. O céu, alguém já disse, é seguramente a invenção mais fácil do homem".

Shahid tentou sorrir. Queria uma bebida alcoólica. Não sabia dizer o que provocara uma sede tão repentina — o medo ou a companhia. Provavelmente, aquela conversa sobre o paraíso.

Brownlow entusiasmou-se.

"Maravilha, para quem se ajoelhar. Existir num reino imaginário, governado por seres imaginários. Sensacional, receber todas as regras prontas, lá de cima. O que comer. Como limpar a bunda." Seus dedos crispados estavam a poucos centímetros do nariz de Riaz, como se pretendessem arrancá-lo para limpar a bunda com ele. "Por outro lado, que horror! A escravatura da superstição."

O queixo de Shahid caiu. Brownlow chamava Riaz de escravo da superstição! Ninguém falava assim com ele! Como ele reagiria?

Brownlow avançou ainda mais. "Contos de realismo mágico, vindos de séculos distantes! Servidão — sem dúvida vocês reconhecem que se trata de servidão, não é? E muitos de nós, por fraqueza, não a preferem ao livre-arbítrio? Exploradores de uma dependência infantil, não é isso que eles são? O que vocês acham?"

Deve ter sido o bafo de Brownlow que provocou em Shahid o desejo de mergulhar na escuridão de um pub. Um trago de Speckled Hen, Southern Comfort, Heineken, Tennent's, Guinness, Becks, Pils, Bud — nomes adoráveis, como nomes de poetas! Sua boca se encheu de água.

Shahid lutou, entretanto. Não pretendia ir de um lado para o outro, deixar-se dominar por seus desejos. Os excessos e o egoísmo de Chili, por exemplo, o enojavam. Apesar disso, a imagem da mulher de Brownlow continuava a tentá-lo. Naquele momento, gostaria de botar as mãos em sua perna durinha, de tocar seu joelho, de enfiar a mão por entre as coxas, lá dentro.

"Sem dúvida", Brownlow disse, "sem dúvida o ato de acreditar..."

"Acreditar em oposição a quê?"

O contra-ataque de Brownlow não desconcertou Riaz, que encarava o oponente com a confiança de um jogador de xadrez capaz de antecipar os lances seguintes.

"Em oposição a pensar. Em oposição ao pensamento sem preconceitos. Claro, o peso de acreditar em algo que não pode ser provado, nem mostrado, algo que não tem sentido lógico, para um homem inteligente como você, deve ser... deve ser..." Brownlow procurava a palavra menos tendenciosa. "Desonesto! Isso mesmo. Desonesto!"

Brownlow não pretendia pôr panos quentes, naquela noite.

Shahid examinou o sorriso de Riaz, tão freqüente em seu rosto. Estava ficando calvo, tinha uma verruga no queixo e outra na face; cheirava a suor. Mas para Shahid seu sorriso representava o humor, o amor pela humanidade, a paciência. Contudo, se visto mais de perto, o que mostrava mesmo era desdém. Riaz não apenas considerava Brownlow um cretino; na verdade, o desprezava.

"As pessoas devem decidir sozinhas o que é certo e o que é errado", Brownlow disse.

Riaz riu. "O homem seria a última criatura a quem eu confiaria tal tarefa!"

Shahid levantou-se.

Pretendia convidar Chad para dar uma volta. Poderia ligar para Deedee da rua. Só pensava em ouvir a voz dela, naquele momento. Mas, o que era muito provável, e se Chad não permitisse? Estaria em apuros. Deedee pensaria que a deixara na mão.

Por que Shahid precisava temer Chad? Chad experimentara todos os baratos, e agora se impunha restrições intermináveis. Não admira que fosse histérico e desagradável. A cada dia, a realidade o decepcionava. Mesmo assim, Chad era um irmão, alguém merecedor de seu perdão. Shahid teria de se virar sozinho.

"Por favor, desculpe-me", Riaz dizia a Brownlow, "mas você está sendo um pouco arrogante." Brownlow riu, irônico. Estava apreciando a discussão. "Tais crenças liberais são compartilhadas apenas por uma minoria, que vive no Norte da Europa. Não obstante, vocês consideram sua superioridade moral em relação ao resto da humanidade um fato. Tentam dominar os outros usando esse tipo específico de moral que — como você deve saber muito bem — tem andado de braços dados com o imperialismo fascista." Nesse momento, Riaz inclinou o corpo, aproximando-se de Brownlow. "Por isso, precisamos nos proteger contra o ambiente intelectual hipócrita e presunçoso da civilização ocidental."

Brownlow enxugou o suor que escorria de sua testa e sorriu. Seus olhos percorreram a sala. Não sabia por onde começar. Tomou fôlego.

"Você despreza esse ambiente. E com razão. Mas essa civilização também nos deu..."

"Isso, doutor Brownlow, conte o que ela nos deu", Shahid disse.

"Muito bem, Tariq. Um estudante cheio de curiosidade. Vamos ver." Nos dedos, ele contou: "Literatura, pintura, arquitetura, psicanálise, ciência, jornalismo, música, uma cultura política estável, esportes organizados — muito bem organizados, aliás. E tudo isso junto com algo mais significativo: a indagação crítica sobre a natureza da verdade. Estamos falando de provas e demonstrações".

Riaz disse, ladino: "A exemplo da famosa dialética marxista?".

Por um momento, Brownlow hesitou. Mas logo prosseguiu: "E questionamentos implacáveis. Sem rodeios. Questionamentos e idéias. As idéias são inimigas da religião".

"Azar das idéias", Riaz disse, com ar de desprezo.

Todos olharam para ele. Shahid não se considerava capacitado para participar da discussão. Amaldiçoou sua ignorância e falta de articulação, que também o prejudicaram quando Chad perguntou o motivo de seu amor pela literatura. Mas sua condição o instigava, por outro lado: era forçado a estudar, pensar e ler mais, combinando fatos e argumentos que se encaixassem em sua visão de mundo.

Shahid olhou para Chad. Levantou-se e foi até a porta.

"Vou dar uma volta", murmurou para Riaz, saindo da sala o mais depressa possível.

Na entrada, pegou o telefone e discou, ligeiro.

"Estou apavorada", Tahira disse. "E você, não está?"

Ele fez que sim. Ela não pretendia se afastar dali. Quando ouviu a voz de Deedee, desligou.

"Já volto", disse a Tahira, enquanto soltava as trancas, girava a chave na fechadura e removia a corrente da porta.

"Aonde você vai?"

"Um de nós precisa patrulhar as redondezas. Examinar o local, essas coisas."

"Certo. Mas não vá sozinho. Posso acompanhá-lo."

"Não, não precisa."

"Não tenho medo. Sério."

"Mas eu temeria por sua segurança."

Shahid abriu a porta e saiu sozinho.

Precisou de algum tempo para se afastar do conjunto habitacional. Temia não encontrar um telefone, mesmo assim. Caía uma garoa fina, andar ali era como mergulhar numa nuvem. Sentiu o cheiro da chuva; fazia algum tempo, naquela cidade, que não sentia um odor tão fresco. E úmido. A calçada fumegava, como nos videoclipes. Não conseguiria encontrar o caminho do apartamento, nem o de sua casa.

A área ganhara fama como reduto racista. Começou a andar depressa, depois a correr. Ao passar sob uma ponte ferroviária sombria, viu o motorista de táxi que os trouxera até ali parando para deixar um freguês. Shahid aproximou-se dele. Ele se lembrou do rapaz e o levou ao escritório central da frota. Ruídos estranhos vinham dos fundos. O sujeito estendeu o braço, barrando o caminho de Shahid, que esticou o pescoço e viu, pela abertura na porta, alguns motoristas jogando cartas enquanto assistiam a um vídeo pornô.

Permitiram que telefonasse do escritório. Finalmente, conseguiu falar com Deedee.

"Onde você se meteu? Estou esperando há duas horas! Não poderia ter ligado antes? Acha que uma mulher teria coragem de agir assim com um homem?"

Antes que a humilhação e a contrariedade na voz de Deedee o afetassem, Shahid explicou que fora convocado para colaborar numa questão urgente, que envolvia seu povo. Fazia um ano que o irmão mais novo de Sadiq, aos quinze anos, tivera a cabeça esmagada por uma turma de adolescentes. Era preciso levar tais casos a sério.

Ela não aceitou a desculpa. Parecia que o culpava pelas decepções causadas por outros homens, e pela esperança que, evidentemente, a empolgava.

"Sinto muito, sinto muito", ele repetia. "O que posso fazer?"

Enquanto conversavam, ele viu pela janela que havia um rapaz do lado de fora. A brasa vermelha do cigarro brilhava no meio da névoa densa. Provavelmente, estava esperando um táxi. Mas o rapaz se virou, olhou direto nos olhos de Shahid e balançou a cabeça.

"Neste exato momento", Shahid disse, "há racistas lá fora, esperando para me atacar."

Deedee sugeriu que pegasse um táxi — ela pagaria a corrida — e fosse encontrá-la agora, pelo menos para tomar um drinque. Ela se desprezava por pedir isso, Shahid percebeu.

"Mas eu não posso", ele disse. "Esta noite, não vai dar."

"Quando, então?"

"Logo. Quando der, eu ligo."

"Promete?"

"Sim."

Ele desligou e se afastou do telefone o mais depressa possível, e pediu ao motorista que o conduzisse de volta ao apartamento. Quando saíram da garagem, o rapaz havia sumido.

A turma passou a noite sentada. Revezavam-se para dormir um pouco, no chão. Na manhã seguinte, os que tinham aula ou lição a fazer se foram. Outros surgiram para substituí-los. Shahid, que tinha o dia livre, só saiu no final da tarde, quando a bomba explodiu no saguão principal da estação Victoria.

DEZ

Removeram os corpos; o número de vítimas ainda não havia sido calculado. Os feridos seguiam para hospitais da região. Correu o boato de que a estação ardia em chamas, mas naquela escuridão era difícil saber: uma nuvem lúgubre cobria a cidade.

Debaixo de chuva, a polícia montou barreiras, desviando as pessoas para uma rua, e depois para outra, gritando pelos megafones. Helicópteros voavam em círculos, no alto.

Uma coisa era certa: ninguém sabia de nada. Naturalmente, especulava-se à beça. Na rua, disseram a Shahid que o atentado não era um caso isolado: bombas explodiam em lojas, carros e até aeroportos, num esforço conjunto de diversas organizações para conquistar Londres. O rumor não pôde ser confirmado: as telas das tevês mostravam apenas rostos ensangüentados e relatos de transeuntes que passavam pelo local na hora da explosão.

Shahid havia combinado encontrar-se com Deedee, mas não na casa dela. Eles se veriam no apartamento da amiga dela, Hyacinth, em Islington, perto da Upper Street. Atravessou a cidade para vê-la. Demorou várias horas para chegar lá. Fez parte do trajeto a pé, cruzando a City para pegar a Fleet Street e seguir pelo Strand.

Só vendo para acreditar num caos daqueles. Por algum tempo as estações permaneceriam fechadas, assim como aeroportos e rodoviárias. As ruas ficaram congestionadas. Em Marylebone Road, Talgarth Road e até na City, os carros de polícia, bombeiros e ambulâncias tentavam vencer o trânsito moroso. As pessoas esticavam o pescoço, querendo ver os rostos dos heróis que estavam ao volante, como se alguma marca especial de bravura e compreensão os distinguisse da massa consternada, que apesar de tudo não se mostrava especialmente surpresa com a tragédia.

Milhares de moradores dos subúrbios corriam na chuva, esperavam em cima das pontes, contemplando o céu baixo e olhando a água suja do rio, pensando a que horas chegariam em casa naquela noite, se é que chegariam. Alguns motoristas se deitaram no banco traseiro dos automóveis. Outros abandonaram os veículos, formando rodinhas em torno de rádios. Pessoas apresentavam-se nos hospitais das redondezas, sem necessidade de convocação. Formavam filas silenciosas para doar sangue, enquanto as equipes de televisão circulavam como se fossem cientistas desinteressados. As igrejas mantinham as portas abertas, e os mais perplexos esperavam, em prédios nos quais não entravam havia anos. Os pubs e cafés estavam lotados; pelo jeito, liquidariam seu estoque de bebidas. Amantes ilícitos, adúlteros ou oportunistas tiravam proveito da situação. Não sobrou uma vaga sequer nos hotéis.

Depois de iniciar sua jornada através daquela selva urbana ensandecida, Shahid relutava em abandoná-la. Queria estar no meio da confusão, em vez de acompanhá-la pela tevê. Isso lhe daria forma e conteúdo, roubando dos telespectadores a possibilidade de envolvimento.

Descobriu, após duas horas de caminhada, que algumas linhas do metrô funcionavam. Seria a única possibilidade de movimentar-se pela cidade, naquela noite. Entrou no metrô e, depois de esperar uma hora, conseguiu pegar um trem lotado, que ia para o norte. Para alívio e surpresa dos passageiros, o trem passou direto por várias estações. A proximidade de outras pessoas o confortava: estavam todos ali, sentados, apavorados, molhados, inquietos. Uma tragédia assim era o máximo que Londres poderia oferecer, em termos de emoções comunitárias.

O que aquelas pessoas sentiam? Raiva, confusão, pois em algum lugar ocultava-se um exército de ressentidos. Mas a que facção pertenceriam? A que organização clandestina? Qual seria a guerra, causa ou movimento que se manifestava assim? O mundo andava cheio de causas fervorosas, a clamar por vingança — isso, pelo menos, já se sabia. Do outro lado, no meio da cidade, usufruindo do bom e do melhor, sem olhar para nada, viviam os complacentes. Naquele dia, os "bem-aventurados", os que tinham emprego e casa própria, descobriam, enquanto perambulavam pelas ruas à procura de um telefone público que funcionasse, que eles também poderiam ser caçados, atormentados, sitiados. Pois eram culpados: teriam de pagar, e pagariam.

O motorista disse alguma coisa pelos alto-falantes, mas ninguém conseguiu entender nada, a não ser a palavra *urgente*. Os passageiros, de tão alarmados, chegavam a conversar entre si. Muitas estações ainda estavam sendo inspecionadas pelas forças de segurança. O trem pararia quando fosse possível. Uma senhora, sentada na frente de Shahid, soluçava. O passageiro a seu lado ordenou que fechasse a boca, rudemente. Quando parasse, o trem iria recolher. Recolher!

Os vagões passavam por estações desertas. Soldados patrulhavam as plataformas, conduzindo cães e iluminando o caminho com faroletes. Cones brilhantes de luz cruzavam as áreas normalmente cheias de gente. Shahid observava seus companheiros de metrô, enquanto a polícia tentava garantir a segurança das estações.

Escapar do trem foi um alívio para Shahid. As portas finalmente se abriram, duas estações antes daquela em que pretendia descer.

Ele correu até o apartamento, mas parou do lado de fora. Sentiu que não deveria ter ido. Mesmo assim, não desejava ir embora, e desceu, calculando que ela estaria ouvindo o ruído de seus passos nos degraus de pedra. Saberia que havia parado; perceberia sua relutância.

Só pessoas ruins moravam em porões — mas aquela gente não poderia ser tão ruim, não eram iguais às gangues que atormentavam os moradores dos conjuntos. Encontrou um local calmo, tranqüilo, apartado da realidade. Sentia-se culpado por abandonar os companheiros na hora do perigo. Passaria algumas horas com Deedee, conversando, e se reuniria à turma mais tarde, naquela mesma noite. Temia, também, as expectativas daquela mulher em relação a ele, as exigências que poderia fazer, as emoções que poderia sentir e induzi-lo a sentir. Mas, por motivos que não conseguia compreender, precisava dela, embora não se permitisse admitir esse fato.

Encontrou o portão de ferro e a porta da frente abertos. Entrou, a garganta apertada, e sentiu cheiro de maconha. No quarto pequeno, de teto baixo, iluminado apenas por duas velas, Shahid mal conseguia discernir o sofá, a televisão e o aparelho de som, que estava tocando "Desire". Na escuridão sombria, quase não a via.

"Lamento pelo atraso. Houve uma..."

"Esqueça."

Encontrou-a sentada no chão, encostada na parede, de saia vermelha rodada, suéter preto, meias pretas. Sobre o carpete, viu um livro de capa mole. Ela fumava um baseado fininho e bebia vinho num cálice. Não se levantou; obviamente, não via necessidade de fazer isso.

Ele não conseguiu se aproximar; tremia, tinha medo de só falar besteira. Ela o acharia idiota. Tirou o capote, sob o qual usava uma jaqueta de couro e camiseta. Andou de um lado para outro com o baseado que ela havia enrolado para ele na mão, encarando-a de vez em quando. Ela deixou que andasse e a olhasse o quanto quisesse.

Ele começou a rir, de repente. Talvez o considerasse excêntrico, mas não disse nada, só ergueu o rosto, agradavelmente inquisitiva.

Shahid se lembrou que, na noite anterior, Hat, Chad e ele ensaiavam várias vezes como reagiriam, caso os skins atacassem. Chad estava sentado no chão, com os joelhos erguidos. Colocara seu armamento, um martelo e uma faca, entre as pernas. Por algum tempo, Tahira olhou para Chad, irritada. Quando não conseguiu mais se conter, disse, interrompendo o relato dos golpes que Chad desferiria contra os racistas: "Chad, você pode fazer o favor de fechar as pernas?".

Chad fechou a cara, mas juntou os joelhos, dando de ombros.

Ela prosseguiu: "Chad, notei que você está usando uma calça muito justa".

"Isso mesmo."

"Nós, mulheres, nos esforçamos muito para ocultar nossos corpos sedutores. Por acaso você já ouviu falar do quanto é desconfortável usar o hijab? Sofremos constantemente com as zombarias e insultos dos racistas, como se fôssemos sujas. Ainda ontem, um homem na rua disse que estávamos na Inglaterra, e não em Dibay, enquanto tentava arrancar meu véu."

"Irmã...", Chad disse, horrorizado.

"Os irmãos nos exortam a manter os corpos cobertos, mas se mostram curiosamente evasivos, quando se trata das roupas deles. Você não acha que deveria usar algo mais folgado?"

Chad olhou para Hat e explicou, um tanto vexado, que andava procurando calças folgadas, tipo Oxford.

Tahira disse: "Já seria um progresso. Por que não pensa também em deixar crescer a barba? Olhe para Hat, a dele já está bem grande. Até Shahid parece que vai deixar crescer o pouco que tem".

Hat sorriu, satisfeito.

Chad retrucou, irritado: "Minha pele precisa de espaço para respirar. Caso contrário, fico com alergia".

"A vaidade deve ser a última de nossas preocupações", Tahira disse.

Isso calou a boca de Chad. Ele ficou sentado, coçando o queixo e chupando os dentes. Parecia uma acha de lenha molhada chiando no fogo. Recusou-se a conversar com os outros. Não falou mais, nem mesmo com Hat.

Mais tarde, quando Shahid, Hat e Chad se reuniram na cozinha, Hat virou-se para Shahid e disse: "É verdade que você está deixando a barba crescer?".

"Isso mesmo", Shahid respondeu. "Mas Chad não pretende deixar crescer nada!"

"Você quer ver uma coisa crescer na sua mão?", Chad retrucou.

Shahid não sentia a menor vontade de contar aquela história para Deedee. Imaginara que ela se impressionaria com a militância antifascista, mas quando descrevera, pelo telefone, a cena na qual Chad experimentava o soco-inglês, e Hat ensinava Riaz a usar o facão, notara sua desaprovação.

"Você está pensando em seus companheiros?"

"Sim."

Ela disse: "Sabe, aquele rapaz, a quem vocês chamam de Chad...".

"Como assim, nós chamamos?"

"O nome dele era Trevor Buss."

"Chad? Não acredito."

Deedee deu de ombros.

Ele repetiu: "Chad?".

"Foi adotado por um casal branco. A mãe era racista, falava nos páquis sem parar, e na necessidade de sua integração." Deedee passou a garrafa de vinho. "Quer tomar um pouco?"

"Estou tentando manter a cabeça em ordem, no momento. Respeitar meus limites."

"Chad cresceu ouvindo sinos de igreja. Visitando chalés ingleses, onde ingleses típicos levavam uma vida segura. Gente que não precisava se esforçar para se integrar naquele mundo. Você conhece o que Orwell diz da Inglaterra, certo? Leu os ensaios dele?"

"Não a fundo."

"Deixa para lá. A sensação de exclusão quase o levou à loucura. Queria explodir tudo."

"Mas por quê? Por quê?"

"Quando chegou à adolescência, viu que não tinha raízes, nenhuma ligação com o Paquistão. Nem mesmo sabia falar a língua. Começou a freqüentar aulas de urdu. Mas, quando tentava pedir o sal, em Southall, todos zombavam de seu sotaque. Na Inglaterra, os brancos o olhavam como se ele fosse roubar o carro deles, ou a bolsa, principalmente porque se vestia como um mendigo. No Paquistão, seria considerado um estrangeiro. Como se encaixaria numa teocracia terceiro-mundista?"

Até papai sentia isso, Shahid pensou em dizer. Discorria sobre essa condição, em casa. Rodeado de irmãos e filhos, papai sentava-se para amaldiçoar seu clube em Karachi, embora as mesas tivessem toalhas brancas engomadas, os talheres fossem de prata e os garçons usassem túnicas brancas e turbantes. Decoravam as paredes com fotografias autografadas de Cowdrey e May, e com um retrato de Jorge v discursando para seu império. Sempre havia um exemplar do *Times* sobre a mesa de carvalho. Lá fora, depois da varanda, estendiam-se canteiros de flores "impecáveis", cuidados por um exército de jardineiros. O país o enfurecia: religião enfiada goela abaixo de todos; bandidagem, corrupção, censura, preguiça, imprensa pomposa; buracos nas ruas, ruas que não existiam, ruas em chamas. Nada dava certo por lá, na opinião de papai. Costumava dizer, quando entrava em depressão, que os ingleses jamais deveriam ter partido. "1945 — um novo país, uma nova vida!", gritava. "Quantos tiveram uma oportunidade assim? Por que não podemos governar sem torturar e assassinar oponentes? Sem corrupção e exploração? O que há de errado conosco?"

Ele se orgulhava tanto da Inglaterra que o irmão, Asif, disse: "Você por acaso é amigo pessoal da família real, yaar?". Mesmo assim, os olhos de papai se encheram de lágrimas quando deixou seu país. Parecia um menino seguindo para o colégio interno.

Deedee prosseguiu: "Trevor Buss perdeu a alma na tradução, por assim dizer. Alguém falou que ele até tentou entrar para o Partido Trabalhista, buscando aceitação. Mas era racista demais, e sua raiva era imensa. Demais até para ele. Ela fermentava, e ele não conseguia controlá-la".

Shahid suspirou. "Não sabia de nada a respeito. Jamais perguntei a ele."

"Certa vez, ele me disse: 'Sou um sem-teto'. Falei: 'Você não tem onde morar?'. 'Não é isso', ele retrucou. 'Não tenho pátria.' 'Não está perdendo grande coisa', eu disse. 'Mas não sei o que é me sentir como um cidadão normal.' Trevor Buss se vestia melhor do que qualquer um, e gravou, para mim, fitas de grupos dos quais jamais ouvira falar. Ele ainda gosta de música?"

"Sim e não."

"Bebia muito, e se drogava. Certo dia, quando o flagrei cheirando pó na classe, mandei-o para fora. Ele ficou olhando pela janela, do lado de fora, com um pé de sapato equilibrado na cabeça. Traficava, e tomava de tudo. Era uma bomba prestes a explodir."

"Mas ele não explodiu, certo?"

"Não."

"Por que não? Por ter conhecido Riaz?"

"Talvez."

"Eu sabia." Shahid estalou os dedos. "Só ele poderia tirar o sapato da cabeça de Chad. O que aconteceu depois?"

"Ele mudou o nome para Muhammad Shahabuddin Ali-Shah."

"Não!"

"Insistia no nome completo. Jogava futebol, e os companheiros de time ficavam possessos, pois eram obrigados a dizer: 'Passe a bola, Muhammad Shahabuddin Ali-Shah'. Ninguém passava a bola para ele. Por isso, tornou-se Chad." Deedee tomou mais um gole de vinho. Tremia. "Mas não é dele que tenho medo. Trevor não me assusta."

"De quem você tem medo, então?"

"Riaz é o pior", ela disse.

"Acha mesmo?"

"Tenho certeza."

No caminho, Shahid pensara muito em Riaz. Afinal, não cresceram, todos de sua geração, numa época que admirava os rebeldes, malucos, marginais de vários tipos, de Bowie a Idol, de Boy George a Madonna? Os amigos de infância de Shahid usavam cabelo moicano e brincos no nariz — um deles chegara a furar a língua — para fazer do corpo algo ofensivo. Ser rebelde, contudo, não custava nada. Só os velhos se lembravam de como era a "respeitabilidade". Seus amigos, reunidos em volta da mesa de bilhar do pub, todas as noites, eram fantasmas. Costumavam chamar os mais velhos de "pré-mortos". Nesse caso, eles seriam os "pré-nascidos".

Riaz, porém, numa era em que a ambição e as carreiras das pessoas eram voltadas apenas para os interesses pessoais, assumira uma causa coletiva, mantendo sua individualidade, embora impopular. No final das contas, em matéria de não-conformismo ganhava — sem precisar ser afetado — de todos os conhecidos de Shahid. Enquanto todos zigueavam, Riaz zagueava.

Deedee ergueu novamente a garrafa.

Shahid disse, balançando a cabeça: "Você já está com a voz empastada. Por que você sempre tenta me obrigar a tomar essas coisas?".

"O álcool é um dos maiores prazeres."

"Você acha que a vida é só prazer, por acaso?"

"E o que mais seria?"

"Não tenho certeza. Sei que você está só tentando me provocar. Mas o prazer, sozinho, não é o suficiente. Não é?"

"Já é um bom começo."

"E quanto a tornar o mundo um lugar melhor?"

Ela fez uma careta. "Acha que Riaz faz isso, é?"

"Neste exato momento, ele está arriscando a vida para defender o apartamento de um casal ameaçado."

"Riaz foi expulso de casa quando denunciou o próprio pai, por consumo de bebida alcoólica. E o censurava por rezar na poltrona, e não no chão, ajoelhado. Dizia aos amigos que os pais deveriam arder no fogo do inferno, caso fizessem alguma coisa de errado."

"Não pense que vou acreditar nisso, Deedee."

"Hein?"

"Riaz é uma das pessoas mais gentis que conheço." Antes que ela pudesse protestar, Shahid prosseguiu: "Trata-se de um indivíduo que resolveu lutar contra toda a sociedade. Sabe muito bem que, para isso, é preciso bravura. Não fale mal dele. Só gostaria de saber o que houve, quando Chad o conheceu".

"Ele pegou Trevor pelo braço e o salvou com uma mistura de gentileza e disciplina. Funcionou melhor do que qualquer centro de reabilitação."

"Já imaginava. Sem ele..."

"Sim. Trevor, ou Chad, provavelmente estaria morto, a esta altura."

"Agora, o próprio Chad tenta ajudar as pessoas, de jeitos que você nem calcula."

Ela o encarava. "Mas eles não o assustam?"

"Quem?"

"Seus amigos."

"Por que deveriam?"

"Eles não conhecem a dúvida."

Ele balançou a cabeça. "Algumas pessoas contam com a força da raiva, e de suas crenças. Sem isso, nada pode ser realizado."

"Você sente raiva, e se considera um crente?"

Ele corou. "O problema, Deedee, é que brancos inteligentes, como você, são cínicos demais. Enxergam coisas atrás de tudo, e reduzem tudo a pó, mas nunca tomam uma atitude. Por que você quer mudar tudo, se as coisas já são do jeitinho que você gosta?"

"Não conheço você direito, Shahid. Só estou dizendo que não gostaria que saísse machucado."

"Por quem?"

"Por seus novos companheiros."

"Mas nós somos as vítimas, neste caso! Quando resolvemos lutar, vocês dizem que estamos fazendo muito barulho por nada!

Ficam sentados o dia inteiro, se drogando, insultando as pessoas que realmente vão à luta!"

Ela baixou os olhos, como se preferisse evitar um conflito mais drástico. Mas não pretendia recuar.

Shahid disse: "Nem sei por que me dei ao trabalho de vir até aqui!".

"Você não queria me ver?" Ela disse isso com tanta intensidade que ele parou. "Por acaso eu o forcei a vir?" Ela se levantou. "Pensei que você gostava de mim." Pegando a bolsa, começou a guardar suas coisas lá dentro. "Acabei fazendo papel de idiota. Você não passa de um aluno. Devo ter perdido a cabeça, porra. Mas que diabos andei pensando? Estou desesperada, acho que é isso. Gostaria de não estar. Suponho que pense isso de mim." Ela bateu na testa com a palma da mão. "Só quero esquecer essa bobagem, agora..."

"Deedee..."

"Vamos esquecer tudo e voltar para nossas vidas!"

Ela desligou a música e o aquecimento. Enfiou a rolha na garrafa de vinho e lavou os copos com raiva, soluçando sem parar, de costas para ele. Shahid ficou pensando no que Chili faria, para salvar a noite. Entendia bem dessas coisas. O filho da mãe provavelmente a elogiaria. Isso funcionava com homens e mulheres, indiferentemente, Chili explicou. Mas sempre dizia que era preciso localizar o ponto fraco da pessoa, ou passaria por idiota.

Ele se aproximou, antes que ela vestisse o casaco. "Você está linda hoje, sabia?"

Ela virou de lado e sorriu. "Você acha mesmo? Obrigada."

"As coisas andam muito difíceis para mim. Nossa discussão foi completamente ridícula. Esqueci-me do quanto você é atraente. Não vá embora."

"Tudo bem."

"O que você quer fazer?"

"Ir para a cama."

"Então vamos lá."

Ela disse: "O quarto fica ali. Por favor — você promete que não fica olhando para o meu corpo?".

"Como é?"

"Olhe para a cortina, sei lá. Você ainda é muito jovem para ter vergonha do seu corpo. Mas eu tive que voltar para a academia de ginástica. Ah, e tem outra coisa."

"O que é?"

"Você topa ficar com a jaqueta de couro?"

Mais tarde, o céu se desanuviou, ganhando tonalidades tranqüilas e diáfanas. Corpos entrelaçados, ele e Deedee cochilaram, mas não dormiram. Satisfeitos, sentindo-se como dois aventureiros, eles se vestiram e saíram do porão. Caminhavam abraçados, e sempre que ele se virava para beijá-la — quando, por exemplo, esperavam para atravessar a rua — ela o apertava com força, e assim permanecia por algum tempo. Tinham feito amor; era sua amante. Shahid gostara de ter ido para a cama com a jaqueta de couro, suando; na verdade, ela o comera por cima, mas não sentada, e sim deitada sobre ele, de pernas abertas, pulando em cima do cacete. Ele havia dito: "Quero que você me foda".

"Não se preocupe", ela respondera, ofegante. "Pode deixar comigo."

As lojas vendiam camisetas, bijuterias, cintos, sacolas, lenços delicados com estampas indianas. Ex-estudantes, com cabelo moicano pintado de rosa e seus cachorros imundos, vendiam incenso e discos piratas do Dead, Charlie Hero e Sex Pistols, em barraquinhas na calçada.

As ruas, lavadas pela chuva, estavam lotadas. A situação aos poucos ia voltando ao normal; novamente as pessoas se aglomeravam nas entradas do metrô, esperando pelos amigos. Outros eram atraídos pelos pubs e cafés em estilo francês, cada vez mais populares. Ou então faziam fila para assistir à sessão noturna de *Farenheit 451*, do Truffaut. Era raro ver alguém com mais de quarenta anos, como se houvesse um toque de recolher para os mais velhos.

Shahid observava a amante na livraria, uma loja espaçosa que ocupava dois andares. Os livros ficavam expostos em mesas enormes; no passado, as livrarias eram deprimentes. Vendo as pilhas de lançamentos, Shahid sentiu vontade de pegar vários volumes. Não sabia como poderia sobreviver sem eles. Deedee comprou *Lipstick traces*, e ele a seguiu até o caixa, esperando pelo marcador de livros e pela sacola. Estava levando alguns contos de Flannery O'Connor e antologias, compradas com o dinheiro que Chili lhe dera.

Foram a um pub. As moças usavam saias curtas, ou calças Levi's brancas; os rapazes, roupas pretas ou jeans esburacados na altura do joelho; alguns estavam com jaquetas de couro preto por cima de camisetas de gola pólo ou olímpica, também pretas. Um casal de góticos, com uma maquiagem póstuma, parecia meio deslocado. Havia alguns rapazes de terno e gravata que tinham acabado de sair do trabalho e que depois pegariam um táxi até o Soho, onde iriam a restaurantes como o L'Escargot, o Alastair Little ou o Neal Street.

Boa parte dos freqüentadores, Deedee explicou, eram uns coitados que fingiam ser roteiristas. Alguns trabalhavam em clipes e filmes baratos, como contra-regras, assistentes de edição, figurantes, no máximo como diretores estreantes; mais tarde, iriam para as casas noturnas da moda — Moist, Future ou Religion.

Num canto, rapazes mais mal-vestidos, usando moletons com capuz e jeans folgados, distribuíam folhetos ensebados de *raves*. Esperavam pelos táxis com os quais mantinham contas. Ganhavam uma fortuna vendendo Ecstasy. As *raves* aconteciam nos campos, depois dos subúrbios, ou em galpões próximos às ferrovias. Deedee falou que poderiam ir a uma *rave* naquela noite, mas havia uma banda punk formada por asiáticos que ela queria ver, os Masters of Enlightenment.

Shahid apertou seu corpo contra o dela. Deedee, agitada, não parava quieta na banqueta, como na primeira ocasião em que conversaram de verdade, na lanchonete da faculdade. Ela queria falar de si mesma, mas não sabia por onde começar. Não tivera tempo de digerir e examinar o passado, vivera sempre na correria. Os anos foram passando, ela não tivera um minuto de sossego.

Por ser encrenqueira e respondona, foi expulsa da escola aos dezesseis anos. Certa manhã de sábado, em vez de ir para o trabalho, colocou o disco com "She's leaving home", enfiou as roupas na mochila e saiu de casa para sempre.

"Eu queria fazer tudo de uma vez, enquanto era tempo." A mãe de Deedee era secretária do *Daily Express* e o pai tinha uma loja empoeirada, onde deveria consertar rádios, equipamentos de som e televisões. "Eles odiavam quando me viam sair com uma bolsa de plástico preta, luvas de renda e lábios vermelhos. Não tinham idéia do que eu poderia vir a ser, só estranhavam quem eu já era."

Adorava música, roupas, homens, noitadas. Seguia a todo vapor — para onde, não fazia a menor idéia. Nada a segurava; a velocidade significava tudo. Freqüentava boates punks: Louise's, no Soho, onde Vivienne Westwood e Malcolm McLaren batiam ponto; e o Roxy, onde Elvis Costello e o Police tocavam. Trabalhava em bares, acabou numa boate requintada no West End, onde garotas faziam striptease.

"Fiz alguns programas." Ela não o encarava. "Só estou contando por achar melhor que saiba tudo de uma vez. Não me importo com coisa alguma, a esta altura."

"Legal."

"Naquele tempo, Londres vivia cheia de árabes, que achavam as moças o máximo. Não me tratavam mal, mas não costumavam conversar. Sempre perguntávamos coisas do gênero: 'E sua mulher, como é?'. Eles não nos levavam muito em consideração. Passávamos a noite nos apartamentos deles, cheirando cocaína, esperando que apontassem para nós."

"Por causa do dinheiro?"

"Havia pilhas de dinheiro, centenas de libras, na minha mesa de cabeceira. Dava um barato igual ao da cocaína, queimava na ponta dos dedos, e desaparecia em roupas, restaurantes, drogas. Até que, certo dia, uma das moças me mostrou um artigo de Gloria Steinem. Contava como era a vida de uma coelhinha da *Playboy*. Sempre me considerei uma rebelde. Mulheres da vida tinham individualidade, sobressaíam-se. O livro sacudiu minha cabeça. Comecei a procurar outros livros, a ler a respeito das mulheres. Lia com atenção, sublinhando as passagens mais importantes. Não ser estúpida funcionava como uma espécie de rebelião cotidiana. Tentei participar de um grupo de mulheres, e pegava o ônibus para Kentish Town, esperando discutir os motivos que tornavam os homens incorrigíveis. Mas as mulheres já haviam superado isso. Eram lésbicas, só se interessavam umas pelas outras. Duas delas trabalhavam numa repartição. Foi a gota d'água. Botei um anúncio na *Spare Rib* e formei meu próprio grupo." O dia mais feliz de sua vida foi quando a aceitaram na universidade. "Minha mãe disse: 'Quer dizer que vamos precisar sustentar você?'. Meu pai falou que alguém tão comum quanto eu não merecia uma educação superior."

Ela sofreu na universidade. Não gostava de ser mais velha do que a maioria, e academicamente menos preparada. Nunca havia escrito um ensaio antes; pegava no sono na biblioteca. Morava sozinha, trabalhava mais do que todo mundo, mantendo-se afastada das doenças contagiosas da classe média: insegurança, desprezo pelo aprendizado, tédio. Formada, tirou diploma de professora. "E consegui este emprego. Estou lá já faz muito tempo." Ela pegou na mão de Shahid. "Este pub está ficando cheio demais."

Saíram andando, até o Underworld.

"Você ficou incomodado com tudo que eu disse?"

"Tudo bem. Acho que não. Fiquei um pouco confuso, apenas. Continue."

"Na universidade, vivia deprimida. Como você, agora, eu tinha fortes convicções políticas. Estávamos na metade da década de 70, o Partido ainda nos seduzia. Quando não estava estudando, ia a reuniões, ou vendia jornais, ou participava dos piquetes. Conheci Brownlow."

"O que você viu nele?"

"Gostávamos dos Beatles. Tínhamos em comum a militância política e o prazer pela conversa. Imaginávamos estar na margem esquerda do Sena, correndo para encontrar amantes em cafés, vivendo sem ciúmes burgueses, comprometidos com as transformações pessoais e políticas. Sartre e Beauvoir são, em grande parte, os culpados."

Eles se dedicavam ao Partido. Iam a piquetes, demonstrações, e a Greenham. Até hoje ela não sabia direito como se sentia em relação a seu envolvimento. Temia, contudo, que a política fosse mera extensão de seu instinto maternal: tomava conta dos oprimidos, em vez de tomar conta do marido.

Shahid pegou as bebidas no balcão. O Underworld ficava atrás do pub. Era uma caixa preta de teto baixo, lotada de estudantes. A cerveja parecia escorrer pelas paredes. O vocalista, um indiano de óculos, estava tão nervoso que, na tentativa de bater com a guitarra num amplificador, deixou-a cair. O baterista parecia uma britadeira. A banda não tocava muita coisa, não passava de uma imitação punk do Velvet Underground, sem as canções. Shahid mal estava prestando atenção. Lutava para absorver os fatos da vida de Deedee.

Lá pela segunda música, Deedee colocou uma pílula na língua e deu outra a Shahid. Decidiram ir embora quando o baterista, no meio de um solo — obviamente, como Deedee comentou, ninguém lhe explicou que bateria não presta para fazer solo, nunca —, deixou o turbante voar para o meio da platéia, aberto como uma pipa.

Abriram caminho no meio da multidão e chegaram à rua felizes por estar do lado de fora. O ar frio e o silêncio caíam bem. Caminharam lentamente enquanto voltavam para o apartamento. Ela se deitou no chão, à meia-luz. Tirou a roupa, e observou enquanto ele a comia. Pediu depois que massageasse seus ombros, nuca e braço.

"Quando penso aonde cheguei, sinto orgulho do que fiz. Quem me ajudou? Alguns amigos, talvez. Ninguém, na verdade. Fico feliz por isso."

"E por que você é tão triste, então?"

"Eu sou?"

"Um pouco."

"Sim. Dói admitir isso. Suponho que o preço tenha sido alto demais."

Ela disse que as mulheres, nos anos 80, mesmo as de esquerda, queriam chegar às posições mais altas, conquistar a independência, progredir. Mas isso tinha um custo. Trabalhavam até a exaustão, desperdiçavam muita energia, pois precisavam se manter, e ajudar as amigas. Muitas desistiram da possibilidade de ter filhos. Para quê? No final, uma carreira não passava de um emprego. Não era uma vida.

Como se divertiram pouco! Naqueles dias de militância, enquanto o mundo não mudava — até a chegada do "dia da liberação" —, o prazer só poderia ser provisório, cheio de culpa. Além disso, ela pouco circulava, fora das rodas politizadas; insinuava-se, sutilmente, que apenas as pessoas comprometidas com a revolução poderiam ser decentes. Os outros eram insensíveis, deliberadamente ignorantes, ou tinham uma falsa consciência.

"Em determinado período, na metade dos anos 70, chegamos a imaginar que a história estava do nosso lado. Gays, negros, mulheres, todos afirmavam sua condição e se organizavam. Passados menos de dez anos, depois das Falklands, da Campanha pelo Desarmamento Nuclear e da greve dos mineiros, percebi que o movimento ia em sentido contrário. Thatcher concentrara o conflito. E conseguira dobrar todo mundo. Para onde poderíamos ir, a partir dali?"

"Para onde?"

"Quem sabe? Pergunte a Brownlow. Foi duro demais admitir a derrota, e depois a incerteza. Agora, não quero mais ter certeza de nada."

Ela esperaria, até ficar mais experiente e sábia, desfrutando das únicas certezas que tinha: só existia o presente, aquela noite pertencia a eles e ela gostava de Shahid.

"Você me faz mais feliz do que qualquer outra pessoa, nos últimos tempos."

Ele se despiu, só um pouco envergonhado. Deedee havia dito que gostaria de transar com Shahid nu, enquanto ela ficaria vestida. Mas, quando ele a encarou, percebeu que ela saíra do ar. Dobrou as roupas e ficou lá, parado, em pé. De repente ela se sentou e lambeu os lábios. Ele recuou.

"Está me olhando como se eu fosse um pedaço de bolo. Em que você está pensando?"

"Eu mereço você. Vou comer você inteiro. Vem cá. Vem cá, estou mandando."

De joelhos, ele se aproximou. Ela encostou os lábios em sua orelha e perguntou se ele gostaria que ela fizesse alguma coisa em especial. Deram-se as mãos, seguiram outra vez para o quarto e se deitaram no colchonete que havia no chão. Ela poderia fazer muita coisa, pensou. A lista era tão grande que mal sabia por onde começar. As coisas proibidas não eram proibidas à toa. Mas disse: "Tudo bem, estou legal".

Ela sabia insistir. Queria que ele usasse maquiagem, desde a primeira vez que o vira. Achava que ficaria ótimo.

"Agora?", ele disse.

"Só existe agora."

Certamente seu destino, pensou, não era ficar parecido com Barbara Cartland. Recordou-se, porém, da primeira noitada, quando "sim" foi melhor do que "não". Por que ter medo? Viva, se puder, esta noite, aqui. Aquela noite era o sempre. Não confiava nela? Sim, confiava. Sim.

Deedee atravessou o quarto e colocou uma música de Madonna, "Vogue". Madonna cantava: "O que você está olhando?". Ele adorava aquela faixa. Ela pegou a bolsa e despejou tudo em cima de uma toalha branca. Ele se acomodou a seu lado. Cantarolando, ela começou a trabalhar. Passou batom em seus lábios, escureceu os cílios, aplicou blush, passou lápis delineador nos olhos. Penteou seu cabelo para trás. Aquilo tudo o incomodou. Era como se perdesse a identidade. Qual a graça disso tudo, afinal?

Deedee sabia muito bem o que queria; e ele deixou que ela tomasse conta da situação; foi um alívio. Embora não permitisse que ele se olhasse no espelho, Shahid gostou da sensação de sua nova cara feminina. Poderia fazer biquinho, flertar, provocar; era uma diva; sentiu que se livrava de um peso, de certa responsabilidade. Não precisava tomar a iniciativa. Chegou a pensar em como seria sair vestido de mulher, e ser visto de modo diferente.

Para examiná-lo, ela deu voltas, exigindo que virasse a cabeça ora para um lado, ora para o outro. Pediu que erguesse os braços e fizesse isso ou aquilo. Foi mais fácil não resistir, mesmo quando ela o fez andar na ponta dos pés, como uma modelo. Vencendo a timidez, caminhou como se dançasse, rebolando os quadris, movendo os braços, virando a cabeça para trás, fazendo bico, erguendo as pernas, mostrando a bunda e o pau. Enquanto ele se exibia, ela ria, balançava a cabeça e suspirava.

Ele se abaixou, pegou uma laranja no cesto de frutas que vira ao lado da cama e começou a descascá-la.

Ela perguntou: "Minha vez?".

Ele fez que sim.

Ela foi até o guarda-roupa. Escolheu alguns itens que o atrairiam. Parada, como se fosse a assistente de algum mágico, ela mostrou o chapéu de palha com fita larga e meias vermelhas. Sentou-se na cama para pôr os acessórios. Depois abriu uma camisinha, enfiou-a no dedo e a untou com KY.

Ele disse: "Sempre penso em você deste jeito. Principalmente quando está dando aula".

"Sinta-se à vontade. De vez em quando, ao voltar para casa, preciso de uma orgia relaxante, e faço isso, antes de jantar. Vejo fitas, também. Ou leio."

"Que tipo de coisa?"

"*Crash*. Conhece? *A história de O* também é uma ótima leitura solitária. Dedicavam horas a preparar a garota, esfregando seus mamilos. Ela usava sapato de couro preto, com salto plataforma, luvas, peles e sedas. Quando se tornava escrava, e eles a chicoteavam, dizia: 'Serei o que quiserem que eu seja. Tudo'. Sentia mais vergonha, contudo, quando a obrigavam a se masturbar na frente deles. Ando pensando em montar uma lista de leituras para meus alunos se masturbarem."

"Como você faz para virar as páginas?"

"Engraçadinho."

Ela pediu que ele olhasse enquanto ela erguia uma perna e enfiava o dedo no rabo, até fazê-lo desaparecer.

"Olhe", disse.

Com os dedos esticados, ela mostrou a boceta. Ele ergueu a vela e aproximou-a, para ver melhor. Sentiu um prazer imenso, e a droga fazia com que o rosto sorridente dela ficasse lustroso, banhando-o numa luz difusa, como a usada pelas revistas. Sem perder a alma, ela se transformava num objeto pornográfico.

Excitado, ele prendeu a respiração, enquanto Deedee pegava um frasco de desodorante e enfiava a ponta na boceta. Teria Riaz, algum dia, visto uma coisa dessas? Desejaria ver, secretamente? Talvez Deedee devesse fazer uma demonstração para que ele entendesse o quanto havia de humano nisso.

A carne em volta do estômago de Deedee se dobrava, como se fossem dedos. Ela virou de bruços e, apoiada nos joelhos, masturbou-se animadamente, concentrada em seu prazer, enfiando a mão no vão da perna. Sua respiração logo tornou-se ofegante, e os dedos se alternavam entre a boceta e os bicos dos seios, que possuíam aréolas rosadas como pétalas. Ele se ajoelhou e cuspiu na mão; frente a frente, eles se masturbaram juntos, e gozaram simultaneamente, dando risada.

Ela deitou de costas e cochilou, quase como se tivesse desmaiado.

Ele se espreguiçou e mergulhou num devaneio. Não pôde deixar de pensar em algo que Riaz havia dito, dias antes. No meio da conversa, Hat afirmara que os homossexuais deveriam ser decapitados. Antes, porém, era preciso oferecer-lhes uma opção: o casamento. Riaz interessou-se pelo assunto, e disse que Deus queimaria os homossexuais para sempre, no inferno, torrando sua pele numa fornalha, para em seguida dar-lhes nova pele e repetir o castigo por toda a eternidade. Ele disse: "Se você já se queimou num forno, então entende o que eu quero dizer. Pense na dor, multiplicada um milhão de vezes".

O ódio de Riaz era tão frio, tão seguro. Shahid sentira o impulso de mencionar a conversa a Deedee, mas temia que o assunto a deixasse enfurecida. Riaz, porém, não era seu amigo? Se pelo menos Shahid pudesse entender de onde provinham tais idéias.

Mais tarde, quase dormindo, ele e Deedee conversaram um pouco, murmurando o quanto gostavam de olhar um para o outro, na classe. Ela redigira o recado convidando-o para vir até sua casa, mas tivera muita dificuldade em colocá-lo sobre sua mesa, na biblioteca. Recuara, pegando de volta a folha de papel, colocara o recado de novo sobre a mesa e saíra correndo da faculdade, imaginando que todos notavam sua excitação e perturbação. Em casa, mais parecia uma adolescente de quinze anos espiando pela janela e pensando: ele virá? onde fui me meter? ele vai pensar que sou uma idiota? Nunca tomara a iniciativa antes, não com um estudante. Quando saíram, estava muito nervosa, sem saber a razão. Precisava se drogar. No final, depois que se despediram, ela mandou o táxi dar meia-volta e retornou. Fez com que o motorista percorresse a rua de cima a baixo, mas não conseguiu se lembrar como era a casa onde ele vivia.

Ela dormiu novamente, deitada de lado, com as pernas dobradas, chupando o dedo.

Naquele momento, vendo Deedee adormecida, ele fechou os olhos também e penetrou em sua intimidade, debaixo do acolchoado. Sentiu-se como um invasor. Ao mesmo tempo soube, mais tranqüilo, que é impossível não gostar de alguém que se vê dormindo.

* * *

Beijou-a, e deixou que descansasse. De manhã, ela bateu na porta do banheiro. Ele estava deitado na banheira, equilibrando uma xícara de café entre as torneiras, com uma toalha no rosto. Do apartamento no andar superior vinha o som de uma peça para violino de Bach.

Deedee arregaçou as mangas. Ensaboou e lavou o amante. Primeiro o rosto, depois atrás das orelhas, entre as pernas, todos os lugares, despejando água em sua cabeça com um jarro, parando apenas para beijá-lo na nuca, nos pulsos, nas axilas.

Ela o ajudou a sair, apanhou a toalha que secava em cima do aquecedor, enxugou-o e o enrolou. Fez com que se sentasse na beirada da banheira e o ajudou a vestir a camiseta. Depois, de joelhos, enxugou suas pernas e chupou seu cacete. Nunca ninguém lhe dera a impressão de ser capaz de sugar sua alma chupando a ponta do seu pau.

Confessou seu constrangimento com a chupada. Ela disse que tudo bem, gostava de lhe dar prazer daquele jeito. E tinha muita prática. No momento, estava satisfeita, não pedia nada. Quando quisesse, pediria.

Ela parou na frente do espelho, nua. Umedeceu uma flanela e se lavou. Ele lhe passou suas roupas, e a ajudou a se vestir.

"Dei uma olhada na geladeira. Não tem nada para a gente comer. Vamos sair para tomar o café da manhã?"

Para ele, aquilo era um luxo: as manhãs sempre se caracterizavam pela pressa e pela preocupação com o trabalho.

O dia frio estava claro e luminoso, como a confirmar seu bom humor. Deedee pôs óculos escuros, e ele a pegou pelo braço. Escolheu um café perto dali. As garçonetes já a conheciam, pois ela gostava de ficar lá, lendo, antes de ir para a faculdade, e de saber a que bares e boates elas iam. Além disso, o lugar era aquecido, e as baguetes e croissants saíam quentinhos, assados em fornos elétricos no próprio café.

Guardaram as luvas nos bolsos, penduraram os casacos e cachecóis no cabide ao lado do balcão. Estudantes, atores e amantes não chegavam a lotar o café. Deedee escolheu uma mesa com toalha xadrez vermelha, perto da janela, com vista para a rua.

As paredes exibiam cartazes de peças de teatro. A música de Verdi e as atrizes que serviam, sem pressa, completavam o ambiente. Havia até jornais do dia, entregues na mesa.

Deedee pediu café; enquanto a garçonete os servia, estudaram o cardápio. Escolheram logo, antes que ela se afastasse. A torrada veio quente, embrulhada num guardanapo: o pão era de primeira, em fatias não muito finas. As geléias foram servidas em potes grandes, e estavam deliciosas. Comeram com pressa, sem falar quase nada, embora ele percebesse os olhares de Deedee, ao mesmo tempo carinhosos e ansiosos por discutir algo. Em seguida, Deedee sugeriu que pedissem mais alguma coisa. Ovos mexidos, ou chocolate quente com chantilly. Discutiram se não estariam gordos demais. Cada um negou que o outro estivesse, batendo no estômago para confirmar.

Sentiam-se mais tímidos do que antes, um em relação ao outro. Havia manchas no rosto dela, e Deedee sempre virava a cara para escondê-las. Aquilo a exasperava.

"Eu queria estar bonita, para você", ela disse. "Isso é realmente uma chateação. Preciso evitar todos os espelhos que não conheço."

Não faltava assunto nos jornais para discutirem, e quando resolveram pedir *pain au chocolat* e cappuccinos, os dois já haviam desabotoado as calças e fumavam. As pessoas entravam e saíam. Ele era o único de pele escura. A situação se repetia em quase todos os lugares aonde ia com Deedee.

Ela olhou para a rua, e disse que ainda gostava de Londres. Se tivesse escolha — no momento, não tinha —, gostava de pensar que não agüentaria morar em outra cidade. As ruas não eram estreitas e escondidas, como em Paris e Roma, ou perigosas, como em Nova York; ali era possível ver o céu, muitas vezes.

Ela havia percorrido a Europa de carona, com uma mochila nas costas, e queria repetir o feito. Pretendia ir a Barcelona, para ver o Barrio Chino de Jean Genet; Shahid poderia conseguir passagens mais baratas com a mãe. Levariam camisetas, jeans e um monte de livros; aproveitariam o calor, e curtiriam a indolência. Nada importaria, exceto o que acontecesse a cada dia. Apesar de Londres, a vida era sufocante na Inglaterra. Dava vontade de estender os braços para abrir tudo; era preciso fugir da mediocridade desanimadora, da decadência, das disputas e da falta de sentido da política, da ausência generalizada de otimismo.

A idéia de viajar fez com que se sentissem melhor. Ficaram por ali, bebendo conhaque, até que as garçonetes começaram a arrumar as mesas para o almoço.

Quando saíram à rua, ele a pegou pelo braço; não foi o suficiente, porém. Beijaram-se, até que alguém assobiou, e quase tropeçaram. Ela havia tirado o dia de folga, não trabalharia nunca mais, a faculdade a sufocava. No auge da felicidade, agora que tinham comido, caminharam sem destino, pensando em coisas que poderiam distraí-los, como se Londres existisse apenas para lhes dar satisfação.

Experimentaram roupas e jóias, e ela quis comprar um par de botas para ele. Embora ele as desejasse, não permitiu que ela o fizesse, e Deedee cedeu. Ela mostrou casas na área que mais apreciava; passaram algum tempo admirando uma placa antiga, em cima de um açougue. Pelos velhos tempos, ela comprou alguns discos piratas de Bob Dylan, de um garoto que os vendia numa caixa, na porta do metrô. Finalmente, ela o convidou para tomar uma vodca com limão no pub. Sentaram-se no bar e viraram três doses cada um, tomando fôlego entre uma e outra, trocando olhares cúmplices.

A única coisa a fazer era voltar ao apartamento, fechar as cortinas e tirar a roupa. Ele queria fodê-la mais uma vez, com mais disposição ainda. Depois da segunda vez, o medo ia embora, e tudo ficava muito melhor.

Enquanto ela cochilava, ele se sentou na cama, bebendo vinho azedo, sobra da noite anterior. Lia um conto de Márquez. Pensou em Chili, e escreveu sobre ele em seu caderno. Depois de algum tempo, sem ter certeza se era dia ou noite, ele a beijou e vestiu a camiseta. Tentou pôr a calça sem acordá-la.

Ela abriu os olhos e perguntou se ele queria ir embora.

Não queria deixá-la. Não precisava, era livre, sabia disso. Mas, quando ela perguntou se ele gostaria de ver o filme novo de Woody Allen no Gate, disse que precisava voltar para casa e estudar. Ela disse que poderia estudar junto com ele. Não, hoje não. Precisava fazer outras coisas, também.

Ela o olhou, intrigada. Mas ele não pretendia ficar preso a seus planos, como se tivesse sido contratado para um serviço cujas especificações ela já havia decidido de antemão. Ela não discutiu. Agora as coisas corriam bem entre os dois, e ficaria bem sozinha. O resto do dia seria maravilhoso, de qualquer maneira.

Ela se vestiu e o acompanhou até o metrô. Parou na plataforma para acenar, e o observou até o trem desaparecer no túnel.

ONZE

A jornada de volta ao quarto foi dominada por uma agitação diferente. Passara a melhor das noites. O que queria agora era sonhar tudo de novo, deleitando-se com as lembranças.

Sentado nas poltronas desbotadas da Northern Line, percorrendo os túneis entre as estações, sentia o gosto dela na língua, um sabor de boceta, rabo, suor. Sentia o cheiro nos dedos, debaixo do nariz. Via em tudo uma atmosfera carnal. Um orgasmo inigualável, assim como uma bela noitada, durava o dia seguinte inteiro. Tinha razão, Deedee.

Além disso, talvez seu estado de espírito resultasse de uma fantasia invocada por Deedee, ao se masturbar. Ela passeava pela cidade, de salto alto, batom, usando um vestido longo, transparente, que deixava entrever a boceta e os bicos dos seios. Ninguém podia tocá-la, só olhar. Ao andar, olhava para os homens que olhavam para ela; e, enquanto eles se masturbavam, ela se acariciava.

Acima de tudo, via que a tensão sexual se fazia presente em toda parte, naquele dia. Apesar da camuflagem que ocultava os mistérios do desejo, não duvidava de sua presença palpável. Sob a banalidade e a repetição daquele dia comum, corriam, como os túneis desabitados e abafados sob a cidade, o flerte, a paixão e as curiosidades mais profundas. As pessoas se vestiam, gesticulavam e se mexiam, para se exibirem e seduzirem. Avaliavam-se umas às outras, mergulhavam em suas fantasias, queriam desejar e ser adoradas.

Saias, sapatos, cabelos, olhares, gestos: sedução e fascínio estavam por toda parte, quando o mundo ia trabalhar. E tal magnetismo não funcionava como preliminar para o sexo, era o próprio sexo em si. Na rua, não existia inocência. As pessoas ansiavam por romance, desejo, sensações. Queriam ser beijadas, tocadas, lambidas, abraçadas e penetradas, mais do que demonstravam. A plataforma da estação de Baker Street era a própria Arcádia. Ele não imaginava que o extraordinário estivesse bem, obrigado, em plena Jubilee Line. Naquele dia, via e percebia a paixão. Deedee detonara a carga de seus sentimentos.

Shahid, ao caminhar, recordou-se de algo que seu irmão havia dito. Uma namorada brigou com Chili, dizendo que jamais conhecera um cara tão galinha. Chili, especialmente se estivesse usando seu terno Comme des Garçons, poderia abordar uma garota na rua e seduzi-la praticamente no ato, ali mesmo na calçada. Nem precisava se dar ao trabalho de olhar para seu rosto. Chili concordou. Fazia amor indiscriminadamente, pois se achava capaz de descobrir algo único e inestimável em cada mulher. "Debaixo dos lençóis, a gente sempre mergulha em busca de pérolas."

Chili acreditava, também, que as mulheres encontrariam algo precioso nele. A garota argumentou que ele só estava justificando seu comportamento vampiresco, mas Chili disse que isso era o de menos. Agarrava-se à idéia de que existia um toque sagrado na impessoalidade. "Não é nisso que os cristãos acreditam, afinal de contas?"

"Meu Deus do céu, Chili", a moça retrucou. "Desta vez você foi longe demais."

"Nada disso", ele insistiu. "Na cama, sou o próprio Jesus."

Shahid saiu da estação do metrô e ficou parado na rua, perto de sua casa. Andou de um lado para outro por cerca de dez minutos, seguindo decidido em determinada direção só para dar meia-volta e retornar. Gostaria de estar comendo croissants com manteiga e tomando café com Deedee. Por que foi deixá-la? Afinal, o que tinha a fazer de tão importante?

Havia algo importante, sim. Não poderia abandonar os amigos; lutavam por uma causa justa; eram sua gente; estava comprometido com eles.

Correu de volta para a estação. Pegou outro trem, retornou ao East End e avançou apressado pelo conjunto habitacional, passando pelos carros queimados e enferrujados.

* * *

"Por onde você andou?" Chad mal conseguia manter os olhos abertos, de tão cansado. "Está atrasado de novo."

Shahid sabia que, sob a luz sinistra do apartamento, seus olhos brilhavam como diamantes. A última coisa que desejava, todavia, era que Chad notasse o brilho em seus olhos. Fez a cara mais desanimada possível.

"Vá dormir um pouco. Eu precisava resolver umas coisas."

"Resolver umas coisas, é? E quais seriam?"

"Comer uma baguete. Um pão típico francês."

"A comida indiana não basta, para você?"

Chad usava as roupas de sempre, com boné branco. Naquele dia, porém, pendurara no pescoço um apito prateado, preso a um cordão verde espalhafatoso. Aquilo encantou Shahid, fazendo com que se recordasse do Trevor que Deedee descrevera, do Trevor que Chad, agora, renegava. Shahid queria chegar àquela parte de Chad. Decidira revelar a Chad que sabia quem era Trevor.

"Sabe, Chad..."

"Sim?"

"Irmão, eu queria dizer uma coisa..."

Mas Chad deu-lhe as costas e ensaiou alguns golpes com a arma. Shahid sentou-se e cantarolou para si mesmo "Sexual healing", o hino de Chili. Ele passava o dia inteiro escutando Marvin sussurrar: "Vamos lá, acorde, vamos fazer amor esta noite", fosse na sala dos fundos da agência de viagens, fosse nas estradas interioranas, a bordo do carro de Chili.

Shahid disse: "Qual é o problema? Não aconteceu nada, né?".

"Não. Na hora da verdade, eles são uns covardes. O que há com você?"

"Podemos conversar um pouco?"

Chad sentou-se sobre os calcanhares, rodeado pelas armas, o mais distante possível de Nina e Sadiq. O casal se oferecera para montar guarda permanente. Proibidos de trocar beijos ou carícias, dedicavam-se a provocações: Sadiq a beliscara, e agora Nina aguardava a oportunidade de beliscá-lo também. Olhava desconfiada para Chad e Shahid, como se fossem professores. Chad não pretendia que as irmãs os acompanhassem; mas elas, dedicadas à causa, insistiram muito; inventaram até desculpas para enganar os pais, encorajadas por Riaz.

"Lembra-se, irmão Chad, quando nos encontramos pela primeira vez, no restaurante de Hat? Quando eu lhe contei que, por ser páqui, passara por muitos apertos?"

"E daí?"

"Só queria dizer que você parece ter passado por maus bocados, também."

"É", Chad disse. Obviamente, estava preocupado, mas não com as palavras de Shahid.

"Eu só queria lhe dizer, Trev..."

Chad o interrompeu. "Andou falando com seu irmão?"

"Chili?"

"Isso mesmo. Esteve com ele?"

Shahid quase negou. Mas a rispidez na voz de Chad o deteve. Além do mais, o que o impedia de ver Chili? Não via motivo algum. De qualquer modo, não pretendia arruinar seu estado de espírito — ainda exibia no rosto as marcas dos beijos apaixonados, ainda sentia nas mãos o cheiro do corpo dela — em uma discussão com Chad.

"Por quê, irmão?"

Chad ergueu um suéter e o atirou na direção de Shahid. "Chili mandou entregar a você. Disse que era para esquentar seu rabo."

"Como ele sabe que estou aqui? Como conseguiu isso?"

"Como conseguiu? O que você acha? Ele está morando em seu quarto. O irmão Riaz teve o desprazer de encontrá-lo no corredor. Quer saber no que deu? Houve um incidente."

A boca de Shahid secou. Nina e Sadiq pararam de brincar.

"Como assim, um incidente?"

"Chili ameaçou o irmão Riaz."

"Hein?"

"Ele afirmou que o irmão usava uma de suas camisas."

"Ai, essa não."

"Riaz não fazia a menor idéia do que ele estava dizendo."

"E o que aconteceu?"

"Riaz o ignorou. Bem, me diga uma coisa: você deixou Chili ficar no seu quarto?"

"Não! Mas nenhuma porta impede a passagem do meu irmão. Ele é louco. Entra e sai como uma brisa fresca."

"Tudo bem. Ele não me preocupa, no momento. Você, sim."

"Eu?"

Chad inclinou-se para a frente. "Você esteve em outro lugar, esta noite. Onde você dormiu?"

Chad presumia que Shahid fosse propriedade deles; queriam possuí-lo totalmente. Nada lhes escaparia. Mas Chad cometeu um erro, ao irritá-lo.

"Por que estou sendo interrogado? Não confiam em mim? É isso que estão dizendo?" Shahid encarou Chad, com firmeza. "E você saberia me dizer onde Chili está agora?"

Chad grunhiu. "Anda escondendo algo, Shahid?"

"O quê, por exemplo?"

"Quem sabe?"

"Por favor, Chad, não seja um irmão tão mal-humorado. Precisei resolver uns problemas familiares. Já não contei que eles têm um apartamento em Knightsbridge?" Chad, ao ouvir isso, fez cara de nojo. "Mas agora estou aqui! Não vê?"

"Vejo você muito bem."

Shahid precisava saber por que Chili dormia em seu quarto; normalmente, seus mocassins não se rebaixariam a pisar naquele chão decadente. Contudo, não seria com Chad que poderia discutir a questão.

Chad ainda mantinha os olhos fixos nele. Shahid rezou para que Deedee tivesse limpado bem a sombra Molton Brown e o batom Auburn Moon de seu rosto.

Chad ergueu a voz: "Antes, você me chamou de páqui?".

"Sim, estava tentando dizer que..."

"Não me chame de páqui. Sou muçulmano. E não precisamos nos desculpar por isso. Somos aqueles capazes de afirmar algo importante — que o prazer e o narcisismo não são tudo na vida!"

Shahid murmurou: "Riaz disse que é um cesto sem fundo".

"E não é uma frase ardilosa?" Chad estava inspirado. Shahid sentiu que sua raiva aos poucos ia passando. "Um prazer — caso não haja limites rigorosos — só nos leva a outro. E, quanto maior o prazer físico, menor o respeito pela outra pessoa, e por si mesmo. Até que nos transformamos em bestas. Em gente que pinta o rosto."

"Como é?"

"Em sujeitos que passam loção após-barba. Por dentro, são todos sujos e corruptos. Mas nós somos diferentes."

"E como conseguimos ser diferentes?" Shahid notou que Nina e Sadiq haviam se afastado um do outro. "Porque vivemos nesta... decadência."

Chad apreciou a observação. "Excelente questão."

Shahid ouviu atentamente: uma terrível tormenta se formava em sua mente.

Chad disse: "Superamos a fase das sensações, na busca de um modo espiritual e disciplinado de vida. Encaramos os outros com base no respeito, sem pensar na maneira de usá-los em proveito próprio. Trabalhamos para os outros; estamos fazendo isso agora, certo?".

"Certo."

"Se nos agarrarmos a isso", Chad disse, "por mais que tentem nos corromper, seremos capazes de resistir."

"Compreendo."

"Ainda bem, irmão. Fico muito contente, pois vejo fraqueza em sua pessoa."

"É mesmo?"

"A questão é séria, mas Alá está do nosso lado. O que pode haver de errado num ideal de vida tão puro?"

"Nada."

"Exatamente. Nada. Um homem é mais avançado, sem dúvida, quando consegue conquistar a si mesmo, em vez de se tornar escravo dos desejos."

"Creio que isso provavelmente seja verdadeiro."

"Exato! Um dia, a mudança total chegará. Sonho com esse dia!"

Chad andava de um lado para outro, como Riaz faria, satisfeito com suas palavras, falando sozinho, como se pregasse à multidão reunida na mesquita.

A ausência de Riaz era preocupante. Sem o líder, o ambiente se tornava dispersivo, incoerente. O grupo se infantilizava, esquecia-se das razões de seus atos. E Chad imaginava ter certa autoridade sobre os outros. Shahid percebeu que ele se colocava no lugar de Riaz. Mesmo assim, Shahid entendeu o que Chad queria dizer. Equivocara-se ao ridicularizar ou descartar suas idéias.

Chad, apesar de arrogante e autoritário, falava com conhecimento de causa.

Shahid sentou-se em silêncio, mas a atmosfera no apartamento era opressiva. No início, a mulher que ali vivia apreciara a companhia deles. Mas, agora, dera para fechar a cara e se trancar no quarto com os filhos. Talvez por causa da insistência de Chad em falar urdu com ela, pois retomara as aulas do idioma. Ela o olhava como se ele falasse galês, e a mímica frenética que acompanhava seu esforço obviamente a perturbava.

E naquela sala iluminada, imunda, onde todo mundo parecia cansado, novamente mergulhado no cotidiano — e com medo, também, de um ataque racista —, Shahid voltou a pensar em Deedee. Pensar nela era como escutar sua música favorita; ela era a canção que gostaria de ouvir. Queria se lembrar do modo como Deedee virava sua cabeça para o lado para poder beijar sua orelha, como se naquele momento só aquela parte de seu corpo a atraísse. Pensou, também, no jeito como ela beijava sua mão e a pressionava contra seus olhos, faces, boca, carimbando-o de amor.

Mas, em vez de se banhar nas mornas lembranças do amor que fizeram, e nos prazeres que ela havia lhe revelado e que poderiam ser deliciosamente repetidos e ampliados no futuro, ele se deu conta da amargura e da desilusão que sentia. Nas últimas horas, havia perdido a cabeça! A que ilusões se submetera! Permitira que uma torrente de detritos inspirados por drogas se alojasse em sua cabeça! Acreditara que as fantasias mais banais eram visões! Até na estação de Baker Street isso ocorrera!

Felizmente, seus pensamentos foram interrompidos pela chegada de Tariq. Aproveitando a deixa, Shahid informou a Chad que pretendia visitar a mesquita. Depois patrulharia os arredores, mantendo os olhos abertos para os perigos externos.

Chad não pôde recusar. "Mas tome cuidado!", alertou. "Eles podem tentar nos pegar um a um, individualmente."

Alguma coisa em Shahid devia ter afetado Chad, pois ele disse que tinha algo para lhe dar. Enquanto Shahid pegava seu caderno e suas canetas preferidas, Chad surgiu com uma sacola plástica e entregou a ele.

"Para você."

"O que é?"

"Olhe."

Shahid tirou um salwar kamiz de algodão branco, desdobrou o traje e o examinou. "Lindo."

"Pois é."

Shahid o colocou na frente do corpo. "É para mim?"

"Claro. Eu já tenho o meu. Vai experimentar agora?"

"Agora?"

"Isso mesmo. Vá em frente."

Ele ficou observando enquanto Shahid se vestia, pela primeira vez, com o "traje nacional". Chad o estudou atentamente, antes de virar-se e pegar um capuz branco. Ele o pôs sobre a cabeça de Shahid, parou por um momento e o abraçou.

"Irmão, você está magnífico!"

"Obrigado, Chad."

"Calculei que ficaria bem em você. Espere até que Riaz o veja. E Tahira. Ficarão tão orgulhosos! Como se sente?"

"Meio esquisito."

"Esquisito?"

"Mas muito bem, muito bem."

"Ótimo."

Shahid vestiu o suéter, a jaqueta, e saiu. Chad o observou da porta, acenando até que ele sumisse na virada do corredor. Sentindo-se ainda mais visado nas dobras abundantes e confortáveis do salwar, Shahid pegou o metrô e seguiu até a terceira parada.

Orou da melhor maneira possível, ouvindo, em sua mente, as exortações e instruções de Hat. Pediu a Deus consciência, compreensão de si e dos outros e tolerância. Sentindo-se livre das paixões, finalmente limpo e salvo, acomodou-se para escrever em seu caderno.

Ocupando três andares, as salas da mesquita eram grandes como quadras de tênis. Homens de vários tipos e nacionalidades — tunisianos, indianos, argelinos, escoceses, franceses — reuniam-se ali, conversando na entrada, onde tiravam o sapato e se recolhiam para as abluções; seria difícil, sem saber antes, dizer em que país a mesquita se localizava.

Ali, as barreiras de raça e classe estavam suspensas. Havia empresários, usando ternos caros; empregados do metrô ou do correio, de uniforme; anciãos recurvados, de salwar kamiz bordados com pedras. Rapazes chiques, com rabo-de-cavalo, especialistas em computadores, trocavam cartões de visita com homens de terno. Quarenta etíopes de túnica, sentados lado a lado numa das salas, ouviam a palestra de um de seus pares.

Entre os homens que oravam sobre o tapete enorme, corriam meninos e meninas vestidos de branco, com o cabelo preso. Alguns visitantes estendiam colchões perto da parede e dormiam; amontoavam chaleiras, garrafas de água e outros pertences em sacolas plásticas em torno de si. Outros sentavam-se, encostados nas pilastras, e passavam horas de pernas cruzadas, conversando. Alguns sujeitos dormiam, deitados de costas no chão, no meio do salão, cobrindo os olhos com um braço. Conversava-se numa dúzia de línguas. Estranhos dialogavam entre si. A atmosfera eliminava a competição. Era pacífica, favorecia a meditação.

Sim, Shahid refletiu, havia mergulhado num rio de desejo e excitação. Em breve, com certeza, estaria saciado, mas não satisfeito; tais sensações não seriam suficientes. Procuraria mais, e logo mergulharia no "cesto sem fundo"! Riaz sabia disso. Shahid precisava aprender, com ele e com Chad.

Caíra em tentação. Mergulhara de cabeça. Uma boa idéia, ter ido à mesquita. Recuperara o bom senso, antes que fosse tarde demais. Chegava a se odiar; via a necessidade, portanto, de dedicar a vida à recuperação da pureza. Não se afastara, afinal, do turbilhão e procurara a redenção, ao retornar àquele lugar sagrado? Sim e não. Ainda sentia certo desconforto; não conseguia relaxar. Mesmo naqueles salões frios, onde havia mais tranqüilidade do que em qualquer outro local, sua mente não parava de funcionar, justificando e censurando. Só sabia de uma coisa. Romperia com Deedee no dia seguinte, antes que liberasse mais seus sentimentos. Diria isso a ela. Assim, poderia se concentrar no trabalho com Riaz.

Tendo tomado a decisão, levantou-se, apanhou o sapato na prateleira e saiu, piscando por causa da claridade na rua. Passou por uma feira, onde malas, fitas e relógios eram vendidos ruidosamente; camelôs anunciavam gritando máquinas de costura portáteis, instrumentos para descascar laranjas e puxadores de plástico para cortinas. A violência da transição o abalou; era difícil conciliar o ambiente da mesquita com a diversidade exuberante da metrópole.

Seus amigos contavam histórias com explicações religiosas para a origem de tudo. Falavam que Deus desejava a vida, descreviam o que aconteceria quando morressem e explicavam os motivos pelos quais eram perseguidos. Aquelas histórias, antigas e edificantes, podiam, porém, ser facilmente ridicularizadas e questionadas por relatos mais passíveis de demonstração, o que provavelmente tornava os adeptos das versões antigas ainda mais resolutos.

O problema era que, quando conversava com os amigos, essas histórias o comoviam. Mas quando se afastava encontrava, como alguém que acaba de sair do cinema, um mundo mais sutil e inexplicável. Sabia, também, que as histórias haviam sido criadas por homens e mulheres; não poderiam ser verdadeiras ou falsas, pois não passavam de exercícios da capacidade mais magnífica e indigna de confiança, a imaginação, chamada por William Blake de "o corpo divino em cada homem". Apesar disso, seus amigos não admitiam nem um pingo de imaginação em suas crenças, isso as envenenaria, conferindo às suas convicções uma condição humana, estética, falível.

Podia ver, contudo, onde estava o erro de Brownlow. As crenças não eram uma questão de verdade ou falsidade, do que poderia ser demonstrado ou não, e sim uma questão de participação. Notara, em suas caminhadas pelo bairro, que as raças viviam separadas. Rapazes negros formavam uma turma, paquistaneses só freqüentavam a casa de compatriotas, bengaleses se reconheciam de longe, assim como os brancos. Isso valia até na ausência de hostilidade entre certos grupos — coisa rara, havia muita hostilidade, mesmo implícita. Sua mãe, por exemplo, adorava fazer comentários depreciativos sobre os negros, chamando-os de preguiçosos. Já os brancos de classe média eram reverenciados por ela — havia pouca miscigenação. A situação mudaria? Por que deveria? Alguns indivíduos se esforçavam; mas o mundo não estava sendo dividido em tribos políticas e religiosas? As divisões eram tidas como naturais. Cada um com a sua turma. E para onde essas divisões nos conduziriam, para tipos diferentes de guerra civil?

E, se todos aderiam ferozmente a um grupo, a questão mais premente era saber qual seria o seu grupo.

De volta ao conjunto habitacional, teve um pressentimento, e no mesmo instante seus instintos o deixaram em alerta. Sacou a faca que portava — Chad não deixava ninguém sair desarmado —, esperando pelo ataque iminente. Havia pouca gente na área, mas Shahid manteve-se atento. Ficou sentado sozinho num muro baixo, ouvindo "Sign o'the times" nos fones de ouvido, enquanto rapidamente escrevia alguma coisa nos cadernos pretos. No final do último caderno, começara a escrever um conto erótico para Deedee, chamado "O tapete de orações da carne", que lhe daria como presente de despedida.

Entretanto, não eram apenas sensações que ele e Deedee compartilhavam. Na noite anterior, quando mencionara o empréstimo de *Cem anos de solidão* a Chili, ela revelou ter lido recentemente *A educação sentimental.* O livro continha cenas brilhantes, apostava que a história daria um filme e tanto. Precisara, porém, de muita disciplina para terminar o livro, enquanto se exercitava na academia. *Little Dorrit* também era legal, tentara ler a história no Natal. Leituras sérias exigiam dedicação. Quem, hoje em dia, acreditava que isso valia a pena? Quantas pessoas conheciam um livro tão bem quanto conheciam *Blonde on blonde, Annie Hall,* ou Prince? Poderia a literatura mobilizar uma geração, da mesma forma? Alguns estudantes excepcionais conseguiam ler livros difíceis; a maioria deles não, embora não fossem idiotas.

A música de que seus alunos gostavam, o modo como dançavam, as roupas e a linguagem que usavam pertenciam a eles, eram um modo de vida. Ela tentou fazer parte dele, ampliá-lo, questioná-lo. Não era agradável dizer às pessoas que a cultura as beneficiaria, particularmente quando elas não conseguiam entender para que servia. No final das contas, elas eram constantemente lembradas de sua inferioridade. Muitas consideravam a cultura de elite ilusória e hipócrita. Para algumas, isso servia como desculpa para a preguiça. Para outras, era uma atitude genuína: não queriam aceitar a profundidade da cultura que as desprezava.

Mas havia um tipo de livro que a apaixonava, no momento. Deedee confessou que lia secretamente livros "pornográfico-consumistas", do mesmo modo como outros comiam chocolate na cama, por causa das roupas, do sexo, dos restaurantes e dos hotéis. Sentia, porém, mais vergonha das dúzias de livros de auto-ajuda que havia devorado. Muitas mulheres os liam, explicou, na tentativa de entender por que não eram mais felizes, e por que suas expectativas haviam sido frustradas. Interessava-se em descobrir as necessidades satisfeitas por tais obras, mais do que em perturbar as pessoas com a literatura "séria", que só era fundamental na imaginação dos acadêmicos. As pessoas comuns só liam nas férias, e pronto.

Shahid, teimoso, andava de um lado para o outro, pomposo, dizendo que jamais poderia aceitar tais livros. Tentara ler alguns, mas literatura era melhor, em todos os aspectos; havia uma diferença gritante, instantânea. Bastava ler as primeiras páginas de *Tom Sawyer*, por exemplo. Por isso consideravam tais obras literatura. Pretendia embarcar nas leituras mais indigestas: Turgueniev, Proust, Barthes, Kundera. O que tinham a dizer? Por que eram reverenciados?

E uma outra coisa. Nem sempre ele gostava de ouvir Madonna ou George Clinton na aula, ou de uma palestra sobre a história do funk, como se isso tivesse mais a ver com "ele" do que *Pais e filhos*. Qualquer arte poderia interessar a "ele", caso tivesse valor. Não queria que lhe negassem o melhor.

Discutiram apaixonadamente, sem acrimônia, porém. Ambos modificaram seus pontos de vista. Deedee sempre o estimulava a pensar. Apesar de tudo, pretendia abandoná-la.

Correu pelo corredor do prédio, para se aquecer. Um velho passou, depois um negro, em sentido oposto. Um rapaz invocado avançou para cima dele, forçando Shahid a desviar. Além deles, não viu mais ninguém.

Então, não muito longe, ouviu vozes. Três ou quatro homens cantavam. O quê? Ele precisou forçar a memória, até reconhecer a patriótica "Rule, Britannia". Para seu alívio, a canção logo parou. Mas recomeçou, minutos depois, num andar superior, e depois em outro, mais para baixo. Convenceu-se de que era o alvo da provocação. Continuou caminhando, sempre olhando para os lados. Planejavam chutar sua cabeça.

Os moradores do conjunto, que o cercavam no momento, quando não o aterrorizavam, o deixavam perplexo. Queria chamar

Deedee para conversar a respeito. Diria que não gostava de andar pelo conjunto habitacional como se fosse um inglês na Índia.

No início do caderno, esboçou retratos dos moradores do prédio, que, apesar de vizinhos havia anos, costumavam se roubar uns aos outros. Uma moça, que provocara Shahid enquanto ele patrulhava os corredores — chamando-o de escurinho querido e passando a mão em sua cabeça, sem conseguir se conter —, contou que, certa vez, quando saiu para assinar um contrato, seu apartamento foi roubado. Levaram tapetes, aquecedores, lâmpadas, camas, brinquedos — tudo. Disse que era preciso ser esperto, e trancar tudo num quarto protegido por porta de aço reforçado. Ou arranjar um rottweiler, embora fosse perigoso. O cão passaria fome, pois não haveria dinheiro suficiente para comprar comida, e poderia arrancar pedaços do rosto de uma criança.

Os rapazes dotados de iniciativa, aqueles que desejavam ser alguma coisa, talvez os mesmos que o atacariam naquela noite, reviravam o lixo, furtavam carros e casas, vendiam fumo e coca. Alguns se tornavam especialistas em roubar casas. Carregavam facas, treinavam, aprendiam a ser implacáveis. Não circulavam histórias de rapazes iguais a eles que conseguiam BMWS, apartamentos chiques, bocetas cheirosas, meninas lindas? Pena que não havia dinheiro na jogada. Eles só conseguiam vícios, cicatrizes no rosto, cinco anos de cadeia no mínimo.

Por vezes, Shahid notava que concordava com Riaz. Sem dúvida, aquela gente tinha o mínimo para tornar a vida suportável. Ninguém morria de fome. Não eram pobres coitados. Mas naquele lugar não havia Deus, crença política ou vida espiritual. Algum governo ou partido por acaso acreditava que eles eram importantes? Trabalho, só havia do pior tipo. A mulher disse a Shahid que a vida deles melhoraria muito, se pelo menos começassem a chamar a atenção para seus problemas.

"E como vocês fariam isso?"

"Queimando esta porra de prédio."

Os olhos das pessoas em torno de Shahid queimavam de raiva e ressentimento. Talvez fossem tipos feitos para tomar conta de campos de concentração. Não tinham nenhum orgulho ou vergonha? Como suportavam sua própria ignorância, vivendo sem cultura, reduzindo a existência às novelas a que assistiam durante a maior parte do dia? Eram impotentes, sem rumo. Ocorreu a Shahid que o grupo de Riaz precisava fazer algo pelos moradores do prédio. Ouvir suas queixas, passar informações, em vez de hostilizar a todos. Decidiu conversar com Riaz a respeito.

Riaz só apareceu na noite seguinte. Shahid passara a tarde em patrulha, e dormiria por lá mesmo. Frio, medo, canções estranhas, tudo isso o exaurira. Como Sadiq e Hat ficaram na janela da cozinha ouvindo "Rule, Britannia", ele só conseguiu cochilar no saco de dormir estendido no chão; mas logo desistiu e foi para a cozinha ler. Sentia falta de Deedee, como se já tivesse rompido com ela. Convencera-se de que ela se esqueceria dele em poucos dias, e que era melhor pôr fim ao relacionamento antes que os dois se envolvessem demais.

Riaz, quando chegou, nem quis saber da ameaça implícita em "Rule, Britannia"; mal havia cumprimentado Shahid e os outros, quando Chad o levou até a cozinha. Shahid os acompanhou, e parou do lado de fora da porta fechada. Riaz explicava algo em voz baixa, porém intensa. De repente, Chad exclamou, batendo com o punho fechado na mesa: "Deus se manifestou. Ele falou conosco, disse que está aqui! Ele vê o que está acontecendo, e punirá os malfeitores!".

Minutos depois, Shahid foi até a sacada para ver Hat e Riaz correndo apressados na direção do ponto de ônibus. Hat, encarregado de organizar as patrulhas, iria até a faculdade para convocar outros voluntários, e passaria no restaurante, em busca de comida. Hat andava preocupado, ultimamente, pois o pai desconfiava de que passava boa parte do tempo com Riaz, em vez de se dedicar aos estudos.

Alguém os observava, certamente. Pouco tempo depois da saída de Riaz, quando faltava uma hora para o término do turno de Shahid, algo aconteceu.

Chad estava na cozinha. Sadiq partira. O outro rapaz ainda não aparecera. Shahid e Tahira estavam sentados, estudando. Tahira ofereceu a Shahid um saco de gulab jamans pegajosos, sabendo que ele os aceitaria, a qualquer hora do dia. "Vamos nos mimar um pouco", ela disse, rindo. Enquanto estivessem juntos, concluíram, os racistas não iniciariam a batalha, sabendo que eles estavam lá. Ou então esperariam uma oportunidade mais adequada. Alguém atirara uma garrafa em Sadiq, de um carro em movimento. Como morador do East End, contudo, ele já se acostumara a driblar vidros voadores.

Alguém mexeu na caixa de correio. Seguiu-se o som de um tijolo, arremessado contra a janela reforçada da frente.

Chad levantou-se num pulo, de arma na mão. Shahid pegou uma faca de açougueiro. Para criar coragem, eles apertaram as mãos que estavam livres.

Chad destrancou a porta. Tahira vestiu o casaco.

"Fiquem aqui dentro", Chad alertou, abrindo a porta.

Não conseguiu ver nada. Cautelosamente, ele e Shahid saíram. Tahira os seguiu. Algumas lâmpadas do corredor haviam sido quebradas. O ar, de tão frio, parecia uma camada de gaze. Naquela luz trêmula, era difícil ver alguma coisa.

"Acho melhor telefonar e pedir reforço", Shahid sussurrou para Tahira.

Os dois rapazes olharam para um lado, depois para o outro. Shahid percebeu a presença de uma mulher, ainda jovem, parada no final do corredor, com um objeto na mão. Estava acompanhada de duas crianças. Nenhuma delas teria mais de oito anos.

"Ei", Shahid gritou.

Nesse momento, a mulher, que estava de chinelo, atirou metade de um tijolo na direção deles e tentou fugir. Chad e Shahid a perseguiram. A criança menor escorregou no alto da escada, e Chad a agarrou pelo colarinho. A mãe, usando um sobretudo imundo por cima dos ombros pesados, parou e os encarou, desafiadora, segurando a outra criança pela mão.

"Chad!", Shahid gritou. "Não!"

Chad ergueu o cutelo acima da cabeça da criança e o agitou. Pelo jeito, esperava que alguém o impedisse.

O grupo reclamava uma jihad purificadora, mas não previra algo do gênero. As luzes se acenderam em torno deles. Uma porta se abriu, e um rosto tatuado espiou. Cães ladraram. Sem dúvida, a polícia estava a caminho.

Na esperança de satisfazer Chad, Shahid gritou para a mulher: "Por que não deixa nossa gente em paz? Por acaso fizemos alguma coisa contra vocês? Fomos à sua casa para insultá-la, ou atirar pedras? Nós a obrigamos a morar neste prédio fedorento?".

A criança conseguiu escapar de Chad e correu gritando para a mãe. A mulher, sem demonstrar temor, estendeu o pescoço e cuspiu na direção de Chad e Shahid. Mas a saliva caiu em cima da filha, sujando seu cabelo.

"Páqui, páqui, páqui", gritava. Seu corpo se tornou uma coluna recurvada pela raiva, por cuja abertura superior jorravam ofensas. "Vocês roubaram nossos empregos! Nossas casas! Os páquis ficaram com tudo! Devolvam o que roubaram e voltem para casa!"

Ela e as crianças fugiram correndo.

"Fique aqui", Chad disse a Shahid. Ambos tremiam. "Talvez haja mais problemas. Mas não se preocupe. Hat, Sadiq e Tariq estão a caminho, com reforços!"

Sozinho, Shahid patrulhou o corredor, sabendo que a mulher voltaria, acompanhada de brutamontes com cara de rato e porretes na mão. Queria ir embora, desesperadamente, mas seu pai não se acovardara, não era o estilo da sua família. Bem, não dava para considerar Chili um defensor ortodoxo da comunidade. Uma de suas namoradas negras o convencera a ir a uma passeata contra o racismo, e, quando o pessoal do National Front gritou: "Voltem para casa, páquis!", Chili, vestindo terno cor de visom, desagradou a todos ao exibir a carteira recheada para os racistas e gritar: "Voltem vocês para seus conjuntos habitacionais, pés-rapados!".

Para se distrair, ou por frustração, Shahid tentou se concentrar em Deedee. Pensava nela catando as sementes do fumo na hora de preparar o baseado, e atirando-as depois pela janela, com a ponta das unhas. Ao dechavar o fumo para espalhá-lo sobre a seda, ela o olhava e sorria. Depois, punha o baseado entre os lábios e o deixava lá, removendo-o apenas quando queria enfatizar um argumento. Erguia-o na altura do rosto, como se estivesse pesado. Nessa hora, ela adorava ouvir música. Aumentava o volume e virava a cabeça para trás, soltando anéis de fumaça, perdida em sua luxuriante indolência.

Shahid recordou-se dos brindes com vodca ao lado de Deedee; pensou no jeito como ela o tocava com as mãos, em como o sexo era, para ela, igual à dança: seu corpo inteiro se enchia de vida, reagindo a tudo. Sentia-se inepto, só pensava em enfiar o pau; não conseguia tocar ou sentir como Deedee. Ela explicou que ele ainda não aprendera a localizar sua sensualidade. Ele ansiava por aprender, a prática o tornaria mais hábil. Ah, como gostaria de estar agora chupando sua boceta, e não na beira do precipício, apavorado com a possibilidade de um branco enterrar uma faca em seu corpo!

Ele notou a sombra de um sujeito atrás da pilastra, e ouviu sua risada.

Gritou: "Ei!". Aproximou-se para ver quem era.

O rapaz estava sozinho. Não era grande e fugiu correndo. Sem pensar, Shahid seguiu até o fim do corredor e virou. Passou por uma porta, continuou correndo. Reconhecia o rosto de algum lugar, apesar de só tê-lo visto de relance. Mas de onde?

O rapaz parou na frente do elevador, prendendo a porta com o sapato. Shahid não pretendia entrar naquela caixa de aço. Pararam, trocando olhares. Boa aparência, cabelo liso, louro. Mas o rapaz estava sujo. Calçava, contudo, mocassins de primeira, calça de sarja e blusão preto com zíper.

"Quantas vai?"

Shahid temia alguma armadilha. Olhou para trás. "Hein?".

O rapaz estendeu a mão. "Não tá entendendo?"

Shahid suspirou, aliviado. "Vai saber..." Tocou a mão do outro. O rapaz sorriu.

Shahid perguntou: "O que você tem aí?".

"Para mim, sempre é hora de festa, cara. Skunk, ácido, E. Você já experimentou meus produtos antes. Sabe que são do além."

"Já experimentei?"

O rapaz saiu andando, num passo meio manco, meio gingado. Shahid passara férias na Jamaica, e notou que ele tinha um jeitinho jamaicano. Talvez tivesse aprendido na escola.

"Vamos dar uma volta?"

Shahid hesitou.

O outro disse: "Não se preocupe. Os caça-páquis não vão sair esta noite. Estão todos em casa, vendo o jogo na tevê".

Shahid enfureceu-se: "Mostre onde os filhos da mãe moram, então. Você sabe quem são. Mostre onde se escondem".

"Quer mesmo conhecer a turma? Vai fazer o quê? Botar fogo neles? Para isso, precisa de consultoria especializada. Se você quiser, posso incendiar qualquer lugar."

O nome dele era Stratford, mais conhecido como Strapper. Uma família asiática abandonara o apartamento havia alguns meses, e Strapper o invadira.

Shahid esforçou-se para lembrar de onde o conhecia. O rapaz se apresentava como empresário. Depois de uma certa pressão — Strapper, obviamente, vivia envolto em mistério — descobriu que conhecia Strapper da festa na piscina, onde estivera com Deedee. "Não se lembra de mim? Sou o passador eufórico da escada. Já segui você uma vez, aqui no pedaço."

"Para quê?"

"Checar você. Você ligou da garagem dos táxis. Pelo que entendi, estava discutindo com uma mina." Deu uma risada maliciosa. Acrescentou, como se concluísse o pensamento: "A civilização capitalista branca chegou ao fim".

"É mesmo?"

"Sabe disso, né? Por isso é que você luta contra ela."

"Correto."

Strapper conduziu o desconfiado Shahid para fora do conjunto habitacional, entrando num terreno baldio gelado. Dois meninos arrancavam peças de um carro apoiado em calços. Ao ver Shahid e Strapper, hesitaram. Mas logo voltaram à sua tarefa.

"Você tem certeza de que é mesmo o fim?"

"Estou dizendo, cara. Tenho a maior experiência disso." Strapper prosseguiu: "Polícia, tribunais, casas para jovens, centros de reabilitação, assistentes sociais. Conheço a lei pelo avesso, sério mesmo, cara. Sabe de uma coisa? Foram os brancos que me trataram como se eu fosse um monte de merda. Nenhum deles acredita em amor fora da família. Negros e páquis, os muçulmanos, as pessoas oprimidas, os marginais, todos são generosos e carinhosos. Conhecem bem o que é ser maltratado". Strapper parou, a mão no bolso. "Se não quer comprar nada, vou dar um pulo na zona oeste de Londres. Os negócios andam quentes por lá. Tchau, até mais."

"Eu também estou indo para lá. Moro naquele pedaço."

Strapper disse: "Quer ir junto comigo? Assim a gente pode conversar".

"Legal."

Strapper pediu a Shahid que esperasse e sumiu atrás de uma garagem. Voltou logo, escondendo algo no bolso.

"Não posso ficar sempre com o bagulho em cima."

Strapper não desconfiava dele. Shahid sentiu que poderia fazer algumas perguntas pessoais; Strapper contaria sua história.

Ele disse: "O que você realmente gostaria de fazer de sua vida, se pudesse escolher? Tem idéia?".

"Se eu dissesse, ia pensar que é cascata."

"Não ia."

"Tudo bem, se quiser me gozar, foda-se", Strapper disse. "Mas sempre sonhei trabalhar com arqueologia."

"E por que não tenta?"

"Acha que eu poderia?"

"Por que você não luta pelo que quer?"

"É, é, por que não?" Strapper chutou um cachorro que passava, e puxou o rabo encaracolado.

"Nunca aprendeu nenhuma profissão?"

"Claro que sim. Eu poderia revestir seu banheiro com mármore. Você tem um banheiro?"

"Que seja meu, não."

"Bem, quando conseguir um, lembre-se que aprendi pintura e decoração na cadeia."

"Na cadeia?"

"Pois é."

"Falou."

Strapper acompanhou Shahid até o apartamento, para que este verificasse se os outros já haviam chegado. Em caso positivo, poderia ir embora.

Quando subiam pelo elevador, Shahid insistiu: "Onde moram os racistas, Strapper? Mostre qual é a porta, e deixe o resto conosco".

Strapper só ria. Demonstrava confiança, pelo jeito sabia mais sobre a vida do que qualquer outro conhecido de Shahid com a mesma idade. Gostava de dizer que sobrevivera a situações que as pessoas só conheciam pela televisão. Sua intuição era desenvolvida, embora não tivesse ido à escola.

Shahid também riu, dizendo: "Qual é o problema? Não estou pedindo que escreva o nome deles".

"Você quer encontrar alguém que odeia outra raça?" Strapper parou de se coçar o tempo necessário para apontar para todo o Sul da Inglaterra. "Bata na porta de qualquer um." Chegaram ao estreito corredor que dava no apartamento. Ele acrescentou: "Claro, eu mesmo já fui skinhead, sabia?".

"Como é?"

"Gostava de futebol. Millwall. Meus amigos negros sempre me perseguiam."

"Pelo amor de Deus, fale mais baixo."

"Uma vez, puseram uma corda no meu pescoço e tentaram me jogar de cima da ponte."

Depois do susto daquela noite, parte do grupo já estava de volta: Sadiq, Tariq e duas outras irmãs estavam sentados no chão, de capote, e empunhavam suas armas, enquanto Chad relatava os acontecimentos recentes. Olharam para cima, assustados, quando Shahid entrou com Strapper. As duas mulheres viraram o rosto. Strapper recuou, mordiscando o lábio, como se estivesse ofendido, embora risse, simultaneamente. Talvez pensasse ainda na vez em que quase o jogaram da ponte. Felizmente, sabia como demonstrar simpatia.

"Este é Strapper", Shahid disse. "Está do nosso lado. Mora aqui."

Mas os rostos não se desanuviaram. E Shahid ainda não vira o novo amigo no claro. Notava agora que o rosto bem desenhado exibia marcas de varíola, e arranhões em alguns pontos. Os olhos vermelhos e as cinco tachinhas douradas na orelha tampouco ajudaram. Ele tinha uma folha de maconha tatuada nas costas da mão.

Shahid se lembrou de uma expressão que Chili usara freqüentemente nos anos 80: "contato valioso". Sem dúvida, Chad aprovaria a presença de Strapper, um garoto da rua, que conhecia o bairro.

"Ele pode ser um contato valioso. Quer nos ajudar."

Strapper disse: "E aí, Chad, meu chapa, tudo bem?".

Chad ficou furioso, empalideceu, ou melhor, empalideceu mais, e encarou Strapper. Não disse nada.

Shahid recolheu apressadamente sua coleção de contos de Maupassant, um ensaio que havia começado a escrever, as luvas e o gorro de lã.

Strapper chupou os dentes. "Diz aí!"

Chad cruzou os braços. Shahid não teve coragem de olhar novamente para ele. Apertou a mão de todos, menos a de Chad. Tirou o salwar no banheiro e saiu, sentindo que os traía, ao ir embora.

Ele e Strapper caminharam na direção da estação. Passados quinze minutos, quando Shahid viu a placa vermelha e azul do metrô, suspirou aliviado. Era como se, finalmente, escapasse do perigo. Shahid enfiou seu bilhete na máquina, e Strapper pulou a catraca, logo em seguida.

No trem, Strapper disse: "Conheço seu amigo, Trevor. Chad, como ele quer ser chamado agora. Eu o vi no outro dia, afiando o facão. Não me cumprimenta mais — antigamente, me adorava".

"Adorava você?"

"Isso mesmo, cara. O que você está pensando?", Strapper retrucou, ferino. "Todo mundo me ama — em determinados momentos. Sou popular como batata frita. Descolava crack para Trevor. E qualquer outra droga que quisesse. Ele tinha dinheiro."

"Como ele arranjava?"

"Tinha umas minas na praça. Largou tudo agora, né?" Shahid fez que sim. "Ele deu sorte. Quantos conseguem? As chances são pequenas, cara. Muito, muito pequenas. Sua gente o salvou. Um povo puro." Strapper afundou o corpo no banco, com ar sonhador. "Tenho a nítida impressão de que eu conheço você já faz um tempão. Quer saber por quê?"

"Por quê?"

"Porque você é páqui, e eu, delinqüente." Ele soltou uma gargalhada suja, sarcástica, que arrancava todas as máscaras e ia direto ao que era mais básico. "Você sabe o que é ser um problema para o resto do mundo, certo?"

Quando saíram do metrô, Strapper contou que freqüentava o Morlock. Bastaria dar uma passada por lá para encontrá-lo, ou quando alguém estivesse a fim de curtir numa boa. Ficava perto. Embora Shahid não pensasse que poderia precisar dele, ouviu atentamente as explicações.

"Até mais, cara."

"Até mais."

DOZE

Ao chegar em casa, Shahid encontrou dois recados "urgentes" que Riaz deixara na caixa de correio da entrada. Os dois informavam que Zulma telefonara. Shahid guardou-os no bolso e subiu, apreensivo.

Empurrou a maçaneta arrebentada e encostou no batente da porta, examinando tudo, temendo que o irmão surgisse de repente, num canto qualquer. O quarto parecia idêntico, mas tinha a impressão de que tudo fora mexido. Por que Chili se refugiara ali? Nunca precisara de Shahid, antes. Quem o perseguia? O que ele andava aprontando?

Shahid não pôde deixar de sentir um prazer perverso com os problemas de Chili. O irmão sempre se safara, graças a mentiras e ardis. Sentia desprezo pelos outros, desde que Shahid se conhecia por gente. Caso houvesse justiça divina, Chili merecia punição. Quando mais jovem, o próprio Shahid tentara se vingar. Esgueirava-se para dentro do quarto de Chili e passava um pente de metal em seus discos favoritos; escondia uma gravata Armani atrás do guarda-roupa, e bancava o inocente quando o irmão explodia. Apesar disso, Shahid não queria ver Chili destruído. Preferia que o irmão reconhecesse os erros e mudasse, aprendendo a lição. Apesar do ódio que sentia pelo irmão, Shahid admirava um lado de Chili, a parte dele que dizia: "por mim, quero que se foda".

Ser tão inconseqüente consigo mesmo exigia coragem, muita arrogância e alguma nobreza. Ele se expunha à vingança e à fúria alheia. Até mesmo a ganância de Chili, a idéia de que se acumulasse tudo que desejasse se sentiria melhor, agora parecia mais patética do que ruim. Esperança e destemor não eram qualidades naturais de Shahid. Comparado ao irmão, ele quase não corria riscos.

Shahid queria sentar-se para pensar. Mas, sobre a mesa, os poemas de Riaz o censuravam. Shahid não sentia vontade de abrir aquele livro, ou qualquer outro. O silêncio do quarto pareceu-lhe artificial e opressivo. Era como se há dias não ficasse sozinho. Quem viveria na solidão, podendo evitar isso? Resistira à sua própria companhia, fugindo de si mesmo. Não temia o tédio; as questões que o apavoravam diziam respeito ao que estava acontecendo entre ele e Riaz, de um lado, e Deedee, do outro.

Acreditava em tudo; não acreditava em nada.

Sua própria personalidade o confundia cada vez mais. Um dia sentia algo apaixonadamente, no dia seguinte o oposto. Em outras ocasiões, mudava de opinião de hora em hora. Por vezes, mergulhava no caos. Tão logo acordava, uma sensação o invadia: quem ele seria, naquele dia? Quantos eus em guerra haveria dentro dele? Qual era sua personalidade real, natural? Isso de fato existia? Como reconhecê-la, ao se deparar com ela? Traria consigo alguma etiqueta de garantia?

Perdido naquele quarto de espelhos partidos, cujos reflexos fragmentados se projetavam até o infinito, entorpeceu-se. Seu instinto dizia que devia fugir, procurar alguém para conversar. Até Chili seria melhor do que nada.

Mas ele se proibiu de levantar-se da cadeira. Ao voltar de Sevenoaks, depois do primeiro encontro com Deedee Osgood, pensara em seu futuro. Não se considerava naturalmente brilhante, como alguns colegas de faculdade. Mas seu pai, que era capaz de depravações verdadeiramente indecentes, trabalhara dia e noite, como sua mãe fazia até hoje. Deram sempre um bom exemplo. Shahid, naquele momento, decidira ser uma pessoa disciplinada, a fim de não arruinar sua vida.

Tirou o relógio e o colocou sobre a mesa. Continuaria a trabalhar no texto de Riaz, assim como em seu próprio material, sem se levantar, por três horas. Mesmo que uma bomba explodisse lá fora, o que não era de todo improvável, ele manteria a bunda grudada na cadeira.

Depois de alguns minutos, não precisou mais se esforçar, em busca de concentração. Gostava de fazer algo direito, até o limite de sua capacidade, em seus próprios termos. O que surgiria? Idéias inconcebíveis penetravam em sua cabeça, e o deixavam excitado. Examinou detalhadamente o mesmo trecho várias vezes, até que a idéia original se ampliou, transformando-se em algo em que jamais havia pensado antes.

Conservava uma certeza, apesar das mudanças de sua vida diária: cada um tinha sua história; e o que se passava em sua cabeça ocorria às outras pessoas também. A corrente da vida fluía através de cada um. Escrever podia ser fácil como sonhar, embora os sonhos se espalhassem em círculos concêntricos, cada um colorindo o seguinte. Quando o fluxo cessava, achava melhor aguardar, até que recomeçasse.

Trabalhara o bastante. Ficou com fome, mas só encontrou um pedaço de queijo rançoso e leite azedo na geladeira.

Deitou-se na cama. Tiraria uma soneca; não se sentia tão bem, agora. O entusiasmo e a animação anteriores sumiram. Por que seu trabalho não era melhor? Como era possível que, ao reler as palavras, encontrasse somente o eco abafado das idéias pensadas de maneira tão clara e precisa? Conseguiria se aprimorar algum dia? Enganava-se a si mesmo? Seria melhor desistir? Será que o Prince, cuja música fluía sem empecilhos, algum dia se sentira assim?

Fechou os olhos e pensou em visitar a mesquita, o que sempre o acalmava. Mas, quando mexeu no travesseiro, um lenço de papel caiu. Talvez Chili tivesse se masturbado — algo improvável, uma vez que Chili costumava afirmar: "Por que devo fazer uma coisa eu mesmo, se posso pedir isso a alguém?". Viu manchas de sangue no lenço. Deitado de costas, pensando nas diabruras de Chili, sua mão desceu até o chão, pousando sobre um exemplar amarrotado de *New Directions*, uma revista que folheava até considerar as pessoas citadas velhos amigos. Não precisava se reprimir. Apanhou a revista, assoprou a poeira e começou a ler, pois o dia já estava ganho. Já trabalhara o suficiente.

Procurou sua seção favorita, "Encontros", com fotografias Polaroid que os leitores enviavam, em busca do par ideal. Examinou uma das fotos.

O rabo e a boceta enchiam a foto, feita por trás. No final das coxas, arregaçando a boceta — com um gesto não muito diferente do de um arremessador, ao segurar uma bola de críquete —, surgiam os dedos da mulher, as unhas pintadas de vermelho. O texto dizia: "Jovem, vinte anos, procura senhores mais velhos. Preferência por cabelos grisalhos e homens grandes. Gosta de ser lambida, chupada e descabelada. Liberal. Tem espírito de aventura. Essex".

Lambida, chupada, descabelada! Jovem! Não apenas fazia de tudo, aquela aventureira de Essex, como se dera ao trabalho de arranjar quem tirasse a foto. Escrevera a carta, colocara o endereço e a enviara pelo correio!

Era demais; tocou seu membro. Talvez ela se excitasse, imaginando que a olhavam. Mas por que gostava de cabelos grisalhos? Teria realmente vinte anos? O ângulo não ajudava a responder. Ele virou a página. Gostava de ver as posições das mulheres. Encontrou a seção onde elas subiam nos carros dos maridos, só de meia e sapato alto. O que estariam fazendo, naquele exato momento? Ouvindo rádio? Dançando? Tomando banho? Ele não as reconheceria, caso entrassem em seu quarto.

Leu as "cartas dos leitores". Muitas falavam de casais indo a pubs ou discotecas, onde conheciam um casal de estranhos, ou encontravam amigos. O marido observava a mulher sendo comida pelos outros dois, em geral na própria sala. Em certos casos, ele entrava na farra. A prosa era padronizada, inexpressiva, inevitavelmente desprovida de humor, pois isso tiraria a graça. Os autores adoravam pontos de exclamação.

Shahid não entendia por que ele se excitava tanto com relatos tão banais, logo ele. Seus olhos, pulando das palavras para as fotos, das fotos para as palavras, cada vez mais excitados, eram os mesmos olhos que haviam apreciado as *Mil e uma noites*, ironicamente lascivas, cheias de peidos, impotência e ardis. Talvez a pornografia representasse uma aventura completa e edificante, como o mundo dos livros infantis. O outro prazer estava na diferença entre a pornografia e o sexo real: a gente não precisava pensar em mais ninguém.

Ele tirou o espelho da parede e o encostou na mesa, num ângulo mais adequado, de modo a poder deslizar para a frente e para trás, vendo o vão das pernas, enquanto se tocava. Desajeitado, sem saber bem onde meter os dedos, ele vestiu a meia que Deedee lhe dera, e calcinhas francesas, meio apertadas. Estava passando batom — borrando a boca, como a filha de Chili, Safire — quando ouviu um barulho. Correu para a porta.

Riaz estava entrando no quarto dele.

Shahid riu. Trocaria de roupa, convidaria Riaz para entrar, deixaria a revista aberta e sairia, fingindo que ia mijar. Pelo vão da porta observaria Riaz, e talvez o visse espiando a revista, virando a página para ver Greta, de Acton. Testemunharia qualquer movimento na braguilha. Riaz também tinha suas fraquezas, certo?

Talvez tivesse, Shahid ponderou. Mas faltava a Riaz o gosto pelo vulgar; não era vulnerável à depravação, e, provavelmente, tampouco à curiosidade. Não se perguntaria por que aquelas mulheres estavam deitadas em posição fetal, com aquelas roupas; nem pensaria em qual era a expressão de que mais gostava. Não levaria em conta que aquelas mulheres, cujos olhos nada diziam, estavam pensando em como e em por que se expunham por dinheiro; nem aquilo em que os homens que se masturbavam pensavam ao olhá-las; nem por que todo mundo parecia ter virado voyeur nos dias de hoje, fazendo do sexo numa poltrona a sensação do momento. As pessoas arregalavam os olhos. Mas quem faria aquelas coisas de graça?

Não; Riaz só tinha uma coisa em mente: o futuro, e como forjá-lo.

Shahid arrumou suas coisas e parou na frente da porta fechada de Riaz. Ia chamá-lo, mas conteve-se. Shahid não gostava de criticar Riaz, mas uma coisa podia dizer a seu respeito: seu riso era sempre adstringente, sardônico. A loucura não o atraía; queria discipliná-la. Como a pornografia, a religião não admitia a comicidade.

Shahid sentiu vergonha, também. A brincadeira teria deliciado papai e Chili, mas a opinião que eles tinham a respeito da natureza humana era a mais baixa possível.

Por que Riaz não podia ajudá-lo? Afinal, ele abrira seus olhos, e o metera naquela confusão. Agora, porém, exigia apenas obediência, e oferecia muito pouco em troca. Shahid havia imaginado que Riaz fosse dotado de sabedoria, e que tivesse opiniões a respeito da vida; haveria discussões até tarde da noite, e iluminação. Mas de fato só Chad tinha acesso a Riaz, e ele mantinha todos os outros à distância. Shahid colocou algumas moedas no bolso e desceu. Precisava falar com alguém.

"Oi, sou eu", disse quando atenderam o telefone.

Escutou uma música ao fundo. Deedee parecia excitada. "Shahid. Meu Deus. Onde você está? Parece tão triste."

"Acha mesmo? Mas não estou."

"Acabo de chegar da terapia."

"Anda precisando de ajuda?"

"Sim. Agora estou escrevendo minha dissertação, e esperava que você ligasse. E você ligou. Obrigada. É bom a gente poder confiar em alguém."

"Os homens costumam deixar você na mão?", ele disse, impaciente. "Não me inclua na lista, Deedee."

"É só uma saudável desconfiança. Mais ainda agora, devo admitir." A voz dela suavizou-se. "Talvez você não tenha idade suficiente para isso. O que você andou fazendo?"

Ele hesitou. Já estavam discutindo, e não poderia começar a falar de Riaz e Chad. Contou que havia se encontrado com Strapper.

Ela disse: "Odeio não ter drogas em casa. Ele parece um traficante legal".

Ele perguntou o que ela pretendia fazer mais tarde.

"Você quer mesmo me ver?"

"Não agüento de saudades", ele disse.

TREZE

Eles combinaram de se encontrar na estação perto da casa de Deedee. Ele seguiu direto para lá. Sabia que ela ansiava por vê-lo, mas ela o deixou esperando quarenta minutos. Talvez pensasse que a ansiedade o animaria mais.

Deu certo. Shahid jamais sentira tanta impaciência para pôr os olhos em cima de alguém, e observar um rosto, longa e curiosamente, deslumbrado. Intrigava-o saber que ele a tornava feliz. Deedee não ansiava por mais ninguém: ele realizaria todas as suas vontades. Como aquilo ocorrera? Quem seria ela, no fundo? Estaria Shahid à espera de uma mulher completamente desconhecida? Deedee continuaria sendo do jeito que se lembrava? Ou menos atraente? Ele a teria inventado, de algum modo ela era uma criação sua? Uma coisa era certa: queria ouvir sua voz.

Deedee apareceu discretamente vestida, de calça Levi's preta; orgulhava-se de seus seios, porém, e por isso escolheu um top curto. Ainda estava com o cabelo molhado. Shahid deu-lhe várias fitas, coisas que ouvia em casa: música dançante, misturada com faixas do Led Zeppelin e INXS, pois ela adorava rapazes com guitarras.

"Obrigada, obrigada." Ela o beijou com força; o rosto colou no dele, de tanta maquiagem. "Você está meio esquisito. Quando anda com seus amigos, sua boca vira para baixo."

"E quando encontro você ela vira para cima?"

"Quando você me encontra, cara, tudo vira para cima."

Caminharam até o Morlock. Não foi difícil localizar o bar. Dava para ouvir a música da outra ponta da rua, residencial.

"Certo", ele disse. "Meus amigos."

Do lado de fora, alguns rapazes comiam peixe com batata frita, encostados nos carros. Pelo menos, tinham aparência de rapazes; mas eram homens, de vinte e tantos anos.

"Sabe, isso, para mim, é meio enrolado."

Ela apertou o braço dele com força. "Você já consegue admitir, pelo menos. Quem sabe agora podemos ir mais longe."

Ele empurrou a porta. Olharam para dentro.

Logo na entrada havia uma mesa com dois toca-discos em cima. Um rapaz branco, agitado, esfregava os dedos nos discos, como se estivesse moldando um vaso. Logo atrás, um velho, sentado num banco, segurava no colo um vira-lata que babava em cima dele. Adiante, viram duas mulheres cheias de rugas, na casa dos setenta. Pareciam estar ali desde a guerra, ignorando o ambiente.

"Vamos ficar?", ele perguntou, incerto.

"Claro."

O Morlock não caprichava na decoração. O papel de parede desbotado começava a descolar em alguns pontos; as duas fotografias de boxeadores irlandeses, amareladas, combinavam com as mesas e cadeiras bambas. Um rapaz estava sentado com a cabeça entre os joelhos. O carpete puído estava cheio de pontas de baseados e papel prateado.

"Cadê o cara?"

"Sei lá."

Shahid e Deedee vasculharam o bar, ansiosos. Procuraram em todos os cantos escuros e alcovas, que as raras luzes coloridas e intermitentes mal conseguiam iluminar. Muitos homens com jeans Joe Bloggs, tênis e camisetas folgadas, que estavam junto às mesas de bilhar, a encararam.

"E agora?", Shahid perguntou.

"Podemos nos virar de outro jeito, aqui mesmo."

"Assim espero."

Os traficantes, que aliás eram muitos, olhavam para os lados, furtivamente. Drogas e dinheiro mudavam de mão. Eles entravam e saíam dos banheiros. Nem seria preciso: os empregados do bar, indiferentes ou discretos, permaneciam de braços cruzados, encostados no balcão, pois ninguém pedia bebida.

Shahid e Deedee ocuparam duas banquetas, perto de um sujeito que, gritando por causa da música, contava para sua rodinha como passara drogas bem em cima da mesa, a um amigo que estava na prisão. Deedee pediu vodca e ginger ale em copo alto, com gelo, enquanto observava a turma, balançando a cabeça. O barman serviu os drinques.

"Será que vou ver você dançando?", ela disse.

Shahid estava pensando se não seria melhor ir embora. Aquela não era a praia deles. Deedee os examinava com olhares excessivamente objetivos, como se fossem exemplos de suas teorias a respeito da música, moda e vida noturna.

"Duvido muito."

"Por que não?"

"Espere um pouco."

Shahid abriu caminho no meio da multidão. Na parte dos fundos, mais escura ainda, havia jovens fumando e viajando. Rapazes e moças, em grupos, só conseguiam se manter em pé apoiados na parede. Outros, sozinhos, suavam muito na cabeça, os olhos arregalados. De repente começavam a dançar, agitando os braços para cima como se tentassem se comunicar com alguém muito distante. Paravam abruptamente, como se recebessem más notícias, possuídos o tempo todo por um fogo interior incompreensível.

Shahid pisou no chão molhado do banheiro e viu vários rapazes fumando crack em cachimbos; um deles, encostado na parede, conversava com outro, enquanto um filete de vômito escorria pelo canto da boca. Um grafite afirmava: "Gente é um cu". Shahid pensou nas restrições que Chad fazia ao auto-envenenamento. Conservar sua humanidade, nos dias atuais, era uma conquista. Era preciso força de vontade para não cair no abismo quando a maioria das pessoas estava pulando de cabeça.

Ele disse a Deedee: "Prefiro me sentir bem e saudável, com a cabeça funcionando".

"Mas você está bem, saudável, e sua cabeça está funcionando, não é?"

Ele observava uma garota produzida — treze, catorze anos, no máximo —, com cabelos longos e short decorado com lantejoulas, que conversava, numa roda de adolescentes. Dançavam uns para os outros na frente dos espelhos, onde se viam sendo observados pelos homens do bar, enquanto rodavam o baseado.

No meio do grupo havia uma mulher, cinqüentona, talvez mãe de alguém, com vestido de noite manchado. Dançava grotescamente, desfazendo o círculo de vez em quando com seus giros desordenados. Tinha olhos negros e a boca torta. Fixou os olhos em Shahid; quando ele a encarou também, ela o examinou, como se o desafiasse: "Você deve vir aqui e achar que sou um lixo. Mas não sou, e posso te dar um soco".

A garota passou por eles.

Deedee disse: "O que você viu nela? Gostou da perna, do sapato, do cabelo ou das tetas?".

Ele gesticulou, de copo na mão. "Tudo."

"O que você gostaria de fazer com ela?"

"O que pretendo fazer com você mais tarde."

"Nem preciso lembrar que sou muito melhor do que essas adolescentes — com um pé nas costas. Você sabe muito bem que, comigo, pode fazer o que lhe der na telha."

Ele beijou Deedee nos dois lados da boca, ela agarrou o traseiro dele e beijou-o nos olhos. O orgulho sexual que ela mostrava e o modo como o abraçou, possessiva porém relaxada, provocaram arrepios em Shahid. Aquela intimidade descontraída provava que ela o conhecia; que estavam juntos.

Ela disse: "Você perdeu a aula sobre James Baldwin. Toquei Miles Davis. Senti sua falta. Às vezes... não agüento esperar. Mas você andou meio quieto, sumido".

O DJ aumentou a música.

"Sei disso. Mas estou aqui, agora."

As pessoas dançavam alucinadamente, como se estivessem tendo pesadelos.

"Para mim, não é nada fácil. Você me atrai. Mas não posso cometer erros. Seria arriscado demais."

"Aonde você pretende chegar, Deedee?"

"Quero dizer... conte o que seus amigos falam sobre as mulheres."

"O que acha que eles falam?"

"Tenho uma boa idéia. Sou obrigada a dar aulas para eles."

O DJ gritou: "Vamos lá! Quero ver todo mundo contente esta noite!".

Ele a pegou pelo pulso. "As pessoas são preconceituosas. Nunca vi um deles secar uma mulher. Nem olham para elas. Valorizam o respeito, ao contrário dos ingleses..." Ele gesticulou, mostrando os freqüentadores do pub. "...que consideram as mulheres um saco de carne feito para enfiar o pau." Shahid empertigou-se. "Tá bom?"

Ela riu. "Não me venha com essa."

"Como assim?"

Ela se levantou. "Chega de conversa mole."

"Não é nada disso", ele falou.

"Quero outro drinque."

Ela foi para o outro lado do bar. Aumentaram o volume da música.

Olhando para o público, Shahid viu seu pai. Ou, pelo menos, o sujeito se parecia com papai. Deedee estava parada a seu lado. Tentando atrair a atenção do barman, inclinou-se e escondeu a figura. Quando se aproximou, Shahid pôde ver o homem que conversava com ela. Chili a estava cantando.

Chili adorava sair; gostava de boates e pubs. Nos velhos tempos, quando podiam — uma final de campeonato de críquete, por exemplo —, Chili e papai iam para o pub, ver o jogo na televisão. Papai sempre dizia, ao entrar apressado pela porta de um bar, que os pubs eram a única glória da Inglaterra, e, atualmente, o único motivo para viver naquele país abandonado por Deus. Depois de algumas horas, quando Imran lançava a bola, ou Zahir Abbas marcava uma centena dupla, ou quando *spinners* indianos ou *fast bowlers* caribenhos aniquilavam rebatedores ingleses, ou mesmo se os australianos — eram colonizados, afinal — estivessem vencendo a Inglaterra, papai e Chili comemoravam euforicamente.

Após saborear ostras com um pingo de Tabasco, acompanhadas de uma caneca de cerveja preta, ele e Chili se divertiam à beça, devorando empadões de porco. Comentavam, zombeteiros, que pegariam o mulei, caso ele aparecesse ali — ocorrência rara, admita-se, no Sussex Castle —, e esfregariam a torta na cara barbuda do desgraçado, e depois enfiariam um espeto com kebabs quentes no rabo do hipócrita. Chili partia para a arruaça, e papai, pior ainda, desafiava os fregueses para um braço-de-ferro. Chili era obrigado a tirá-lo de lá, enquanto papai berrava: "Lutei para salvar as vidas de vocês, seus filhos da mãe. Beijem minha medalha!". Ele saía porta afora nos braços de Chili, agitando as pernas como uma noiva na primeira noite.

Chili costumava levar papai de carro para Londres, à noite. Só Deus sabe que rumo seus terríveis prazeres, dos quais Shahid era excluído, tomavam então. Por intermédio de Tipoo, descobriu que gostavam de fazer apostas do tipo "primeira de uniforme". O ganhador seria o primeiro a foder uma enfermeira, guarda de trânsito ou policial feminina. Naturalmente, exigia-se uma prova — um item do uniforme. Por isso, o boné de uma guarda de trânsito ocupava lugar de destaque na mesa de Chili, como um troféu.

Pelo menos Chili podia ser controlado, enquanto papai estava vivo. Pois ele amava o velho e temia magoá-lo. Agora, papai estava morto. E o que Chili estaria fazendo aqui, agora, numa noite como esta?

Deedee voltou do balcão com as bebidas. Chili a seguiu, até que seus olhos escuros como cerveja preta se fixaram em Shahid. Saudou o irmão com o copo, como se o encontrasse no Morlock todas as noites. Chili estava indo embora quando Strapper colocou a mão em seu ombro. Os dois começaram a falar e discutiram, aproximando os rostos.

Deedee voltou e pôs o copo em cima da mesa. "É esse o cara?"

"É. Está com Chili."

"Seu irmão?"

"Meu irmão."

"Uau."

"Pois é."

Ela olhou na direção dos dois. Várias pessoas, ao passar por Strapper, o saudavam e tocavam. Outros apenas acenavam. Mas ele não se impressionava com isso.

"Eles se conhecem?"

"Creio que não."

"Qual é o problema? Não esperava encontrar seu irmão aqui?"

"Nem sabia que ele freqüentava este tipo de bar."

"Ele poderia dizer o mesmo a seu respeito. Quer me apresentar a ele?"

"Acho melhor dar o fora. Eu mesmo não estava a fim de cruzar com ele."

"Por quê?"

"Quero ficar só com você."

"Ótimo."

Estavam terminando os drinques quando Strapper e Chili se aproximaram.

"Saco, é tarde demais", Shahid disse.

Deedee segurou sua mão, e alisou os dedos, um a um. "Ele não é tão bonito quanto você. Não posso imaginá-lo corando. Apesar disso, tem um ar refinado, né?"

"Você acha?"

"Parece um padre."

Chili insistiu em abraçar Deedee, beijá-la duas vezes no rosto, encará-la com intensidade.

Ela retribuiu o sorriso. "Oi, Chili, seja lá você quem for."

"Tome cuidado. Como pôde trazer meu irmãozinho a um antro destes? Acho que eu devo me intrometer."

"Pois é. Estou levando seu irmão para o mau caminho."

"Qual é o seu nome?"

"Deedee Osgood."

"Gosto de maus caminhos, dona Deedee Osgood. Quanto pior, melhor, pela minha cartilha. Não que eu a leia. Strapper adora livros, não é, cara? Me disseram que você anda metida com educação. Vamos tomar uma. O que vocês querem? Shahid? Deedee?"

Deedee empurrou o copo para a frente.

"Não quero nada", Strapper disse. "Não tomo álcool."

"Strapper virou natureba", Chili comentou, rindo, e chamou o barman. "Um verdadeiro santo. Nunca o vi tão disposto. Parece ter saído de um anúncio de arroz integral. Cante um rap para eles, Strapper. Ele sabe falar um bocado. Quantas pessoas são capazes disso?"

"Não enche o saco. Quantas vai, porra?", Strapper disse. Tinha os olhos encovados. Não refletiam de volta a luz que sugavam. Em comparação com o encontro anterior, estava circunspecto e arredio. "Sou seu passaporte para as alturas."

Deedee disse: "É exatamente isso o que a gente quer. Galgar a torre Eiffel".

"Mande a moça para o alto da torre Eiffel, Strap. Ela é estupenda, sexy para danar", Chili disse. "Merece o melhor, no ato, seu bosta."

Strapper se abaixou para pegar as drogas escondidas no rodapé. Assim, caso houvesse uma batida, sairia limpo, como sempre.

"Eis aí um bom menino", Chili disse, gesticulando com o dinheiro de Deedee na mão. Ele informou a Strapper: "Depois eu pago você".

Shahid passou o braço em torno de Deedee e fez com que ela se afastasse do bar.

"Quero dançar, agora."

Começaram a se mexer lentamente, bem pertinho um do outro, embora a música fosse rápida e os freqüentadores do pub pulassem em sincronia, agitando os braços e dando vivas em torno deles.

"Você tem uma ginga e tanto", ela disse. "Como está se sentindo?"

"Muito bem, por estar a seu lado."

Ela disse: "Você sabe ser muito doce, e a farra ainda nem começou".

"É verdade."

"O que é isso, agora?" Ela o apertou contra seu corpo. "Ficou de pau duro, né?"

"Com certeza."

"Não podemos passar a noite juntos."

"Por que não?"

"Ah, coitadinho, ficou chateado?"

"Deedee."

"Se os estudantes que moram lá em casa descobrirem que um aluno anda me comendo, vai dar a maior encrenca. Sexo com universitários não faz parte do currículo. Ainda por cima, sou obrigada a agüentar a cara feia de Brownlow quase todas as noites, embora ele diga que está de mudança." Ela pegou Shahid pela mão e o conduziu para o outro lado do pub. "Vamos."

"Para onde?"

"Não posso deixar você neste estado."

Eles se beijaram na porta do banheiro. Shahid invejava os gays, que entravam no toalete, tiravam o pau para fora e mandavam bala, antes mesmo de apertarem as mãos.

Ela abriu a calça de Shahid e segurou seu pau com a mão quente. Em seguida, cuspiu na palma da mão e começou a agradá-lo, puxando e apertando as bolas com os dedos.

"Mais forte."

"Não estou machucando você?"

Ela começou a bater uma punheta. Ele se abandonou. Ela parou e perguntou: "O que seus amigos diriam disso?".

Ele riu, abriu o zíper da calça jeans dela e enfiou a mão lá dentro.

"Vê se não corta o meu barato, Deedee."

"Então vê se não me provoca. Diriam que você é hipócrita?"

Ele tirou a mão de dentro da calça e sentiu seu sabor. "Hein?"

No toalete ao lado, alguém baixou a tampa da privada.

"Você não passa de um hipócrita, tecnicamente falando, certo?"

"Tecnicamente falando, continue a punheta."

"Espere aí. Sou ótima nisso, quando estou a fim. Mas quero que me diga: o que você pretende fazer a respeito deles?"

"Eu..."

O ocupante da privada vizinha começou a conversar pelo telefone celular.

"Fale."

"Pretendo me afastar deles."

"Sério? Gostaria que você só dissesse uma coisa dessas quando fosse verdade."

"Acontece que ando muito inseguro, assustado. Tudo tem dado errado para mim."

Ela recuou para ouvir o resto. A calça dele caíra até a altura do tornozelo, pousando sobre o chão encharcado. A cueca ficou presa no joelho. Ele cruzou os braços na altura do peito. O cheiro de vômito empesteava a atmosfera.

Ela riu. "Adoro olhar para você, assim."

"Obrigado."

"Mas está tremendo."

"Por favor, Deedee. Odeio que me digam o que devo fazer. Preciso decidir as coisas por mim mesmo! Não agüento mais essa pressão toda."

"Entregue-os a Deus, e eles poderão deixá-lo por minha conta. Confesse: 'Sou ateu, blasfemador e depravado'. Diga isso de joelhos, aqui neste banheiro. Nunca pensa nessas coisas?"

Ele cobriu o sexo com as mãos e balançou a cabeça.

"Não, não! Ficou louca? Não pretendo ficar para sempre por fora de tudo."

"Então é assim, né?"

"Quero seguir as regras."

"Mesmo que sejam absurdas?"

"Deve haver alguma razão para elas. As regras vêm sendo seguidas por milhões de pessoas, há centenas de anos."

"Esperava mais de você, além dessa ortodoxia niilista."

"Ora, Deedee, pare com isso."

"Gosta de livros, não é? E a maioria dos romances, como a maioria das vidas, deveria levar o título de *Ilusões perdidas*. Não é isso o que você acha?"

"Não dá para você me fazer gozar e calar a boca, hein? Nunca vi você dando aula na privada, antes."

"Chegou a hora de começar", ela disse. "Do jeito que a educação anda, nos dias de hoje..."

Ele ergueu a calça. "Preciso sair daqui."

"Tá legal."

Ela o seguiu. Dois rapazes que urinavam sorriram, maliciosos. Chili assoava o nariz na pia. Seus olhos brilhavam. Guardou o lenço, mas Shahid percebeu as manchas de sangue no tecido.

Chili beijou Shahid na testa e disse: "Bem que eu reconheci sua vozinha choramingona".

Deedee arrumou o cabelo. O pub ia fechar. Saíram para a rua.

Shahid disse a Chili: "Cadê o seu carro?".

"Vou para a sua casa."

"Por quê?"

"Não faça perguntas estúpidas."

Shahid disse: "Você está confortável lá, é?".

Chili ergueu o dedo, ameaçador. "Veja lá como fala comigo, tá?"

Deedee viu um táxi e acenou.

"Deedee..."

Shahid pensou ter visto lágrimas nos olhos dela.

"Preciso resolver alguns problemas sérios. Tchau."

Nem mesmo o beijou. Ao se afastar, jogou o cabelo para trás. De repente, ele temeu nunca mais encontrá-la. Queria correr atrás de Deedee, mas a amante sumiu no táxi, e seu irmão estava junto com ele.

Strapper saiu do bar e aproximou-se de Chili.

"Cadê o meu dinheiro? Onde você escondeu?"

Chili começou a andar e tentou se livrar do outro. "Não se preocupe, cara, está guardadinho, esperando por você." Mas Strapper o segurou pelo braço. Chili disse: "Ei, você ainda não me conhece, merdinha?".

"Conheço você muito bem. É um cara legal", Strapper respondeu. Chili baixou os punhos cerrados. "Pague logo", Strapper disse. "Quero comprar mais bagulho."

"Vê se larga do meu pé, pelo menos esta noite."

"Quando você vai me pagar, então?"

"Sai, moleque. Seus problemas idiotas torram o saco de qualquer um."

O ar magoado que anuviou o rosto de Strapper revelava mais cansaço do que raiva, como se ele tivesse passado pela mesma situação antes, várias vezes, e ainda não se conformasse com o remédio inacreditavelmente amargo que a vida lhe reservara, como se tivesse ganhado o prêmio de consolação e não soubesse por quê.

"Chili", implorou.

Mas Chili meteu a mão espalmada no peito de Strapper e o empurrou, cambaleando, na direção da rua. O rapaz tropeçou e caiu na sarjeta. Levantou-se e correu como uma criança, indo atrás de um grupo que saía do Morlock.

Shahid e o irmão voltaram para casa. No começo da escada, Chili encostou na parede. Observando o rosto acinzentado do irmão e as sombras escuras sob seus olhos, Shahid pôde ver como Chili, até então um jovem, seria na velhice. Chegaria o dia, pensou, no qual alguém me olharia assim, também. Mas Chili não dava a mínima para nada, naquela altura.

"O que você andou tomando, Chili?"

"Menos do que preciso."

Para que conseguisse subir a escada, Shahid precisou empurrá-lo por trás, com força. Felizmente, o viciado em anfetamina do andar superior estava lavando o chão, ajoelhado perto do balde. Adorou ajudar Shahid. Shahid teria preferido, contudo, que enquanto subiam ele não cantarolasse "He ain't heavy, he's my brother".

Os três já estavam chegando quando Shahid escutou a voz de Riaz. Para piorar mais ainda a situação, Riaz conversava com Chad. Por que estariam conversando no corredor? Pretendiam descer? Shahid ordenou a Chili que se levantasse. "Tente não cambalear", disse. "E zíper na boca!"

"Como é?"

"Boca fechada, Chili."

Shahid viu Chad e Riaz, parados no alto da escada. Cumprimentou-os com um movimento da cabeça, sorrindo do modo mais casual possível, mas não falou nada, temendo que sentissem o cheiro de bebida. Como de costume, Riaz parecia ansioso para que passassem logo, impaciente mesmo. Chad fechou a cara para o trio.

Shahid empurrou Chili para dentro do quarto, e alegrou-se ao ver que o irmão conseguia se manter em pé. Chili tirou o paletó, esfregou os ombros com a ponta dos dedos e o pendurou nas costas da cadeira. Sentou-se e massageou a testa, como se tentasse se acalmar. Habituara-se a ignorar Shahid, e este estava acostumado com o silêncio do irmão. Shahid vestiu o pijama e foi até o banheiro, no final do corredor.

Quando Shahid voltou, Chili estava com as mãos atrás do fogão, ajoelhado.

"Chili."

Ele continuou procurando algo e, depois de algum tempo, disse: "Você e aquela mulher ainda gostam um do outro? Como é mesmo o nome dela?".

Shahid respondeu ao irmão, sem se virar: "Deedee Osgood. O caso anda meio difícil. Precisamos manter tudo em segredo, por várias razões".

"Acho que ela não queria deixar você esta noite. Faria qualquer coisa por você. Aproveite."

"Ela odeia meus amigos."

"Achei!"

"Hein?"

Chili puxou um saquinho plástico de trás da geladeira de Shahid, abriu-o e tirou um papelote. Havia cocaína suficiente para duas carreiras finas, que ele esticou num livro de Shahid. Cheirou as duas, lambeu o papel, a nota de dez libras e o livro.

Shahid murmurou: "Seu contato mais íntimo com a literatura, até hoje".

Quando Chili ergueu a cabeça novamente, já se esquecera do tema da conversa. Um filete vermelho escorreu por uma das narinas, como uma lágrima, e caiu em seu colo.

Shahid foi para a cama. Chili deitou-se no chão duro, de olhos abertos. Fumava, os olhos fixos no teto.

"Tem alguma bebida por aqui?"

"Felizmente, não."

"Você é contra a bebida, por acaso?"

"Antigamente não era."

"E agora?"

"Seria melhor se as pessoas se cuidassem, não acha?"

"Quantas vezes você rezou hoje, seu merdinha moralista?"

"Chili, por que você não dorme?"

"O chão é duro demais. Cadê o senhorio? Tenho queixas a fazer. Ele é um filho da mãe."

Shahid levantou-se e arranjou cobertor e travesseiro para o irmão.

"Por favor, tente dormir. Feche os olhos e procure relaxar, agora."

Chili cobriu-se. "Seria mais fácil morrer."

Shahid sentou-se no chão, ao lado dele.

"De quem você anda fugindo? Sei que está se escondendo de alguém. O que você foi fazer no Morlock?"

"Qual é, virou detetive?"

"Dificilmente viria para cá, se não fosse por isso. Você não gosta de mim. Sente saudades de papai, por acaso?"

"Você sente?"

"Claro."

"Bem que imaginei", Chili disse. "Ele fez de tudo por nós. Mesmo assim, dou graças a Deus por não ter o velho para pegar no meu pé, agora."

"Por quê?"

"Se estivesse vivo, sofreria um enfarte, por causa dos filhos. Qual de nós dois, em sua opinião, o decepcionou mais?" Chili começou a rir. "Adoraria tirar uma foto sua, rezando ajoelhado, para mandar a ele, lá no céu. Provavelmente, papai diria: 'Mas o que este menino está fazendo? Procurando uma moeda perdida?'."

"Você aprontou alguma? Algo realmente terrível? Por que não me conta?"

"Pobre coitado, se matou de tanto trabalhar. Para quê?"

"Para levar uma vida decente."

Chili agarrou Shahid pela gola do pijama e o puxou para perto de si. "E você sabe o que é isso, por acaso? Está querendo dizer que leva uma vida decente, é?"

"Não! Me larga!"

Chili segurou o braço do irmão com uma das mãos e o torceu. "Ninguém sabe!" Com a mão livre, esbofeteou-o. Shahid sentiu a face quente, vermelha. Tremia de raiva. Ergueu o punho cerrado. Chili bateu novamente.

"Agora cale a boca."

"Vai se foder. Vai se foder!"

Shahid jogou-se na cama. A cena o fez lembrar-se da infância. Gostaria de poder dizer: vou contar para o papai. Mas papai não estava mais ali. Ninguém mais — convencera-se disso — zelava por eles.

CATORZE

Shahid assistiu a duas aulas e depois passou na biblioteca. Estudante organizado, conseguia decorar toda a matéria, que apagava da mente após o exame. Compreendera o que esperavam dele, e pretendia se formar sem entrar em pânico, nem passar noites em claro estudando, valendo-se de sua disciplina e concentração. O curso o entediava cada vez mais; tudo andava meio estranho, porém, nos últimos tempos.

Ao sair para a rua, viu que o sol brilhava. Os londrinos amavam dias amenos, tiravam os casacos ao menor sinal de tempo bom, e passavam na Boots para comprar óculos de sol. Aproveitavam a hora do almoço para passear nos parques, onde os narcisos e crocos floresciam prematuramente, e erguiam o rosto para o alto, esperançosos. Ou, se o frio do inverno ainda incomodasse, seguiam em turma para os pubs, onde ficavam até as duas e meia, comendo torta de carne com rim e tomando cerveja.

Num pub irlandês próximo, Shahid pediu sanduíche de queijo quente no pão preto, e o comeu com mostarda, Branston Pickle e ketchup. Não quis beber; sabia que o pub estaria cheio de empregados de escritórios, sem muitos estudantes. Não viu nenhum dos irmãos.

Como prêmio pelo esforço matinal, resolveu começar um romance. Leu com um lápis na mão, tentando descobrir como o autor obtinha determinado efeito, para estudá-lo e adaptá-lo a seus próprios personagens, no bloco de anotações. Em seguida, embarcou numa história que se chamaria "A carne, a carne".

Aquilo era formidável, mais do que satisfatório; sua imaginação se soltou; tudo funcionava. Enérgico e motivado, sentiu seu potencial explodir. Poderia haver coisa melhor? Uma secretária saiu dançando pelo pub, ao som de uma música do Kiss, que escolhera na *juke box*.

Começara o dia assistindo à aula de Deedee. Naquela manhã, ela tivera uma reunião — comparecia a muitas, pois a faculdade ia ser privatizada. Usava um conjunto preto, com sapatos de verniz cor de vinho, meio gastos na parte interna. Algo a perturbara; estava ríspida, mal-humorada. Fuzilou com o olhar um estudante que nunca tinha ouvido falar em Freud. Caminhando pela classe, tirou o casaco, sob o qual usava camiseta vermelha de seda. De vez em quando parava, sentava-se em cima da mesa e balançava o pé, como se pretendesse chutar os alunos, usando porém as dobras da saia para esconder as pernas. Ela fez isso, Shahid pensou, bem lentamente. Claro, Deedee acreditava que a educação precisava ser excitante. No final, agradeceu aos estudantes; quando Shahid terminou de recolher seu material, ela já havia saído da sala.

"Deedee", chamou, correndo atrás dela. "Espere um minuto."

Na escada, porém, ela foi cercada pelas Três Graus Zero, uma mulher caribenha, outra indiana e a garota irlandesa de cabelo rosa. Deedee tinha um bando de fãs do gênero, que deliravam quando ela surgia no corredor. Aquelas três, contudo, eram as mais devotadas. Imitavam seu jeito de vestir, e a estudavam como se fosse a Madonna.

Shahid seguiu as colegas, e, quando ia ultrapassá-las, Deedee parou para conversar com Tariq, um dos irmãos. Sabendo que não seria conveniente falar com ela no momento, Shahid deu a volta no prédio. Quando retornou, as fãs montavam guarda na porta da sala. Esperou meia hora, à toa. Foi para o pub.

Agora voltaria para casa e esperaria seu telefonema.

Ao subir a escada, ele se deu conta de que se esquecera de Chili. Naquela manhã, quando saía para a faculdade, Chili se levantou do chão e deitou na cama, sem abrir os olhos. Mas ele não estava mais lá, e nem tocara na xícara de café que Shahid deixara ao lado da cama.

Shahid estava trabalhando no manuscrito de Riaz, quando Hat bateu na porta, entrou e disse: "Precisam de nós no East End". Shahid voltou para a mesa e retomou a digitação. Hat parou atrás dele, apoiando as mãos em seu ombro. "A família está de mudança, do apartamento para outro lugar. O pai continua no hospital. Precisam de ajuda para carregar os móveis."

"Mantenha os olhos afastados do que estou fazendo."

Hat, automaticamente, recuou um passo. "Você quer ir conosco?"

"Não é minha vez. Preciso digitar isso para Riaz."

"Depois você continua."

"Só estou obedecendo ordens."

Hat suspirou. "Riaz quer falar com você. Apareceu uma coisa importante."

"O que é?"

"Chad está cuidando de tudo. Não disse nada para ninguém."

"Como de costume."

"Ora, Shahid, não diga isso. Sei que Chad é meio esquisito, mas tudo bem. Você não gostaria de comer bindi?"

No caminho, pararam no restaurante da família de Hat.

Hat deixou Shahid numa mesa e trouxe-lhe comida e um pote do chutney de maçã apimentado, especialidade de seu pai. Com uma tigela de rabanete à frente, Hat sentou-se também. "Experimente este chana, yaar!" Hat pegou uma garfada de grão-de-bico e levou a comida à boca de Shahid. "Qual é o problema, Shahid? A gente notou que você anda agitado. Alguém disse que está escondendo coisas."

"Acha mesmo, Hat?"

"Não posso dizer que o tenha visto cometendo atos indignos."

"E alguém viu?"

"Uma emoção muito profunda o está perturbando. Algo errado? Ainda não consegue ter fé?"

Shahid permaneceu mudo. Gostava de Hat; não queria iniciar uma conversa que poderia se transformar em discussão. Embora Hat o encarasse, pesaroso, como se dissesse: "Eis aqui um amigo disposto a ouvi-lo, se você quiser se abrir", Shahid, agradecido, disse apenas: "Não se preocupe comigo, Hat, só estou remoendo algumas questões pessoais".

"Não se esqueça de que sou seu amigo", disse Hat.

Enquanto todos estavam ocupados carregando camas, guarda-roupa, geladeira, televisão e brinquedos das crianças para o caminhão, Shahid passou por Chad, na escada, e ouviu-o dizer: "Legal, né, o que os iranianos disseram?".

"O negócio de *fatwah*?"

"Isso mesmo."

Shahid disse: "Ouvi comentários na faculdade, hoje de manhã. Mas não entendi direito. Você acha que é para valer?".

Chad disse: "Aquele livro circula por aí já faz muito tempo, e ninguém fez nada. Ele nos insultou — insultou as esposas do profeta, a família inteira. Sacrilégio e blasfêmia. A punição é a morte. Aquele sujeito vai pagar caro".

"Tem certeza de que isso é necessário?"

"Está escrito."

Shahid gostara de *Os filhos da meia-noite*. Admirava o autor. Não entendia por que Chad estava tão revoltado.

Ele disse: "Se houve insulto, não poderíamos simplesmente esquecer? Se um idiota me chama de filho da mãe, num pub, acho melhor nem pensar no assunto. A gente não deve permitir que tais atitudes nos perturbem".

Chad o encarou, desconfiado. "Do que você está falando?"

"Como assim?"

"O que você está querendo dizer, exatamente?"

"Exatamente o que eu disse."

Chad balançou a cabeça, incrédulo.

Em pouco tempo, ficou claro o quanto o caso avançara. Enquanto subiam e desciam com a mudança da família, Shahid conversou com Tahira, Sadiq, Tariq. A opinião de todos era unânime. Riaz havia dito a Chad que todos aplaudiram a decisão do aiatolá, e Chad passara a informação ao grupo.

Chad e Shahid ficaram sozinhos no apartamento vazio por algum tempo.

"Isso não é tudo. Saiu a confirmação da sentença contra ele." Chad olhou para Shahid, severo. "Agora ninguém pode duvidar."

Shahid concluiu que era disso que Hat estivera falando antes. "Que confirmação?"

"Não dá para explicar agora — temos muito a fazer", Chad disse, saboreando o segredo. Naquela altura, o resto do grupo, tendo terminado a primeira parte da mudança, se reunira em torno dele.

"Então, o que é?", Tahira perguntou.

Chad gostava das atenções, mas não podia revelar tudo; precisava, porém, adiantar alguma coisa.

"Só posso dizer, para matar um pouco a curiosidade de vocês, que recebemos um sinal miraculoso."

Tahira bateu palmas. "Um sinal! Somos afortunados! De que tipo?"

"Uma seta."

"Uma seta?", Shahid repetiu.

"Sim, uma seta, apontando diretamente para o autor."

"Que tipo de seta?", Hat perguntou.

"Quantos tipos de seta você conhece, diacho?", Chad disse. "Idiota." Estava quase insultando Hat, mas se conteve quando Tahira lhe lançou um sorriso de censura. "Só posso contar mais uma coisa. É uma seta na forma de uma fruta."

Eles refletiram sobre a frase.

"Deve ser uma banana", Hat disse.

"Não é uma banana. Vou dar um soco na sua cabeça."

Eles seguiram em silêncio no caminhão, por uns três quilômetros. Supervisionados pela dona da casa, descarregaram as tralhas num apartamento quase igual, numa área de bengaleses. No final, embora cansados, Chad os obrigou a subir novamente no caminhão vazio. Em vez de levá-los para casa, seguiu para os subúrbios ao norte de Londres.

Rompendo o silêncio nervoso que durou alguns quilômetros, Chad disse, finalmente: "Isso é inteiramente confidencial, mas creio que já posso adiantar que a seta é uma berinjela".

"Como é?"

"Esperem e verão."

"Como assim, uma berinjela?", Hat disse. "Como uma berinjela pode ser uma seta?"

"*Farhat* — feche a boca", Tahira disse.

"Mas como a berinjela virou seta?", Shahid disse.

"Bando de idiotas!", Chad gritou, tirando as mãos do volante para tapar as orelhas. Quando o carro desviou para o meio da rua, eles gritaram, pedindo que olhasse pelo pára-brisa de vez em quando, ao menos. "Então prestem atenção! Não criem problemas para um irmão!"

Ele contou que um casal de fiéis cortara uma berinjela, e descobrira que Deus gravara palavras sagradas na polpa. Moulana Darapuria confirmara que a berinjela era um sinal sagrado.

"Vamos mostrá-la a todos", Chad disse.

"Onde?"

Chad apontou para a frente. "Já posso revelar que nos aproximamos do local de exposição da berinjela."

Chad explicou que um grupo de irmãos, em colaboração com moradores locais entusiasmados, já instalados, haviam sido convocados por Riaz para guardar a porta da casa, garantindo que a multidão se comportasse de modo ordeiro, e que a imprensa não ligasse holofotes quentes em cima da mensagem de Deus, que rapidamente enrugava. A exemplo do apartamento protegido por eles, haveria um sistema de turnos.

Shahid viu Riaz esperando por eles, ao lado de irmãos da faculdade e irmãs que residiam no bairro. O grupo de Chad entrou na casa suburbana minúscula. Na sala da frente, Shahid examinou o miolo da berinjela. Hat, Tariq e Tahira o rodearam.

"Posso ver claramente", Tahira disse. "Deus me concedeu a graça desta visão."

"Você vê alguma coisa, Hat?", Shahid perguntou.

Hat fez que sim, discretamente.

Shahid saiu para tomar um pouco de ar, encostando num muro próximo. Decidiu não entrar lá novamente, e sim retornar a seu quarto. Seguia na direção do ponto de ônibus, quando topou com Riaz, que andava depressa, ansioso, com as pálpebras rosadas de tanta tensão. Pareceu aliviado ao ver Shahid.

Shahid se deu conta de como era raro ver Riaz sozinho. Mesmo quando trabalhava, em seu quarto, costumava ter companhia.

"*Assalam alaikum*", ele disse.

"*Salam*, irmão."

Em silêncio, eles observaram a multidão. Shahid pensou no que poderia dizer, agora que se apresentava uma oportunidade.

As pessoas, excitadas porém pacientes, esperavam em fila de quatro, ao longo da cerca de diversas casas geminadas idênticas. Não fazia calor, muita gente estava agasalhada. Pareceria fila de filme indiano, não fosse por tantas pessoas idosas, com ar de quem só saía para visitar parentes, acompanhar um enterro ou testemunhar um milagre. Assumiam uma atitude festiva, passeando, cumprimentando conhecidos em voz alta, fofocando.

Um senhor idoso, que Shahid se lembrou de ter visto no consultório de Riaz, aproximou-se para reclamar que os ricos locais — proprietários de restaurantes, importadores, donos de lucrativas lojas de artigos esportivos e material elétrico — chegavam de carro com motorista, para ver a Casa do Milagre. Ou estacionavam em fila dupla, desciam e furavam a fila.

"Olhe, olhe", disse.

Um casal agia como ele descrevera. O homem, gorducho, usava camisa branca de viscose e calça de toureiro preta, justa. Combinava com os óculos espelhados, corrente de ouro no pescoço, brinco de ouro e pulseira grossa de ouro. Um molho de chaves tilintava, preso ao cinto de crocodilo. Seu cabelo formava uma massa densa no cocuruto. Tingido com hena, cor de tijolo, dava-lhe o aspecto de quem carregava na cabeça um filão de ouro, como uma coroa de farelo de pão. A mulher de pele clara que acompanhava o marido moreno vestia camiseta rosada, calça Levi's branca e calçava sapato branco de salto alto. Não usava jóias; jamais poderia competir com o marido.

Shahid disse que ele e os outros fariam o possível para impedir abusos do gênero.

Ele perguntou a Riaz, abruptamente: "Mataria um homem por escrever um livro?".

Riaz não se destacava pela presença física. Shahid o imaginava no recreio da escola, a mão erguida para proteger o rosto, esquivando-se dos golpes dos mais fortes.

"Eu o apedrejaria. Acho que é o mínimo que se deve fazer com ele. Está sugerindo que há algo de errado nisso?"

"Me vira um pouco o estômago."

"E por quê?"

"Acho essa atitude muito violenta."

"Por vezes é preciso recorrer à violência, sim, para extirpar o mal."

"Mas não somos pessoas compassivas, irmão?"

Riaz colocou a mão nas costas de Shahid. Caminharam, afastando-se da casa.

"Você é anarquista?"

Shahid hesitou. "Creio que não."

"Então, qual o problema? Deve haver ordem na sociedade, para que os elementos permaneçam coesos. Estamos com muita raiva."

"Sei disso, mas..."

"Não apóia seu povo? Olhe para essas pessoas. Abandonaram suas aldeias, mal sabem ler e escrever, não são bem-vindas aqui. Sofrem o dia inteiro, com a pobreza e os insultos. Não devemos, nesta terra que diz defender a liberdade de expressão, dar-lhes uma voz? Não somos os afortunados, afinal?"

"Afortunados, irmão?"

"Recebemos alguma educação. Não trabalhamos noite e dia como escravos, nas lojas e fábricas. Isso significa, porém, que temos outros deveres, não é? Não podemos abandonar nosso povo e viver só para nós mesmos."

"Não."

"Se agirmos assim, significará que fomos totalmente absorvidos pela moral ocidental, e nos transformamos em individualistas, certo?"

Riaz parou para cumprimentar um conhecido.

Shahid notou que um senhor branco, idoso, no jardim da casa vizinha, em companhia da esposa, montara uma mesa sobre cavaletes para vender suco de fruta e sanduíches, passando a comida e a bebida por cima da cerca. Guardava o dinheiro numa lata. Um cartaz, pintado à mão, com a palavra *hallal*, visava, provavelmente, garantir algum tipo de imunidade.

Shahid observou o sujeito cuja amizade almejara. A exemplo dele, embora com menos razão, Riaz também parecia estranhamente deslocado ali. Ele amava "seu povo", mas se mostrava desconfortável na presença das pessoas, exceto quando lhes prestava assistência. Riaz tinha muito pouco: nada de esposa, filhos, carreira, hobby, casa ou bens. Extraía a motivação para viver da religião, e da certeza de saber a verdade sobre como os outros deveriam viver. Essa fixação o tornava poderoso e, agora, digno de pena, na opinião de Shahid.

Riaz reaproximou-se dele e, com o entusiasmo ingênuo que adotava ao falar do assunto, perguntou: "Me diga uma coisa, como vai o serviço de digitação?".

"Andei pensando em falar sobre isso, irmão..."

"Sim?"

"Gostaria de corrigir alguns detalhes."

"Excelente." Ele bateu palmas. "Precisou traduzir meu trabalho para o inglês?"

"Não. É que..."

"Precisa de uma revisão de estilo?"

"Isso mesmo."

"Ótimo. Chad informou que você tem trabalhado em seu quarto quase todas as noites, até tarde."

"É verdade."

"Também tenho essa obsessão, quando começo a escrever." Riaz ponderou, por um momento, antes de dizer: "Em seu trabalho pessoal, qual é exatamente o tema?".

"A vida, suponho."

"Em geral, ou de algum ponto de vista em particular?"

"De nenhum ponto de vista", disse Shahid com firmeza.

"Nenhum? Eu sempre tenho um ponto de vista. Ah, se pelo menos eu tivesse mais tempo para escrever! Como você arranja tempo?"

"Ora, irmão, o que não lhe falta é disciplina."

Riaz sorriu. "Muita gente precisa de mim. Tenho mais de cem cartas respondidas, em meu quarto. As necessidades pessoais ficam em segundo plano. Não são tão importantes. Chad contou que um texto seu chegou a ser publicado."

"Um conto. Numa revista. Escrevi já faz muito tempo."

"Isso me impressionou."

"Obrigado."

"Qual era o nome?"

"Hein? Ora... não importa. No momento, porém, estou trabalhando num conto chamado 'O tapete de orações'."

"Será publicado?"

"Quem sabe."

"Estou interessado, pois tenho a impressão de que os excluídos como nós encontram dificuldade em obter aceitação. Os brancos são muito fechados. Admitem pessoas como nós em seu mundo?"

"Ora, não há nada mais na moda do que os excluídos."

Riaz estranhou. "Como assim?"

Shahid deu de ombros. "Novidade. Mesmo alguém como o irmão poderia fazer muito sucesso, se fosse descoberto pela mídia. Pense em quanta gente poderia atingir."

"A mídia. É mesmo. Trata-se do caminho certo, para nós. Devemos utilizar todos os canais para transmitir a mensagem da devoção. Torço para que, em breve, você prepare um artigo sobre a questão da blasfêmia, para os jornais de alcance nacional. Já pensou na possibilidade?"

"Não... ainda não."

"Mas não seria exatamente esse o trabalho que deveria fazer em prol de nosso povo? Lembre-se, as massas são mais simples e mais sábias do que nós. Podemos aprender muito com o povo. Você acha que alguém deve abandonar o povo ao qual pertence?"

"Essa questão me incomoda, irmão. Gostaria de compreendê-la melhor. Gosta, por acaso, de viver na Inglaterra?"

Riaz piscou e olhou em torno, como se nunca tivesse pensado nisso antes.

"Esta nunca será a minha terra", ele disse. "Jamais a compreenderei inteiramente. E você?"

"Para mim, serve. Não me sentiria à vontade em outro lugar."

"Andamos muito preocupados com você. Espero que o irmão Chad, encarregado de supervisionar seu bem-estar, o tenha ajudado."

"Chad? Mas é claro."

"Sente-se mais feliz agora?"

"Feliz? Riaz, tenho tantas dúvidas..."

"Afaste-as!", Riaz declarou, com a confiança enérgica que levara Shahid a admirá-lo.

"Mas, Riaz..."

"Acredite na verdade! Os intelectuais vivem presos em suas próprias teias. Veja o doutor Brownlow. Quem gostaria de ser um tolo tão inteligente e, mesmo assim, viver tão atormentado? No final, encontra-se o refúgio na fé e na confiança em Deus. Entretanto, percebo que há algo importante no que você diz."

Shahid olhou para Riaz, atento. "É mesmo?"

"Como sabe, argumentam que somos antidemocráticos. Por que não discutir a questão, em profundidade?"

Shahid disse: "Certo. Devemos discutir isso, sem preconceitos".

"Por que não? Gostaria de falar aos irmãos e irmãs, num dia e lugar específicos?" Shahid fez que sim. "Então devemos fazer isso logo. Por que não amanhã de manhã? E, por favor, escreva um artigo sobre a arrogância ocidental em relação ao nosso direito de não sermos insultados."

"Depois da discussão", Shahid disse.

"Muito bem", Riaz disse. "Você tem o dom da persuasão, creio."

"Obrigado."

Naquele momento, todos viraram a cabeça.

Um Escort vermelho parou, cantando os pneus, na frente da casa sagrada. Por algum motivo, talvez em função daquele dia ter sido tão inusitado, Shahid pensou que alguém atacaria a multidão ou a casa.

Um rapaz de camiseta preta de malha e calça de couro saiu do carro e encarou a multidão, desafiador. Abriu a porta traseira, e outro rapaz, com cabelo platinado e curativo na orelha, desceu. Os dois montaram guarda ao lado do carro, como crianças brincando de adultos durões.

Riaz balançou a cabeça, satisfeito. "Mas isso não poderia ser melhor."

Shahid viu Brownlow, parado na porta da casa, sorrindo para o carro. Assim como todos os outros, ele observou um sujeito grande, de sorriso largo escancarado na cara rosada brilhante — e que aparentemente estava escondido no banco traseiro —, descer e olhar para a multidão de curiosos. O homem disse, asperamente, para os rapazes: "Calminha, meninos. Trata-se de uma festividade cultural".

"Meu Deus do céu, é o Messias de Borracha", exclamou um branco.

"Olá, pessoal! Saudações para todos!"

O sujeito acenou para a multidão, e não se perturbou quando ninguém, nem mesmo as crianças, quis retribuir o cumprimento.

"Ele não é muçulmano, é?", disse a companheira do branco.

"Ainda não."

"O que ele está fazendo aqui?"

O branco deu de ombros. "Se metendo."

O Messias de Borracha caminhou em direção à casa. Parecia andar na ponta dos pés, pois estes, em relação ao resto do corpo, eram minúsculos. Os cotovelos se projetavam para os lados, como dois parapeitos, na ponta dos quais pendiam livremente as mãos. Dava a impressão de que iria agredir as pessoas ao passar. Usava as roupas certas — camisa, colete, paletó e gravata —, mas nenhuma das peças servia direito; algumas eram muito apertadas, outras largas demais. A camisa, por exemplo, conseguia ser as duas coisas ao mesmo tempo, nos locais errados, e a gravata verde parecia um apêndice rígido na frente de sua camisa, como se fosse um pepino.

"George Rugman Rudder", Riaz explicou a Shahid, olhando para Brownlow, que piscou. "O líder trabalhista da câmara local. Nosso amigo, doutor Brownlow, conhece todos os tipos políticos da cidade. Ele trabalhou decisivamente, em nosso benefício."

Um fotógrafo começou a tirar retratos. Riaz, Brownlow e Rugman Rudder trocaram apertos de mãos para as lentes. Brownlow em seguida ficou de lado, permitindo que Riaz e Rudder fossem fotografados juntos. Enquanto isso, um jornalista anotava tudo.

"Muito obrigado por ter vindo, senhor Rudder", Riaz disse. "Tínhamos certeza de poder contar com a sua presença."

"Naturalmente, naturalmente. Mas que multidão maravilhosa, reunida para adorar o fruto da terra! Mas que berinjela popular, orgulho da nossa mesa! Como o milagre é um método de comunicação eficiente! Ainda bem que Deus não escolheu um distrito dominado pelos conservadores!"

Brownlow parecia meio decepcionado, mas Riaz disse: "Senhor Rudder, muito obrigado por resolver para nós os problemas de tráfego e as dificuldades com a polícia. E por permitir o uso público de uma residência particular. Nossa comunidade inteira, tão desprezada, será eternamente grata. O senhor é um verdadeiro amigo da Ásia".

"Ele é nosso amigo!", Chad gritou, erguendo-se na ponta dos pés.

"Amigo da Ásia!", Hat emendou.

"O melhor amigo da Ásia", Tahira entoou.

Riaz começou a aplaudir. Chad e Hat também, e até Brownlow uniu as mãos, num arremedo de mesura hindu. O resto da multidão também demonstrou seu apoio, com um coro que gritava: "Rudder, Rudder — ele é nosso irmão!".

"Isso mesmo, e serei recompensado no céu, sem dúvida!", Rudder disse, radiante, olhando para sua escolta. Para Brownlow e Riaz, falou em voz mais baixa: "Naturalmente, fui bastante generoso ao usar minha influência, como certamente compreendem, contra a oposição racista radical, ao permitir a abertura de uma casa particular para esse fim". Ele abaixou ainda mais a voz. "Nosso partido apóia as minorias étnicas, isso eu posso garantir pessoalmente. Os Adventistas do Sétimo Dia são muito gratos a nós, e, devo acrescentar, mencionam meus sofrimentos em suas preces. Os rastafari apertam minha mão, quando saio para passear com o cachorro. Nossa posição é muito respeitada, em todo o Leste de Londres. Mas você, sendo tão inteligente, Riaz — você é um gênio —, deve saber..." Por um momento, ele deu a impressão de que pretendia acariciar o queixo de Riaz. "...que isso não pode durar para sempre."

"Temos consciência disso, senhor Rudder", Brownlow disse. "Por isso andamos pensando na sede da prefeitura."

"Sim, a prefeitura", Riaz disse.

"Como é?"

"Para a exibição do milagre sagrado ao público", Riaz explicou.

"A prefeitura?", Rudder repetiu, como se Riaz tivesse sugerido pendurar a berinjela em seu nariz.

"Não vejo impedimento algum", Brownlow disse, confiante. "Acaba de afirmar sua fé nas diferentes fés."

"Pela qual agradecemos do fundo de nosso coração", Riaz disse.

"Obrigado, mais uma vez", Hat disse. "Amigo da Ásia."

"Rudder é nosso irmão!"

"Chega", Tahira disse.

"Sim, sim, talvez a prefeitura", Rudder disse, ajeitando algo em sua imensa pança. "Afinal, tem espaço de sobra." Ele apontou com a boca para um dos rapazes. "Principalmente entre as orelhas de quem trabalha lá."

Riaz o pressionou: "Precisamos do salão principal".

"Lá receberá o devido destaque", Brownlow disse.

"Sim, sem dúvida", Rudder disse, mordendo os lábios. "No salão."

Riaz disse: "Além disso, lá já existe um retrato de Nelson Mandela".

"E uma máscara africana", Chad acrescentou.

"Não ficaremos confinados ao gueto", Riaz disse.

"É isso aí. Chega de ficar no gueto."

"Então, basta tomar as providências", Riaz disse, apontando para Chad e Hat. "Está tudo resolvido."

"Sensacional", Chad disse.

"Vamos lá, vamos lá", Hat disse. "Amigo da Ásia! Amigo da Ásia!"

No meio da multidão, outros gritaram "Amigo da Ásia!" e "Rudder é nosso irmão!".

O repórter reportava, o fotógrafo fotografava.

"Vamos apertar as mãos para comemorar", Brownlow disse.

Rudder empurrou os rapazes para dentro da casa, à sua frente. "Não posso garantir nada. Agora vamos testemunhar esse maravilhoso exemplo da assinatura de Deus. Vamos lá, moçada."

"Sujeito repulsivo, reacionário", Brownlow comentou, quando Rudder não podia mais ouvir. "Mas não larga o osso. Está no lugar certo. Metido até o pescoço na política."

"Sem dúvida", Riaz disse.

"Até a orelha!", Chad disse.

"Só", Hat ecoou.

Shahid seguiu Rudder para dentro da casa.

"Este é o seu primeiro milagre, Georgie?", um dos rapazes disse, quando entraram.

"Sim, até o dia em que o Partido Trabalhista for reeleito." No corredor, Rudder sussurrou: "Claro, revelações são aberrações da fé, um entretenimento, no máximo. Vamos torcer para que eles façam um curry com esta fruta roxa. Acho que o nome é berinjela. Um dia acabo matando um indiano. E vocês, rapazes?".

* * *

Naquela noite, Shahid demorou várias horas até localizar o grupo e informar a todos a respeito da discussão prometida por Riaz. Empenhava-se para que todos comparecessem. Alguns, como Tariq, não estavam em casa, ou jantavam com parentes. Um dos quartos, que pertencia à família de Sadiq, estava coberto de colchões. Quatro ou cinco crianças dormiam, ou brincavam; a avó, que não sabia falar inglês, estava sentada no chão, de pernas cruzadas, como se continuasse em sua aldeia. A roupa lavada secava no alto, pendurada nos varais espalhados pelo quarto. Shahid precisou ficar com eles por uma hora, comendo até dizer chega, esperando uma chance de dar o recado e escapar. Três ou quatro dos irmãos estariam, soube, no andar superior do restaurante de Hat, jogando video games. Ou, a crer no tio de Hat, haviam saído para visitar Riaz, e provavelmente passariam no quarto de Shahid para dar um alô.

O outro problema era conseguir que as pessoas se comprometessem a ir à reunião. Só quando Shahid afirmou que Riaz dera instruções para que faltassem às aulas, se fosse preciso, é que elas prometeram comparecer. Os irmãos e irmãs não viam motivo para ir; pensavam que todos já tinham uma opinião formada a respeito.

Em cada visita, Shahid perguntava se podia usar o telefone. Queria ligar para Deedee; poderiam se encontrar, quando acabasse de fazer as convocações. Discou o número dela um par de vezes, mas desligava antes que ela atendesse. Deedee sempre dizia: "O que você andou fazendo?". Como poderia explicar que estava adorando uma berinjela?

Sendo assim, voltou para seu quarto e preparou um prato de torradas com sardinha. Depois, continuou a digitar o texto de Riaz, fazendo ajustes aqui e ali.

No final, deitou-se na cama, pensando na manhã seguinte, e no que diria — caso conseguisse dizer alguma coisa.

QUINZE

Amontoados no quarto de Riaz, foram obrigados a esperar quarenta minutos por ele. Ele quase sempre estava atrasado, Shahid pensou. Possivelmente gostava de criar suspense. Quando a frustração se acumulava, fazia sua entrada triunfal. Curioso. Afinal, Riaz era essencialmente esquivo e reticente. Talvez pensasse que os outros esperassem mais autoridade de sua parte.

Riaz, ao que parece, marcara uma reunião com Brownlow e Rudder, naquele dia. Felizmente, enquanto esperavam, Hat apareceu com uma sacola cheia de comida do restaurante do pai, que ele distribuiu animado. Havia três mulheres presentes, inclusive Tahira, de blusa branca comprida franzida, calça preta e lenço xadrez cinza e branco.

Chad chegou finalmente, abrindo apressado a porta para Riaz, que usava um salwar cinza, novo. Ele parou na entrada por um momento, deixou a pasta de lado e sentou no chão, perto da mesa.

"As perspectivas com o senhor vereador Rudder, do Partido Trabalhista, como devem estar ansiosos para saber, são muito animadoras, muito animadoras", Riaz informou imediatamente. "Ele reconhece a importância e a posição das minorias neste país. Prometeu pessoalmente usar todo seu peso em defesa de nossa causa."

Hat trocou uma saudação com Tariq. "Amigo da Ásia!"

"Sinto o mesmo. Toda essa solidariedade por nosso povo é mais rara do que uma inglesa virgem." Riaz riu de sua comparação, aliás freqüente. "Mas, agora, temos esta questão vulgar, da qual precisamos nos livrar rapidamente, pois todos vocês andam ocupadíssimos, estudando sem parar, segundo nosso irmão Shahid, aqui presente."

Os risos tomaram conta do quarto. Shahid percebeu que Riaz o encarava, assim como todos os outros. Esperavam que se manifestasse. Ele não contava com aquilo.

Riaz disse: "Por gentileza, poderia lembrar para nós o tema da discussão, irmão?".

"Como é?"

"Acho melhor lembrar para você mesmo, também", Hat disse, sorrindo ironicamente.

"Você nos convocou", Tahira acrescentou. "Por favor, explique o motivo, uma vez que a questão é tão óbvia."

Shahid tentou falar com muito cuidado, como se estivesse traduzindo de uma língua estrangeira. Mesmo assim, as palavras saíram emboladas, e sua própria voz o assustou.

"Bem... hum...", começou.

Chad disse: "O livro".

"Isso mesmo", Sadiq disse.

"E a questão da literatura em prosa. Este é o tema! Por que precisamos disso, se é que precisamos. O que pode ser dito. E o que não pode! O que não deve ser dito. O que é tabu, proibido, e os motivos para tanto. O que deve ser censurado. E como a censura nos beneficia, aqui, em nosso exílio. Como ela pode nos proteger, se é que pode. Esse tipo de coisa."

"Muito bem", Riaz disse. "Isso pode nos manter acordados — por pouco tempo."

Ele encarou o grupo, subitamente severo, para eliminar qualquer frivolidade que pudesse ter sugerido. Tendo assumido o controle, começou a discursar em seu estilo habitual, lançando uma idéia naquele mar de rostos atentos e deixando que ela seguisse no rumo em que soprasse o vento. Shahid sentiu-se aliviado. Riaz não o prejulgara. Até o momento, só o usara como pretexto.

"Como podem ver, toda ficção é, por sua própria natureza, uma espécie de mentira. Não usamos a expressão 'contar histórias' quando uma criança nos diz alguma mentira? São histórias inofensivas, imaturas, que provocam nosso riso. Ajudam a passar o tempo, quando não temos nada para fazer. No entanto, existem obras de ficção dotadas de uma natureza corrupta. São criadas por autores incapazes, pode-se dizer, de controlar sua pena. Esses contadores de casos escabrosos, em geral, buscam aceitação por parte da elite branca, sonham em ser considerados 'grandes escritores'. Fingem que pretendem revelar a verdade às massas — formadas por idiotas semi-iletrados, sem nenhuma cultura. Mas eles nada sabem sobre as massas. Dos pobres, só conhecem seus empregados. E, sendo assim, só mexem com o que há de corrupto em nós. Isso é fácil de conseguir. A sujeira nos atrai. Exceto no caso de Hat, claro."

Hat riu, nervoso. As pessoas balançaram a cabeça para demonstrar sua aprovação.

"Como devemos condenar a atitude desrespeitosa de uma pessoa, torna-se impossível conceber como tal espetáculo possa ser considerado literatura. Alguém quer comentar isso?" Todos os olhos se voltaram para Shahid. Ele tentou se comportar apenas como mais uma pessoa sentada na roda, mas foi incapaz de evitar o rubor. "Afinal, que objetivo elevado tal literatura pode ter?"

Houve um silêncio. As pessoas desviaram os olhos. Não temiam falar, simplesmente nada tinham a dizer.

Shahid disse: "Revelar algo a nosso respeito, certamente".

"Não!" Riaz balançou a cabeça. "Mas pode continuar."

"A literatura nos ajuda a meditar sobre nossa natureza", Shahid disse.

"Isso é presunção e arrogância", cortou Riaz.

"Por favor", Shahid disse. "Por favor..."

Sadiq resolveu concordar com Riaz: "Pura arrogância".

Shahid disse a Riaz: "Você, na condição de poeta...".

Alguém bateu na porta.

"Sim, sou poeta", Riaz disse, sem dar atenção às batidas, "e obrigado por me lembrar disso. Mas reitero que não é sobre nós, em geral, não é sobre o povo que o autor fala, e sim sobre sua própria mente. Apenas isso. Um homem."

"Uma imaginação livre", Shahid disse, "abrange muitas outras mentes. Uma imaginação livre, ao se debruçar sobre si mesma, ilumina seus semelhantes."

"Estamos discutindo aqui a imaginação livre e desregrada de homens que vivem distanciados do povo", Riaz disse. "E tais mentes, corruptas e desrespeitosas, chafurdando em sua própria seiva, devem ser enjauladas, como feras carnívoras. Por acaso queremos mais leões e estupradores perambulando pelas ruas? Afinal, se um sujeito entra em sua casa e diz que sua mãe e suas irmãs são putas, você não o bota para fora, e faz coisas ruins a ele? Coisas muito ruins?" Vários sorrisos. "E não é exatamente isso que os livros fazem?"

Shahid disse: "Eles nos perturbam".

"Sim!"

"Eles nos fazem pensar."

"O que há para pensar?"

"Como é?"

"Devemos preferir essa atitude indulgente aos confortos profundos e satisfatórios da religião? Ora, se não somos capazes de levar a sério as crenças de milhões de pessoas, como ficamos? Não acreditamos em mais nada! Viramos animais, vivendo no esgoto, e não seres humanos numa sociedade liberal."

Como sempre, Riaz pronunciou a palavra *liberal* como se fosse o nome de um assassino. Ele olhou para o grupo.

A batida se repetiu, mais forte.

Chad fixou os olhos em Shahid, que abriu a boca e balançou a cabeça, decidido a não dizer mais nada. Temia que a discussão lhe causasse muitos problemas.

Riaz disse: "Até mesmo o grande Tolstoi denunciou a arte, não é verdade? Podem achar que sou filisteu, mas tenho o livro, em algum lugar. Chad, poderia procurá-lo?". Chad fez que sim. "Mas, primeiro, veja quem está batendo."

"Deve ser para Shahid", Hat murmurou.

Chad foi para o corredor, fechando a porta atrás de si.

Riaz prosseguiu: "Para mim, as verdades referentes à importância da fé e à preocupação com os outros são mais profundas do que os devaneios da imaginação de um indivíduo isolado".

"Mas a voz individual também é importante, não acha?", Shahid insistiu, consciente de que a veemência de suas palavras o afastava dos companheiros.

"Até certo ponto. Daí para a frente, não. Existe alguma sociedade na qual um indivíduo disponha de liberdade ilimitada? De qualquer maneira, agora precisamos seguir adiante. As pessoas estão inquietas. Devemos discutir que medidas devemos tomar contra o livro em questão."

"Que tipo de medidas?", Shahid perguntou.

"Já disse que este é o tema, a partir de agora."

Tahira, sentada atrás de Shahid, disse em seu ouvido: "Parece que você tem um problema. Pode se abrir comigo, dizer se é apenas confusão, ou alguma outra coisa".

"Os dois, creio."

O quarto ficou em silêncio. Lá fora, a voz de Chad se misturava com a de uma mulher.

Riaz disse: "Mais alguma pergunta?".

"Sim", Tahira disse. "O que vamos fazer?"

A porta foi escancarada. Zulma surgiu, de Chanel amarelo canário e casaco preto. Chad estava atrás dela, de mãos estendidas, frustrado. Zulma deu três passos afetados, porém firmes, até o centro da sala. Os presentes desviaram rapidamente, para evitar que as mãos fossem empaladas pelos saltos.

Travou-se uma batalha entre seu perfume e o cheiro do quarto.

Zulma perscrutou os rostos com uma mistura de ironia e polidez, até localizar a vítima de sua investida, agachado no chão, protegendo o rosto com as mãos.

"Venha." Será que ela pretendia arrastá-lo pela orelha? "Obedeça, querido."

Ele se levantou.

"Agora?"

"Mas é claro!"

"Zulma, estamos numa reunião."

"Para quê? Quem é o responsável, aqui?" Seus olhos se fixaram em Riaz. "Professor, uma questão familiar crucial está em jogo!"

Riaz fez um gesto, impassível. Não desperdiçaria palavras com alguém como ela. Chad, porém, deu uma risadinha quando Shahid se levantou. Zulma levou Shahid para fora do quarto e no caminho olhou furiosa para Chad.

Ele desceu a escada a seu lado, sentindo um alívio inesperado pela liberdade repentina.

"O que era aquilo, uma reunião política?"

"Era sobre o *fatwah*."

"Ai, meu Deus. Eles eram todos estudantes?"

"Sim, Zulma."

"E pretendem organizar manifestações a favor do autor?"

"Não. A favor não, eu acho."

"Mas você disse que eram estudantes."

"E daí? Claro que são estudantes, Zulma. O que você pensou, que fossem capitães da indústria, porra?"

"Meu Deus, anda aprendendo palavrões na faculdade, é?" Ela o encarou, inquisidora. "Nunca o vi tão veemente. Você costumava ser bem tímido, apesar das piadinhas de mau gosto. Mal abria sua boca rude. Tinha um tique gozado, também. Aquilo já melhorou?"

O carro estava estacionado em cima da calçada. Zulma praticamente o empurrou para dentro, impedindo sua fuga. Ela apertou as coxas com força, ergueu a saia para libertar as pernas, e, estendendo a mão para fora da janela, eles mergulharam no trânsito.

"Quer dizer que os estudantes universitários são assim, hoje em dia?"

"Alguns."

"Mas a gente supõe que os estudantes deveriam ter alguma coisa na cabeça, não é?"

"Do que você está falando, afinal, Zulma?"

"Não levante a voz para mim!" Suas jóias de ouro tilintaram. "Estou explicando que a religião existe para beneficiar as massas. Não serve para quem tem cérebro. Os camponeses e todo o resto precisam da superstição, caso contrário viveriam como animais. Você não compreende nada disso, mora num país civilizado. Mas os simplórios dependem de regras rígidas para viver, ou ainda estariam pensando que a Terra se apóia em três peixes." Ela socou o volante. Shahid notou o anel de noivado de brilhantes, presente de Chili. "Mas os crânios da faculdade já deveriam saber que tudo isso não passa de besteira."

"Zulma, eles acreditam."

"E querem matar o sujeito, é?"

"Sim", ele respondeu, desanimado.

"Esses malucos estão passando da conta. Fazem com que a loucura pareça geral. O mundo inteiro, praticamente, vive me telefonando para falar dessa piração, como se eu tivesse escrito o tal romance pessoalmente. Querido, se a coisa se radicalizar mais, serei forçada a ler o livro."

Zulma comprava revistas como *Elle*, *Hello!*, *Harpers and Queen*, preferindo leituras instrutivas em papel brilhante, com fotos, ao meramente imaginativo, sobre um papel fosco.

Ela disse: "Como se não bastasse, minha cabeça está quase explodindo, com os problemas que sua família inteira me causa".

O apartamento da família de Zulma situava-se atrás de Lowndes Square, numa quadra elegante, antiga. "Mas por que você se meteu com essa gente?" Ela o encarou, preocupada, quando desceram do carro. "Shahid, não me diga que você entrou nessa onda de religião."

"Por favor, Zulma, deixe-me em paz por alguns minutos. Preciso pensar."

"Certamente vai precisar refletir um pouco, depois da conversa que teremos. Tudo bem, posso esperar."

O porteiro uniformizado largou o trapo com que polia a maçaneta, pôs o boné e abriu o portão de ferro do elevador. Enquanto subiam naquela caixa de ferro trabalhado, que mais parecia um caixão, ela baixou a voz, sussurrando: "Você não anda rezando, espero".

"Como assim?"

"Conte a verdade agora, ou leva um tapa na cara."

"Não pode mais fazer isso comigo, Zulma."

"É, acho que não. Mas ando com vontade de dar uns tapas em alguém."

Ele falou, movido pela curiosidade de ver se ela seria capaz de cumprir a ameaça.

"Visitei a mesquita", disse. "E não me envergonho disso. Acha que deveria?"

Ela fingiu que suas pernas fraquejavam. "Mas você teve uma educação decente!"

Quando saíram do elevador, ele a seguiu pelo corredor silencioso e cheio de curvas, pensando se seria ali que ela iria atingi-lo.

"Não imagina os problemas que Benazir enfrenta, por causa desses malucos safados. Ela é uma moça tão boa, passou por tantas dificuldades."

"Qualquer coisa que eu possa fazer, Zulma, não chega nem aos pés do que seu marido anda aprontando."

Ela riu, mas sua sincera excitação foi imediatamente absorvida pelas paredes do prédio silencioso e formal.

"Meu marido. Na próxima vez, exigirei um casamento arranjado. Não é má idéia, certo? Os casamentos livres, o que eles são além de maus modos de dia e mau cheiro de noite? Fomos longe demais!"

Shahid não sentia vontade de conversar com Zulma sobre esse assunto, ou qualquer outro. Lembrou que Deedee lhe dissera para não fazer nada que não quisesse — nunca. Se ficasse com vontade de se afastar de alguém, era só atravessar a rua, fugir e pronto.

O apartamento de Zulma era enorme, mais parecia uma suíte de hotel. Havia poucos objetos pessoais na decoração: um tapete persa sobre o carpete cor de marfim, um vaso de lírios no chão, abajures de ônix, uma mesa de mármore e três esculturas exóticas, roubadas de monumentos nacionais paquistaneses pouco protegidos. Ao ver a patroa, a aia de sua sobrinha recolheu alguns brinquedos e saiu da sala.

Shahid brincou com Safire, que tinha os mesmos olhos cor de café de Chili. Shahid gostava de levar doces nos diversos bolsos, para que a sobrinha pulasse em cima dele e os recolhesse. Mas naquele dia ele não trouxera nenhum, e ela vasculhou seus bolsos em vão. Enquanto brincavam, Shahid ouviu uma conversa na cozinha, entre Zulma e um sujeito com sotaque esnobe.

"Safire, quem está lá dentro?", Shahid sussurrou. A menina respondeu que era Charles. Vendo o homem de relance, Shahid percebeu que era atarracado, e usava um terno caro. Shahid perguntou: "Ele tem cheiro de couve-de-bruxelas que cozinhou demais?".

Safire ria, quando Zulma voltou com uma garrafa de vinho e um copo.

"Você sabe que normalmente não bebo antes do almoço. Encontrar com fanáticos, porém, me dá uma vontade danada de tomar uma taça de Sauternes. Talvez seja influência de seu pai." Ela serviu o vinho, e ergueu o copo. "Bem, tintim", disse, brindando como ainda era costume fazer em Karachi.

Shahid levantou-se e seguiu em direção à porta. "A heroína é ilegal, na Inglaterra. Por que a gente não arranja um pouco, também?"

"Shahid, não posso dizer que tenhamos sido grandes amigos, mas lamento muito que você tenha escolhido esse caminho."

"Zulma, entenda uma coisa..."

"Sente-se e cale a boca! Sabe o que aconteceu comigo, numa festa em Karachi, recentemente? Falei para uma amiga de muitos anos, que não tem nada na cabeça: 'Esta história de Deus maravilhoso me irrita. Aqui a gente não tem moradia, hospitais nem escolas'. Sabe o que aconteceu?"

"Nem imagino."

"Acredite se quiser, emburradinho. A filha da mãe me deu um tapa na cara — plaf." Ela bateu palmas. "E me pôs para fora da casa dela. Meu estômago gelou. Eles vão nos matar, em breve, pelo crime de pensar. Já parou de pensar, Shahid?"

"Não."

"Tem certeza disso?" Zulma tomou um gole de vinho e colocou o copo sobre a mesa. "Safire, fique um pouquinho com Charles, meu bem." Virou-se para Shahid e disse: "Ele é um sujeito decente, Charles Jump. Como a maioria, não é muito brilhante, claro. E esquisito, com as mulheres. Mas é um lorde. Ou conde? Tem uma mansão em Wiltshire. Tem um ônibus que pára bem na porta, e os turistas espiam a família tomando café da manhã". Ela se inclinou na direção de Shahid, e bateu com a mão no joelho. "Chamei você aqui para me ajudar. Fale honestamente — você sabe onde Chili está?" Ele fez que não com a cabeça. "Jura por Deus?"

"Sim."

"Bem, ele desertou. Não dou a mínima, querido. Acha que eu quero ver aquele vagabundo de novo? Vamos nos divorciar. Problema nosso, né? Ele é um filho da mãe. Pior ainda, está enlameando o nome de sua respeitável família, e a reputação de seu pai, construída com tanto sacrifício. Sabe como as pessoas gostam de fofocas em Karachi."

"Claro, aquele bando de desocupados não tem mais o que fazer por lá, além de explorar os empregados e levar dinheiro para fora do país."

"Obrigada pela consideração. Mas você não entende que Bibi não consegue tocar a firma sozinha? Como pode esperar isso de uma velha?"

"Sei disso."

"Então você precisa fazer o seguinte: volte para casa e ajude sua mãe. Dedique-se à agência de viagens. Aquele idiota pirou, você precisa assumir a responsabilidade pela família." Ela riu, só de pensar. "De agora em diante, você está no comando da empresa fundada por seus pais. Isso, caso queira que ela sobreviva. Afinal, não resta mais ninguém, fora você, para assumir a direção."

Shahid não imaginara que a conversa tomaria aquele rumo. Nem sabia o que dizer. A liberdade que o fizera vir para Londres estava sendo ameaçada. Estava sendo puxado de volta para um eu e uma vida dos quais escapara aliviado.

"Isso mesmo", ela disse. "Chegou a hora de você assumir."

O que aconteceria com Deedee e ele, se virasse gerente de uma agência de viagens em Kent? Quando poderiam se encontrar? Pior ainda, o que ela pensaria a seu respeito? O que ele pensaria de si mesmo?

Shahid disse, hesitante: "Mas eu preciso terminar meu curso".

Safire brincava com as bonecas, do outro lado da sala. Charles Jump acomodou-se no braço do sofá, ao lado de Zulma, olhando para Shahid com uma mistura de comiseração e desagrado.

Zulma disse: "Não esqueça quem paga seus estudos. Sua mãe e a família. Estou só lembrando você que existem outras responsabilidades, no momento".

"Certamente. Responsabilidades das mais sérias", Jump acrescentou.

Shahid continuou a ignorá-lo. "Papai queria que eu estudasse. Os idiotas o irritavam. Gostava de gente vigorosa, inteligente, capaz de defender suas convicções."

Zulma disse: "Então, por que você passa a maior parte do tempo com aqueles fanáticos religiosos?".

"Andamos investigando", Jump disse.

"É mesmo?"

Jump prosseguiu: "Não é verdade que você se juntou aos militantes maometanos?". Shahid olhou para Zulma, que sorriu. "Pois devo avisá-lo de que eles estão entrando na França, por Marselha, e na Itália, pelo sul. Em breve, invadirão os países comunistas enfraquecidos, e depois o coração da Europa civilizada. Fazem-se passar por vendedores de jóias, e nos chamam de preconceituosos e intolerantes."

"Hein?", Shahid disse.

"Não se podem dar dez passos sem passar diante de uma mesquita. E é lá que a desordem é fomentada."

"Que desordem?"

"Não banque o inocente."

"Como é?"

"Vocês pretendem cortar nossas gargantas enquanto dormimos. Ou converter infiéis como nós. Em pouco tempo, os livros e... e... o bacon serão proibidos. Não é isso que seu povo deseja?"

Zulma ergueu os olhos pintados para Shahid. "Se pelo menos eles fossem interessantes."

"Seguramente essa invasão terrorista deve ser erradicada da sociedade, como uma moléstia contagiosa." Jump perdeu a pose por um momento. "Noutro dia mesmo, em San Lorenzo, você afirmou que essa seria a única saída, não é, Zulma?"

Shahid apelou para Zulma. "Você me trouxe aqui para ficar ouvindo este metido?"

"Calma, calma", ela disse, para aplacar os dois. "Shahid, vamos voltar ao motivo pelo qual eu o chamei. A não ser que seu irmão recupere o bom senso, você precisará assumir as empresas. Não é possível que os dois abandonem um negócio que a família levou anos para construir. Entendeu bem?"

"Mas e você? Você sempre disse que entendia do negócio."

Ela torceu o nariz. "Não é difícil de tocar, sabe? Mas, pela primeira vez, vou pensar em mim mesma. Planejo voltar para Karachi. Naturalmente, levarei Safire comigo."

Shahid amava Safire. A possibilidade de não vê-la por um longo tempo o desagradava. Chili ficaria furioso.

Ela disse: "Quando vir Chili, faça o favor de informar que ele está partindo o coração da mãe, e que o lugar dele será ocupado por você. Deve saber o quanto ela está agoniada".

"Agoniada", Jump ecoou.

"Saia um pouco, vá telefonar", Zulma ordenou.

"Claro, queridinha. Para quem?"

"Para seu contador."

Jump saiu da sala.

"Vê como ele é obediente?" Ela riu.

Shahid levantou-se. "Você andou falando bobagens para ele, é?"

"Não fique bravo."

"Meu Deus, Zulma!"

"Shahid, agora sou responsável pelas opiniões das pessoas, por acaso? Eles nos vêem na televisão, agindo como doidos, e pensam que estamos loucos. Por outro lado, nosso povo vem morar no país deles e se contamina com os vícios locais. Esquecem que têm família. E essas famílias se desagregam. Então nos tornamos iguais ao resto."

"Preciso ir embora."

"Para onde?"

"Obrigado por ser direta comigo."

Ele caminhou até a porta e a abriu. Foi fácil.

Ela chamou: "Venha cá. Temos outros assuntos para resolver".

"Tenho mais o que fazer, Zulma."

"O quê, por exemplo?"

"Viver a minha vida."

"Shahid, você não pode ir embora assim, sem mais nem menos!"

Ele bateu a porta com toda a força.

DEZESSEIS

Para começar, ele precisava escapar da parte da cidade por onde Zulma circulava, com suas embaixadas, salões de beleza, ateliês de alta costura e lojas sofisticadas, onde quase esperava ver carruagens e cavalos, homens de cartola e mulheres de saia-balão, nas travessas das avenidas principais. Para que tanto silêncio?

Estava começando a apreciar a multiplicidade desalinhada do prédio onde morava, com seus maníacos e suas misérias, onde todos usavam sapatos de segunda. *Seu prédio*, pensava nele assim, agora. Em Londres, se você encontra o lugar certo, pode se considerar um cidadão no momento em que entra duas vezes na mesma loja da esquina.

Precisava de dinheiro. Felizmente, carregava o cartão do banco, e tirou o quanto pôde do caixa automático. Passou rapidamente pelos alojamentos deprimentes de Knightsbridge e contornou o parque. Na frente do Albert Hall, pegou um ônibus. Precisou mudar de linha duas vezes para voltar para casa.

Quando chegou ao Morlock, ainda era cedo. Música, só a da *juke box*. O barman tinha um corte no lábio e curativo no olho. Quando Shahid entrou, ele passava o baseado, por cima do balcão, para a dona, uma mulher desleixada, de quase quarenta anos, que tinha à sua frente três vodcas com suco de laranja. O barman reconheceu Shahid e o cumprimentou, o que alegrou o rapaz. Tornara-se freguês. Como de costume, jovens rodeavam o bar.

"Meia cerveja."

Todos o olharam de relance, mais assustados com sua energia do que preocupados. Depois, continuaram cochichando.

O barman esticou o pescoço: "Cerveja, só amanhã".

Shahid nunca vira um bar sem cerveja. "Então me dá *meia* cerveja."

"Não precisa ficar bravo. Só temos destilados. Pode comprar cerveja no pub que fica do outro lado da rua."

"Tudo bem. Um Jack Daniels."

Shahid sentou-se num banco rachado e observou os rapazes que se revezavam entre o bar e o toalete.

Não sabia o que fazer. Não podia ir para casa; Riaz e os outros o convocariam. Além disso, estava desesperado para ver Deedee. Mas ela não gostaria de vê-lo naquele estado; já andava com raiva dele. Naquela altura, sua paciência estaria esgotada.

Quando pediu outro drinque, um dos rapazes que estava no bar ergueu uma embalagem fechada de cosméticos. "Quer comprar um creme anti-rugas para a sua coroa?"

"Bem que ela está precisando", ele disse. "Onde você desencavou o creme?"

"Na Boots."

"Preciso achar o Strapper, diacho."

O rapaz deu de ombros. "O Strap deve passar aqui amanhã, na hora do almoço. Mas pode aparecer hoje à noite."

"Acha que vale a pena esperar?"

"E não vale sempre a pena esperar pelo Strap?"

Shahid sentou-se novamente, e depois de cerca de uma hora alguém lhe passou uma bagana. Um lunático tentou beijá-lo, pensando que fosse a mulher dele. O barman precisou ajudá-lo, e ficou entusiasmado por poder mostrar seus conhecimentos de boxe tailandês.

Perdeu a noção do tempo. Horas depois, seu amigo entrou no bar carregado e foi deixado junto ao balcão.

Os dentes de Strapper batiam, e a cabeça balançava. Só conseguia perguntar por que tudo estava "se desintegrando, porra".

"Porque está se desintegrando", respondeu um dos conhecidos.

"É isso aí", Strapper disse. "Já tinha esquecido."

Shahid foi até o pub do outro lado da rua e comprou cerveja. Quando retornou, Strapper estava deitado nas cadeiras. Shahid debruçou-se sobre ele, como um médico interrogando um paciente doente. Tentava fazer com que o ouvisse, torcendo para que se abrisse uma brecha em sua agitação. Quando o caos se atenuou por alguns segundos, Shahid explicou suas inquietações.

Strapper disse: "Pois é, tem um monte de gente a fim de capar seu irmão. E com razão, cara".

"Por favor, Strapper. Você disse que os brancos são egoístas. Preciso de sua ajuda. Pensei que você amava o povo asiático."

"Não amo, quando se ocidentalizam demais, cacete. Vocês só querem ser iguais a nós, agora. Caminho errado."

"Quero comprar bagulho de você, também. Mais tarde. Tenho dinheiro."

Os olhos de Strapper quase se abriram. "Como é que é?"

"Preciso ver se a gente consegue encontrá-lo."

"Quem?"

"Chili. Tenho dinheiro."

"Onde?"

Shahid mostrou o dinheiro.

"Porra, alguém na sua família tem uma nota preta, né?"

Shahid ajudou Strapper a se levantar e andar. Strapper, aparentemente recuperado, cambaleava, quase novo, babando e reclamando.

"Por aqui."

Caminharam algumas quadras. Strapper virou na direção do Fallen Angel, com Shahid logo atrás. Na porta, Strapper estendeu a mão. "Me dá o dinheiro."

"Como é?"

"Me dá o dinheiro, cara. Não quer ficar legal, esta noite?"

Um tanto otimista, Shahid esperava que depois dessa transação veria o irmão surgir no Fallen Angel. Strapper seguiu para o banheiro, atrás de um traficante. Depois tomou um trago com o sujeito, obrigando Shahid a ficar do outro lado do pub. Quando o dono reconheceu Strapper, foram postos para fora, debaixo de ameaças e empurrões. Por pouco não foram espancados.

Strapper ficava mais animado a cada bar, por algum motivo. Logo estavam no rumo certo. Vararam conjuntos habitacionais do governo, medonhos, e passaram por becos escuros. Cruzaram jardins e acompanharam a linha do metrô, onde só os suicidas e grafiteiros tinham coragem de ir. Minutos depois, pegaram a via expressa, parando numa farmácia. Shahid recebeu instruções de comprar um vidro de xarope para tosse: Strapper o virou de uma vez só, limpou a boca na manga e jogou o vidro por cima de uma cerca viva.

Conforme avançavam pela calçada de uma parte da "antiga Londinium" — nas palavras de Strapper — que Shahid não conhecia, ele notou que as pessoas o olhavam de modo diferente. As mulheres seguravam as bolsas com força e fechavam o zíper. Algumas crianças se escondiam, outras batiam continência, como soldados ao cruzar com um oficial superior. Strapper se comunicava com algumas pessoas, que estavam no outro lado da rua, atrás de uma janela ou dentro do pub. Usava um código de sinais obscuro, que começava com uma indagação com as sobrancelhas, seguida de movimentos labiais e uma expressão ansiosa, terminando em gestos inquisidores com as mãos. A resposta era um olhar curioso, afirmativo ou negativo, confirmado em seguida por um sorriso ou um aceno de despedida de Strapper, ou por uma mensagem com os dedos e outro aceno significando: "Vejo você depois, quando estiver com a coisa".

Algo tornara Strapper comunicativo. Conforme avançavam, ele o guiava numa excursão por sua vida de drogado e traficante. Começou pelos Es que tomara recentemente, descrevendo cor, formato — se eram bolas ou cápsulas —, e como eram fabricados, importados e comercializados, embora não pudesse ser muito explícito, por questões de segurança. Descreveu o tipo de barato obtido ao se tomar duas, quatro ou seis de uma vez — Strapper chegou a mandar dez, certa feita (orgulhava-se de, apesar de seus esforços, não ter conseguido arruinar a forma física) — e as vantagens para a saúde de fracionar ou mesmo limitar a dose, além de seu efeito quando combinado com álcool, fumo, haxixe ou coca, ou com várias dessas drogas juntas, em diferentes momentos da viagem. Mencionou os Es ruins e os "falsos" e seus riscos, principalmente se a gente esquentava demais, ao dançar — vira com os próprios olhos a combustão de pessoas, em Liverpool. *Ravers* reduzidos a pó, e outros, em geral curiosos, vítimas de overdose, sufocados pelo próprio vômito, como em *Spinal tap*.

As *raves* rolaram em galpões e descampados, no ano anterior, no "verão do amor". Graças a elas conhecera a Grã-Bretanha, viajando de carona, dormindo em qualquer lugar, vivendo com outros viajantes, em barracas iguais às dos índios. Pular cercas para chegar a locais onde três mil pessoas, praticamente nuas, viajando, dançavam como se fossem uma só, sem violência, num sonho lisérgico redivivo, essa aventura ainda não acabou, ainda não. A generosidade e o estado de espírito das pessoas que encontrava nesses lugares, desprezadas e banidas pelo mundo careta, levariam-nas a convidá-lo para viver em suas casas na mesma hora, se aparecesse por lá, sem perguntar nada, dividindo o que tivessem. Pois eles se entendiam, como se combatessem juntos; havia amor coletivo e união espiritual. Strapper relatou também suas aventuras nos vários centros de reabilitação espalhados pela cidade, de onde sempre acabava fugindo, ou era expulso por tomar drogas e trepar com colegas no porão.

Nas noites de sexta-feira, contou, os freqüentadores do Morlock lotavam táxis especiais e seguiam para o interior, onde procuravam um lugar discreto, com uma vista bonita, acendiam a fogueira e ficavam lá até amanhecer, viajando, conversando, dançando em volta do fogo.

"Da próxima vez", ele disse, "você pode ir com a gente."

"Posso?"

"Você é bem-vindo, cara."

As drogas, com sua intimidade e intensidade artificiais, eram o ambiente e o ramo de especialização de Strapper. Conforme ele descrevia suas aventuras pelo mundo da marginalidade dando a impressão de que passava sua vida sem preocupações numa busca ansiosa de oportunidades nefandas que poderiam surgir a qualquer momento, para serem aproveitadas e exploradas, Shahid sonhava com uma existência igual à de Strapper, sem responsabilidades nem amanhã, onde o prazer e o dinheiro eram as únicas coisas que importavam, e depois se seguia em frente. Porém, simultaneamente, apesar de certa inocência íntima, Strapper transmitia uma impressão de fraude, maldade e criminalidade tão inequívoca que Shahid esperava que ambos fossem detidos pela polícia a qualquer momento, só pelo modo insolente como ficavam desfilando. No mínimo, seria impossível que os atendessem num restaurante. Sem dúvida, se fosse Strapper, não poderia entrar em muitos lugares. Naquela noite, contudo, Shahid seria igual a Strapper, e daria conta do recado. Mas Strapper seria Strapper para sempre, e quando pararam numa mercearia asiática de esquina, para Strapper encher os bolsos de doces, balas e chocolates, Shahid viu o rosto de Strapper novamente, iluminado pelo néon, e concluiu que não queria ser igual a ele.

Os matizes de Londres se fundiam incessantemente. Em volta, Shahid encontrava rapazes da sua idade vestindo Armani, Boss, Woodhouse; olhava para a rua e via BMWs, Mercedes e conversíveis Saab turquesa, turbinados. Via construções de cinco andares, de sujeitos na faixa dos trinta anos, cuidadas por arrumadeiras, babás, motoristas. Nenhuma delas seria sua — nunca. Não seria, e pronto. Não fazia sentido.

Chili prometera a Strapper que este subiria na vida, alegando conhecer grandes traficantes, importadores, gente endinheirada. Strapper, cínico, que levava a vida com certo orgulho, embora soubesse que os outros o consideravam um inútil, intuía seu futuro desastroso, e entrou na conversa. Chili o seduzira, sem dúvida, dando-lhe uma substância ilusória, a esperança, cujo efeito, ao contrário das outras drogas, não passava.

"Quando conheci Chili-Willy, ele me levou a muitos apartamentos chiques, em seu carrão cheio de minas, para me impressionar", Strapper contou a Shahid. "Jogava dinheiro pela janela. Disse que gostava de mim. Eu andava querendo traficar em grande escala, e o cara me disse que eu poderia ajudá-lo, pois conhecia os macetes das ruas."

"O que ele pretendia fazer?"

"Chili vivia dizendo que a Inglaterra era pequena demais para ele — pequena demais para sua cabeça, por assim dizer. Não via a hora de mudar para os Estados Unidos. O filho da mãe falou que ganharíamos muito dinheiro, e que viajaríamos juntos."

"E esta noite, onde ele está?" Shahid estava perdendo a paciência. "Fica longe?"

"Sei lá. Fiz uma puta força, e me convenci de que era melhor ficar longe do filho da mãe!"

Shahid agarrou a jaqueta de Strapper e o puxou. "Nada disso! Se não o encontrarmos esta noite, você vai ver só."

Para surpresa de Shahid, Strapper ficou apavorado. Talvez pensasse que a família inteira era violenta.

"Tudo bem, tudo bem. Mas, e se a gente não o encontrar antes dos outros? Aí, eles vão nos pegar."

Shahid disse: "Do que você está falando? De quem?".

"Você está por fora de tudo, né?" Eles caminharam por mais algum tempo. "Por aqui, páqui."

A porta dava para um pátio cheio de peças de automóvel enferrujadas e geladeiras velhas. Entraram pelos fundos de uma casa meio abandonada, com janelas fechadas por tijolos. Lá dentro, as portas haviam sido trocadas por cortinas escuras.

Strapper chamou: "Chili!".

Eles apuraram os ouvidos.

"Chili!"

Shahid reconheceu o inconfundível resmungo de Chili, vindo de algum ponto da escuridão rançosa. "Entra."

Aproximaram-se, tropeçando. Ali, então, era o local onde os sonhos de papai haviam naufragado.

Shahid sussurrou: "Se papai o visse agora".

"Pode falar", ele disse.

Em casa, ele possuía uma parede inteira de ternos, linho para o verão, lã para o inverno, organizados conforme a cor e pendurados em seu guarda-roupa como um espectro. Havia agasalhos de cashmere, cachecóis Paul Smith, guarda-chuvas Cardin. As malas eram finíssimas, de couro macio. Os óculos de sol ocupavam uma gaveta inteira, todos de griffes famosas. Chili reservava um armário para os equipamentos eletrônicos: calculadoras, vídeos, CD portátil, agendas, na cor da moda — preto fosco. As colônias de Guerlain, adquiridas em Paris, enfeitavam a prateleira.

Chili passara um quarto de sua vida desfilando na frente do espelho, e outro quarto admirando suas posses. Proibia Shahid de tocar em qualquer item. De vez em quando, porém, Chili o convocava para admirar um terno novo, enquanto ele se pavoneava. Shahid só podia elogiar, sem restrições. Nas festas, Chili abria o paletó para pessoas virtualmente desconhecidas, mostrando etiqueta, bolsos admiravelmente costurados ou botões encantadores, sempre rindo. Um dos quartos na casa de papai fora transformado em academia, onde Chili "redesenhava seu corpo". Tipoo se encarregava de lavar seus carros, na garagem.

Agora, iluminado por uma lanterna com a pilha arriada, ele estava sentado num colchão, encostado na parede descascada. Usava camiseta manchada, uma meia marrom e outra azul. Em sua boca pendia um cigarro pela metade. Forçava os olhos para poder enxergar. Bebia vodca numa caneca imunda.

Shahid e Strapper haviam passado por um quarto onde viram vários junkies deitados. No meio deles havia uma mulher negra nua, mas ninguém prestava atenção. Shahid não tinha a menor idéia da parte da cidade onde se encontrava, levado por Strapper.

"Vamos conversar", Shahid disse.

Chili fechou os olhos.

Shahid sentou-se ao lado do irmão, que lambia sem parar os lábios secos e rachados.

"Foi por isso que eu vim, Chili. Para trocar uma idéia sobre várias coisas."

"É?"

Shahid sentiu um cansaço repentino. Não sentia vontade de se movimentar mais, naquela noite. Repousaria por alguns minutos, até recobrar as forças.

Strapper se sentou na outra ponta do quarto, com a faca, isqueiro e saquinho de drogas, e começou a enrolar um baseado. Ele parecia satisfeito em qualquer lugar, como se não pudesse se dar ao luxo de escolher entre aquele espaço e um outro.

Shahid cochilou.

Acordou. Não podia ser muito tarde. De repente, sentou-se e disse: "Por favor".

"Por favor?" Chili passou a mão na cabeça do irmão. "Pode deixar, pode deixar, eu digo qualquer coisa, mas sem uma carreira não consigo fazer nada."

"Chega de choradeira." Strapper sorriu, malicioso, e mostrou um papelote. "Eu quebrei o seu galho."

Chili quase pulou de alegria. "Quebrou meu galho? Grande, grande senhor Strapper."

O elogio de Chili o animou. Strapper adorava agradar o antigo amigo. "Tudo bem. Acho que é excelente, mesmo. Mas só tem um pouquinho. Depois... já sabe."

"O quê?"

"Vamos ter de pipar umas pedras."

Chili olhou para Shahid, concordou com um movimento de cabeça quase imperceptível dirigido a Strapper e disse: "Sabe como é, Strap, a maré não está para peixe, tenho de admitir. Sabe que... temporariamente... eles pararam de mandar o meu dinheiro. Merda".

"Você me disse que sua garota é cheia da nota."

"Ela não morre de amores por mim, no momento. Não sei por quê. Já falei que ela tem uma força física notável?"

"Por que você não volta a trabalhar, simplesmente?", Shahid disse.

"Trabalho? Qual é a sua, caralho?"

"Foi só uma idéia."

"Então vá se danar."

Strapper ria, debochado.

Shahid disse, com o máximo de entusiasmo que conseguiu: "O turismo é um ótimo negócio. Papai sempre dizia isso".

Strapper concordou. "Eu mesmo adoro viajar. As pessoas sempre precisam dar um tempo."

Chili bateu três carreiras e cheirou uma. "Não me diga. Eles tomam sol, trepam, fazem barulho, não aprendem nada das coisas que vêem. E depois voltam para casa." Chili voltou-se para Strapper. "Ele quer que eu faça isso o resto da vida."

"É um serviço, é trabalho", Shahid insistiu.

Chili cheirou a segunda carreira. "Não vê como eles são? Os páquis ficam em suas lojas imundas, carrancudos, sem o menor senso de humor. Os filhos gordos e as filhas medonhas ficam vigiando a gente, pegando dinheiro. Os preços são extorsivos, porque ficam abertos a noite inteira. São os novos judeus, todo mundo os odeia. Em poucos anos, os filhos vão chutar os pais na boca. Não aceitarão passar o dia sentados numa loja abafada." Chili antecipou as objeções de Shahid. "Não que ficar sentado aqui seja o maior barato. Mas..." Chili sempre ficava agressivo quando se irritava. "Vá trabalhar lá, se acha tão legal! Pode ficar com o meu lugar! Mas você também não quer nem saber. É metido a artista. Nossa geração odeia sacrifícios. Ei, Strap, olha só o sonhador." Chili cheirou a terceira carreira a apontou para o irmão. "Ele é um sonhador. Tem grandes esperanças."

"Como eu", Strapper disse.

"Você?"

"Eu mesmo, cara."

Chili riu, debochado. "Não são sonhos, são alucinações provocadas pela droga!"

Strapper cuspiu, e a saliva caiu na poeira, aos pés de Chili. "Veja lá como fala! Vá se foder!"

Chili tentou acalmá-lo. "Shahid quer fazer muitas coisas; coisas nas quais ele acredita."

"Sei desenhar." Strapper procurou uma caneta no bolso. "Arranje um papel!"

"Você não notou que Shahid tem jeito de artista?"

Strapper apontou a faca para Shahid. "Ele tem tudo, e dinheiro também, porra!"

Chili perguntou a Shahid: "Você tem dinheiro?".

"Algum", Shahid disse, tentando ignorar Strapper.

"Me dá um pouco, então", Chili disse. "Quanta conversa mole! Meu Deus do céu, Shahid, me dá a grana. Não somos uma família?"

Shahid não tinha forças para recusar. Esvaziou os bolsos, dando tudo para o irmão.

Mas, quando Chili ergueu os olhos, Shahid viu que, pela primeira vez em muitos anos, Chili sentia medo; perdera a força e a capacidade de resistência. Um sujeito branco, baixo, de meia-idade, vestido como um bancário no final de semana, havia acabado de entrar, acompanhado por um grandalhão feioso, cuja cabeça se movimentava de um lado para outro como se a espinha não agüentasse seu peso. Ao ver os dois, Strapper pareceu sumir nas sombras do quarto.

"Então?", o primeiro disse. Parecia agitado, nervoso.

Sem uma palavra, abrindo um sorriso humilde, Chili debruçou-se e entregou o dinheiro de Shahid. O sujeito o contou, fez cara feia e deu um passo na direção de Chili, que ergueu as mãos, defensivamente. Sabia o que devia fazer. Tirou as chaves do carro e as colocou na mão estendida do sujeito.

"Assim é melhor", o sujeito disse.

"Tanque cheio", Chili disse.

"Hein?"

"Está com o tanque cheio."

Os dois foram embora. Shahid abriu a boca, mas Chili levou um dedo aos lábios.

Permaneceram sentados, atentos, com medo de fazer qualquer movimento. Depois de alguns minutos, Chili mudou de posição e tentou rir, mas o riso saiu oco, sem sentido, lembrando um gemido. Shahid percebeu que ele havia sido humilhado.

Para mostrar que ainda estava vivo, Chili levantou-se e espreguiçou, batendo no estômago e apertando o muque. Deu alguns passos pelo quarto e bateu de brincadeira na cabeça de Strapper, com os nós dos dedos.

"Tem alguém em casa? Sei que tem."

"Meu Deus", Strapper choramingou. "Eles..."

"O que foi?"

"Eles já foram?"

"Por enquanto."

"Ufa."

"Não esquente."

"Fácil dizer, no seu lugar."

"Passe a bagana."

"Nada disso, cara. Preciso dela. Pisei na bola." Ele apontou para Shahid. "Que nem ele."

O rapaz continuou a se coçar e mexer, como se quisesse remover da pele a ansiedade dos últimos minutos. Shahid virou a cabeça e olhou para o outro quarto, de onde vinha o som de "Electric ladyland". A voz de Chili voltou ao normal. Falava com Strapper como se estivesse mostrando um monumento a um grupo de turistas.

"Ainda bem que você gosta dele, porque este merdinha sabe das coisas. Com certeza. Está na pior, mas conhece seu valor, sabe o que foi feito por ele e o que pode esperar da vida, embora não seja muito. Por isso precisamos ajudá-lo. Não vai acontecer nada de horrível com a gente, se não permitirmos." Shahid olhou para Chili de modo admonitório, mas o irmão viajava. "Mas ele sofreu agressões, praticamente desde o dia de seu nascimento. E não merece ser destruído. Alguém precisa fazer alguma coisa por ele!"

Os olhos de Chili se encheram de lágrimas. Shahid concluiu que Chili falava de Strapper como se fosse papai falando consigo mesmo.

"Pare com isso", Shahid disse, soluçando. Tremia. "Por favor, não comece."

"De qualquer modo, ele lê livros", Chili disse, depois de dar o último tapinha na cabeça do outro. "É melhor do que eu, nesse aspecto. Strapper, qual é mesmo o nome do livro que você estava lendo outro dia? Falou nele até me encher o saco."

"Como é?"

Strapper olhava para Shahid com hostilidade.

"O livro."

"*A laranja mecânica*."

"Isso mesmo", Chili disse, batendo um montinho de pó. Aquilo o animou. "Conhece?"

"Puro escapismo", Strapper disse.

Ele puxou uma tira de papel de parede, desenrolando cerca de um metro. Ajoelhou-se e começou a desenhar, rapidamente, nas costas do papel. De vez em quando, olhava para os dois irmãos. Sob o desenho, rabiscou palavras ininteligíveis.

Shahid cansou-se logo da cena. "Zulma não agüenta mais."

Chili ergueu os olhos. "Quando você esteve com ela?"

"Ela não agüenta mais viver com você."

"E quais as novidades?"

"Ela vai levar Safire para o Paquistão."

Depois de uma pausa, Chili passou a agir como um homem capaz de encarar tudo o que lhe ocorria com indiferença, como se uma coisa não fosse pior do que a outra. Por um instante, porém, uma sombra escureceu sua face.

Ele ficou deitado por algum tempo. Depois, sentou-se para beber.

"Cadê a sua mina?", perguntou, finalmente. "Ligue para ela, convide-a para vir até aqui. Gostaria de conversar com ela. Posso ver no fundo de sua alma, e ela sabe disso. Ainda estão transando?"

"Não sei."

"Por falar nisso, como ela se chama?"

"Chili", Shahid disse, "acho que você vai acabar morrendo, se não tomar cuidado. Por favor, conte o que você aprontou, para ser obrigado a se esconder deste jeito."

"Cuide de sua vida."

"Pelo menos, diga o que pretende fazer agora."

"Idem."

Shahid levantou-se e ergueu o punho cerrado, frustrado. "Chili, meu irmão, se você não me contar nada, vou embora."

"Não tenho nada para contar."

Shahid olhou para Strapper. "Você ouviu o cara", disse.

"Até mais", Shahid disse.

"Irmãozinho...", Chili chamou.

"O que foi?"

"Não vá se perder por aí."

Shahid saiu pela casa, tropeçando, até achar uma porta. Na rua, viu que não tinha idéia de onde estava. Caminhou até encontrar uma estação do metrô.

DEZESSETE

"Lamento muito. Sou um estúpido. Lamento", ele disse.

Ela ficou parada na porta da frente, trêmula, pálida e ansiosa, olhando para os dois lados da rua. Usava uma camiseta velha e suéter surrado por cima do ombro, com um legging preto, puído. Tirara a maquiagem; era a primeira vez que ele a via sem óculos.

Ele havia corrido. Ofegante, afastou-se da porta para mostrar que ela não era obrigada a deixá-lo entrar.

"Shahid", disse, quando ele chegou ao portão, "por que você veio até aqui?"

"Precisava ver você."

"Então entre."

"Tem certeza?"

"Não. Mas entre, assim mesmo."

Ela virou de costas, deixando a porta aberta. Ele a seguiu até o andar superior e disse: "Obrigado, Deedee. Lamento muito por tudo".

Um dos estudantes que era seu inquilino estava no alto da escada. Shahid sorriu para ele, embaraçado. O quarto de Deedee cheirava a perfume adocicado e maconha. Era assim que ela se escondia em sua intimidade, caseira, desarmada. Jantara na cama, vendo tevê. Vários livros, uma revista grande com uma caneta-tinteiro marcando a página e o secador de cabelos estavam espalhados sobre as cobertas. Sentia-se seguro, agora, mas percebia o constrangimento de Deedee. Ela não gostava de ser vista daquele jeito, mas não queria se preocupar com isso.

"E aí?"

Ele começou: "Precisei cruzar Londres inteira, mas encontrei Chili. Strapper sabia onde ele se escondera. Tenho outros problemas, também. Zulma quer que eu assuma os negócios, se Chili continuar se destruindo".

"Sério?"

"Mal consegui acreditar no que ela dizia. Mas era sério. O que devo fazer?"

Deedee não era jovem — notou naquele momento as veias em sua mão — e ultrapassara o ponto em que podia agüentar qualquer coisa. Refletira muito, e se empenhara muito na relação. Sua atenção não seria desviada.

Ela fechou a porta e despejou: "Pensei que não nos veríamos mais. Por isso, não quero nem saber dessa história".

"Hein?"

"Sei que é duro. Mas fiquei aliviada ao perceber que não dava para ir mais longe. Andei pensando e acho que sou... que sou demais para você, que eu o sufoco. Quero desistir de tudo."

"Mas por quê?"

"Uma mulher sábia deve manter distância do amor, e procurar um esquema prático em que possa ter sexo, amizade e arte, algo que o substitua, certo?"

Ele não estava escutando direito; não aceitava aquilo.

"Estou perguntando", ele insistiu, "o que posso fazer agora. Chili está escondido — a quilômetros de distância. Um pessoal violento está à sua procura. Não quer tocar no assunto, mas entendi tudo, pela conversa com Strapper. Ele aplicou um golpe num traficante e roubou as drogas e o dinheiro do sujeito, além de fazer outras coisas erradas. Agora, o traficante quer vingança."

"Não dá para censurá-lo, né?"

Sem dúvida, ela não queria saber de nada. Aquilo só desviaria sua atenção.

Ele suspirou. "E você, como vai?"

"Está interessado?"

"Sim, desde que eu não tenha que me sentar."

"Qualquer posição, para mim, é aceitável. Sou liberal. Ou era." Ela bebeu um gole de café e depois um pouco de vinho. "A faculdade finalmente admitiu que alguns de nós perderão o emprego. Brownlow e eu, por exemplo."

"Isso é ótimo."

"Só porque você quer." Ela riu, finalmente. "Quando estava voltando para casa, percebi o quanto perder o emprego na faculdade me apavorava. Por outro lado, é excitante. Sabe que costumo ser ridiculamente otimista, para não ficar sentindo pena de mim mesma." Ela passou a mão no cabelo. "Mas isso é difícil de suportar. Não existe mais emprego por aí. Posso passar anos desempregada. Nunca mais conseguir um lugar onde lecionar. Bem, fui ao supermercado, voltei para assistir *Brookside* e comer pimentão recheado. Normalmente, cozinho e como vendo o noticiário da tevê, com um livro aberto no colo, tomando vinho."

"Gosto de fazer isso, também."

"Mato uma garrafa, quase todas as noites. Sim, é melhor que muito casamento que conheço. Meus amigos que têm filhos invejam a vida de solteira. Posso sair para jantar. Foder quem bem entender. Ou ninguém, e pronto. O que mais uma moça poderia desejar? Mas não dá mais para levar a vida desse jeito. Não quero mais fazer tudo sozinha. Acho que tudo isso é duro demais, pois comecei a ter umas fantasias..."

Ele se sentou e colocou as mãos na cabeça. "De que tipo?"

"Mais tarde eu conto."

"Então você tem um objetivo na vida."

"Fico fantasiando que você e eu vamos passar mais tempo juntos. Só que você não tem certeza de querer isso também, né?"

Ele não soube responder. Andava com a cabeça cheia demais, e ainda por cima ela começava a pressioná-lo.

Ela prosseguiu: "Perdi a fé em você".

"Foda-se, Deedee. Que se dane. Estou arrasado. Esta noite não tenho condições de encarar uma discussão pequeno-burguesa sobre nosso relacionamento."

"Quer que eu vá direto ao assunto?"

"Por que não?"

"Como posso dizer?" Ela o encarou, com firmeza. "Você parece muito ansioso, querido. Não consegue ficar quieto um minuto."

"Vá à merda, Deedee. Não vou agüentar seu sarcasmo esta noite! O que andaram dizendo para você?"

"Que você se envolveu com aquela berinjela."

"Entendi." Ele tremeu. "A berinjela?"

"Sim."

Ela esperou que ele desabasse.

"Deedee, ouvi falar na berinjela, é verdade. E fui até lá para dar uma espiada, admito. Não pretendo negar."

"Deus escreveu na berinjela, certo?"

"Algumas pessoas afirmam isso. Mas são pessoas simplórias. Ao contrário de você, não leram os filósofos franceses. Há poucos anos, ainda viviam em aldeias, ordenhando vacas e criando galinhas. Precisamos respeitar a fé alheia — os católicos dizem que bebem o sangue de Jesus, e ninguém prende o papa por canibalismo."

"É verdade que vocês convenceram o Messias de Borracha a permitir que esta... manifestação seja transferida para a prefeitura?"

"O senhor Rudder declarou publicamente que deseja um contato mais íntimo com nossa comunidade. Se acreditamos em berinjelas, ele vai respeitar isso. É a nossa cultura, entendeu?"

"Isso é a sua cultura? Isso é cultura, afinal?"

"Está bancando a esnobe."

"É? E você está perdido. O que seu pai diria?"

Shahid abaixou a cabeça e mordeu o lábio.

"Você não sabe que o Rudder é um cínico filho da puta?"

Ele gritou: "Somos cidadãos de terceira classe, inferiores até à classe trabalhadora branca. A violência racista piorou muito! Papai acreditava que ela pararia, que seríamos aceitos como ingleses. Não fomos! Não somos iguais! Isso aqui vai ficar igual aos Estados Unidos. Por mais longe que a gente chegue, continuaremos por baixo!".

"Esta parte é verdade. Mas esperava mais de você."

"Deedee." Ele queria ser abraçado. Aproximou-se dela. Ela o abraçou, mas não quis beijá-lo.

"Não gosto quando você me critica sem parar", ele disse.

"Pouco me importa. Fico aqui esperando, e acabo trocada por uma berinjela. Não pretendo respeitar um legume milagroso, e nem competir com ele, tá sabendo?"

"Compreendo seus sentimentos a esse respeito. Mas seja razoável..."

"Que espécie de gente queima livros e lê berinjelas? Sempre ouvi dizer que os livros estavam com os dias contados. Mas nunca imaginei que seriam substituídos por legumes. Imagino que as bibliotecas darão lugar a quitandas. Chega. Estou lhe dando um ultimato."

"O que você está dizendo, Deedee? Não percebe que estou à beira da loucura?"

"E quem não está? Vai ter de escolher. Ou eu ou a berinjela encantada."

"Já chega."

Estavam sentados na beira da cama. "Com qual das duas você vai ficar?"

Ele pensou. "Não é difícil escolher."

"Com o nabo?"

"Creio que sim."

"Já esperava por isso."

"Realmente?"

"Tudo bem, chéri. É o que eu queria saber."

"Me dê um beijo de despedida."

"Foi adorável, enquanto durou."

"Foi mesmo." Ele a beijou. "Quero sua língua."

"Tire a camisa." Ela mordeu os lábios dele. "Adoro esta pele de café com leite. Quero ver você, pela última vez."

"Você tira. Prefiro assim."

"Acho que não consigo", ela disse. "Minhas mãos estão tremendo."

"As minhas também. Tire a camiseta."

"Me ajude."

"Pronto. Agora deite-se. Você é linda."

"Obrigada", ela disse. "Toque em mim... por favor."

"Assim?"

"Ai, meu Deus. Assim mesmo. Mexa, puxe... belisque. Ah, Deus. O outro também. Ai..."

"Está doendo?"

"Ainda não. Faça com a boca. Vai me acalmar. Ponha a outra mão na minha bunda. Enterre as unhas."

"Assim?"

"Isso! Já se esqueceu de que me deve uma boa chupada?"

"Devo?", ele disse.

"Meia hora, pelo menos. Você prometeu."

"Meia hora?"

Ela fechou os olhos. "Vamos logo."

Ele atendeu o pedido. Mas logo parou, sentou-se e a olhou, ansioso.

"Deedee, o que foi?"

O rosto dela tremia. Os cantos da boca se ergueram, a narina se abriu. Instintivamente, ela cobriu o rosto com as mãos.

"Deedee!"

O riso explodiu em sua boca. Ele também começou a rir, estimulando-a mais ainda. Cada vez que se olhavam, antes que um deles pronunciasse a palavra *berinjela*, os dois rolavam pela cama, agarrados um ao outro, com medo de cair. As lágrimas escorriam por seus rostos. Trocaram tapas e agitaram as pernas no alto, como bebês. Ele só conseguia parar de uivar quando mordia o braço dela. Ela tentou tapar sua boca com o travesseiro.

Por fim, ela se levantou e foi até o banheiro, para se lavar na água fria.

Ele não ia mais a lugar algum, naquela noite. Já tinha ganhado o dia. Despiu-se satisfeito, atirou as roupas para o alto, como um adolescente, e entrou debaixo das cobertas o mais depressa que conseguiu, sentindo o cheiro dela nos lençóis.

Ela voltou, apagou a luz e entrou na cama, a seu lado. Suas cabeças se tocaram. Ainda riam um pouco, mas as sensações físicas misericordiosamente substituíram a hilaridade. Para isso existia o sexo. Deitada, ela colocou as mãos atrás da cabeça, abriu as pernas e só se mexeu para pegar na mão de Shahid, para instigá-lo a fazer determinada coisa, em determinado lugar. Ele, porém, não precisava de instruções. Preferia pegar, esfregar, tocar onde bem entendesse, em seu próprio ritmo. Começava a se familiarizar com a boceta dela; queria passear por ali, como se aquilo lhe pertencesse; não imaginava que alguém pudesse se tornar tão possessivo e se apegar a uma vagina.

"Quero a sua berinjela. Encha meu buraco com seu legume. Ponha a semente na terra, para que eu a abençoe com meu suco sagrado."

Ela começou a rir de novo, não conseguiu conter as gargalhadas. Os músculos vaginais se contraíam e relaxavam, alternadamente. Ele se sentia como se estivesse metendo a berinjela numa sanfona.

"Puxa", ele disse, "isso sim é que é vida."

"Isso mesmo", ela retrucou. "Você tem toda a razão."

DEZOITO

Na manhã seguinte, para evitar os inquilinos de Deedee, Shahid se esgueirou pelo corredor. Mas a porta da frente se abriu e Brownlow entrou feito um foguete, cuspindo pedaços de croissant. “Oi, Tariq! Então temos a sorte de ter você como inquilino em um dos quartos?”

“Como? Bem... não.”

“Mas, então, o que você está fazendo aqui?” Brownlow encarou Shahid, intrigado. Em seguida disse: “Ah, já sei. Estava com a minha mulher”.

“Pode-se dizer que sim.”

“Sério?”

“Sem dúvida.”

“Puta que o pariu.”

Shahid olhou surpreso para Brownlow. Era professor universitário, e só se expressava por meio de palavrões.

“Claro”, Brownlow disse. “Eu mesmo tenho interesses similares, embora prefira as mais jovens. Imaginei, contudo, que sua religião fosse rigorosa em relação a essas coisas. Devo ter lido mal o Corão. Talvez você possa me orientar no assunto, qualquer dia desses. Não, acho melhor consultar Riaz, esta tarde.”

“Boa idéia.”

“Está indo para a faculdade?”

“Sim.”

“Espere alguns minutos, e vamos juntos. Podemos conversar. Quer um croissant?”

Brownlow tropeçou no começo da escada, aprumou-se e subiu.

Shahid o estava esperando quando Deedee desceu, ainda de pijama. Um ar sonolento estava estampado em sua face. Ele a beijou nos olhos.

Ela se aninhou nele. "Quer dizer que o rato saiu da toca."

"Sim. Vejo você na faculdade."

"Assim espero. Shahid?"

"Sim?"

"Me dá mais um beijo."

Ele precisou correr para acompanhar Brownlow, que gritava: "Meus parabéns".

"Muito obrigado", Shahid respondeu, nervoso com o cumprimento.

"Freqüentei Cambridge, no final dos anos 60, sabe?"

"Os anos dourados."

"Nem de longe. Mas participei da rebelião. Sartre era Deus para mim." Brownlow olhou de relance para Shahid, como se temesse bancar o esnobe, mencionando um autor desconhecido. "E Fanon, claro, por quem Deedee demonstra interesse esporádico. Os estudantes formavam uma frente compacta, na época — quando a educação humana ainda valia alguma coisa. Lembro-me de ter pensado, na época: detonamos as barreiras, as muralhas do medo e da obediência ruíram, não precisamos mais nos curvar diante dos deuses da autoridade." Brownlow parou, ergueu o punho cerrado e começou a gingar, da cintura para baixo, enquanto cantava para a multidão que ia indo para a aula: "Lyndon Baines Johnson, quantas crianças você queimou hoje?". Olhou para Shahid como um louco, então quis colocar o braço em seu ombro mas se conteve. "Sabe de uma coisa?"

"Ainda não."

"Lamento dizer, mas acho incrível que existam jovens que jamais experimentaram essa liberdade incendiária. Agora, você, Riaz e Chad, junto com as moças, a estão experimentando, no período mais reacionário desde a guerra. Não vivem isolados do povo, e não se intimidam! São modernos — a grandeza e a dignidade estão do seu lado. Isso mesmo!"

"Mas nos anos 60, bem, a sociedade estava pegando fogo", Shahid disse. "Vocês não defendiam a censura, né?"

"Escancaramos todas as portas — arrancando-as dos batentes, explodindo as casas!"

"Tempos explosivos, realmente", Shahid prosseguiu. "Mas há pouco tempo, Deedee, a senhora Osgood, quero dizer, mencionou uma frase muito usada na época. Ela ainda a defende: 'Todo poder à imaginação'."

Brownlow disse, impaciente: "Ela deve ter ouvido isso de algum amigo nosso".

"Então você é a favor da censura contra esse escritor?"

Brownlow baixou o braço e disse: "Percebo aonde você quer chegar. Se isso... se isso dissesse respeito apenas ao livro... Mas você não acredita que os liberais — ao usar o caso para se promoverem, pomposamente — defendam a liberdade literária, não é?".

"Creio..."

"Eles só defendem sua maldita classe. Desde quando se importam com vocês — a classe trabalhadora asiática — e sua luta? Sua classe iniciou sua reação. Ninguém mais vai tratar vocês como colonizados, insultá-los ou persegui-los em seu próprio país. E os liberais — como sempre, os mais débeis e complacentes — estão cagando nas calças, pois vocês ameaçam o poder deles. Se encontrar algum liberal, não se esqueça de dizer que as calças deles vão pegar fogo, dentro em breve."

"O que você quer dizer com isso?"

"Você sabe muito bem o que eu quero dizer com isso", Brownlow falou, soltando uma risada feroz. Ele passou pelos guardas de segurança e fez o sinal da paz. "Tchau."

Naquela manhã Shahid estudou na biblioteca, tranqüilo, na medida do possível. Não queria sair, estava com um mau pressentimento sobre o que iria encontrar lá fora; mas era ridículo, um estudante universitário não podia ficar se escondendo.

No meio da manhã foi até a cantina e não encontrou nenhum conhecido. Estava retornando à sua mesa, esperando passar a tarde lendo calmamente, quando viu Hat e Sadiq discutindo agitados enquanto caminhavam. Discretamente, tentou se esconder no meio das pessoas que se dirigiam às salas de aula.

Mas Hat o viu, embora Shahid mantivesse a cabeça abaixada, e abriu caminho no meio da multidão, gritando: "Ei, sabe o que ela fez, yaar? Agora mesmo. Sadiq mal pôde acreditar. Chad vai dar pulos de alegria".

"Do que você está falando?"

Hat ofendeu-se. "Vamos lá, não banque o chato. A guerra começou." Segurou cordialmente o braço de Shahid. "Onde você se meteu na noite passada?"

"Estava ocupado. Eu..."

"Fazendo o quê? Faltou à reunião. Não é tão engraçada, sem os seus comentários impertinentes, irmão."

Sadiq não agüentava mais de ansiedade. "Conte logo, Hat, yaar."

"Tá bom, tá bom", Hat disse, dirigindo-se a Shahid, que tentava se safar. "Aquela mulher. Esta manhã, a senhora Osgood mostrou o livro. Sabe o que ela disse, agitando o livro como se fosse um absorvente higiênico? Disse: 'Vamos conversar. Isso é literatura, tema da aula de hoje. Orwell e outros. A liberdade de expressão está sendo ameaçada'."

"E o que aconteceu depois?"

"Uma moça síria, uma irmã iraquiana e o paquistanês..."

"Era eu, seu bobo", Sadiq disse.

"Ah, é mesmo. Enfureceram-se por terem de agüentar aquela merda toda. 'Algum comentário?', ela perguntou, andando de um lado para outro, como um ditador. 'Algum comentário?' Falei: 'Quero fazer um comentário. Jogue fora este livro, antes que eu... antes que eu... tem idéia do que estou falando, senhora Deedee Osgood?'."

"Por que você disse isso, Hat?"

"Ora, por que não? Qual é o problema com você? Falei tudo. Disse que nossos pais pagam impostos, que deveríamos ter bolsas de estudo e ensino decente, despertar a inveja em todo mundo, e não ouvir blasfêmias."

"E o que ela disse?"

"Ela insistiu: 'Estamos em aula. Deve haver discussão, debate, argumentação!'."

"Persistente, né?"

"Aí comecei a socar a mesa, irmão. E os outros me acompanharam, todo mundo batendo na mesa. Não esperava, mal conhecia aquela gente."

"Só a mim", Sadiq disse.

"Mas todos me apoiaram, com firmeza."

Shahid disse: "E ela, como reagiu?".

"Calou a boca na hora. Democracia em ação. Protesto estudantil em larga escala. Conversei com Brownlow, ele acha que devemos ser ouvidos. Nossas vozes são reprimidas por gente como Osgood, com sua mentalidade colonialista. Para ela, somos bestas de carga. E a senhora Deedee teve de esconder o livro, antes que alguém o enfiasse..."

"Ela ficou brava?"

"Brava? Ainda não acabou, cara. Escute o resto. Nós ficamos bravos, isso sim!"

"Como assim?"

"Passei pela sala dos professores; ela apareceu com um maço de folhetos e colocou isso na minha mão." Hat mostrou uma página de xerox. "Ela vai começar um curso amanhã. 'A história da censura: importância da imoralidade. Platão, os puritanos, Milton.' " Ele examinou o texto. "Como se pronuncia isso? Baudelaire, Brecht. Sabe como é, todo o pessoal branco."

"Parece interessante", Shahid disse. "Onde a gente se inscreve?"

"Cara, seu senso de humor me faz chorar. Acho melhor guardar as piadas só para você, em seu próprio benefício, se é que você me entende."

Shahid mais uma vez tentou ir embora. "Vejo vocês mais tarde."

Hat o acompanhou. "Estamos indo para o mesmo lado."

"Preciso pegar meus livros."

"Tarde demais para os livros. A Legião Estrangeira está em campanha!"

"Em campanha!", Sadiq completou.

Shahid nunca vira o grupo tão excitado. Estavam todos agitados, prontos para a briga.

Chad e os outros se reuniram numa sala de aula desocupada, preparando panfletos em diversas línguas. Shahid, ao observar como Riaz transmitia com segurança as instruções que maquinara previamente, ficou primeiro intrigado, e depois decepcionado. Percebeu que Riaz estava vestindo as roupas que ele havia lhe dado logo que se conheceram. Debaixo de seu paletó, Riaz usava a camisa Paul Smith vermelha, a calça Levi's verde e as meias de bolinha de Chili.

"Chad", Hat disse. "Dê uma olhada neste folheto, yaar. É dinamite pura, de Deedee Osgood."

Chad leu o texto. "Pode deixar, irmão. Quem vai ser dinamitada é ela, logo mais. Isso fica por minha conta." Ele se voltou para Shahid, que seguia na direção da porta. "Aonde você pensa que vai?"

"À biblioteca."

Chad ficou na ponta dos pés, como se fosse correr. "Não seja bundão. Vamos queimar aquela bruxa na fogueira." Ele puxou Shahid de lado. "Sua parte é conseguir um pau comprido..."

"Um pau?"

Chad o imitou. "Um pau! Isso mesmo. Um cabo de vassoura serve."

"Você ficou louco, cara, se acha que pode começar a espancar as pessoas!"

"Cretino! Vamos colocar fogo nesse lixo depravado e erguê-lo bem no alto, para que todos vejam e aplaudam nosso protesto. Acho melhor arranjar um rolo de barbante, também. Vá!"

"Chad, eu..."

"Eis o dinheiro. Traga o troco!" Chad enfiou uma nota de cinco libras na mão de Shahid. "O que você está esperando? O tiro de partida?"

Shahid deu meia-volta, dizendo: "Aquele sujeito, por mais que tenha errado, nunca cuspiu em nós, nem nos recusou um emprego. Nunca chamou ninguém de páqui nojento, certo?".

O rosto de Chad ficou vermelho como barro. Batendo o pé no chão, ele forçou Shahid a se virar. "Quantas vezes vou precisar repetir: aquele filho da mãe jogou merda na nossa cara!"

"Quero discutir isso com o irmão Riaz", Shahid insistiu, dando um passo na direção de Riaz.

"Não comece. Estávamos conversando, mas você saiu com aquela aeromoça. O irmão Riaz está mais irritado do que nunca com você. Cadê o texto que ele mandou digitar?"

"Chad, sinto pena de você. Sem ele você não é nada."

"Concordo."

"Não passaria de um cão sem dono."

"Cão, é?"

Chad praticamente agarrou Shahid, puxando seu braço para baixo. Shahid precisou lutar para se manter em pé.

"Um cão nojento."

Chad disse: "Pelo menos reconheço a necessidade de um mestre. Não sou arrogante a ponto de achar que posso fazer tudo sozinho. Criei o mundo, por acaso?". Ele falava com o dedo em riste, próximo à garganta de Shahid, como se pretendesse fazer um furo nela. "Mas eu sei que, ao contrário de você, não sou um covarde."

"Chad..."

"Você só fala, nunca toma uma atitude! E quer saber por quê? Porque teve uma vida muito fácil! Aquele monte de merda que você disse no primeiro dia, foi tudo mentira, só para tornar sua vida interessante! Pensa que não sei que você é mentiroso? Agora chegou a hora de agir!"

Shahid lembrou-se do modo como Chili erguia a cabeça e ria, quando alguém o ameaçava, como se a possibilidade de ser agredido fosse cômica. Chili, entretanto, sabia caratê, e costumava brigar. Mesmo assim, Shahid abriu um sorriso bem na cara gorda de Chad.

Chad o agarrou pelo colarinho da camisa e o arrastou, empurrando-o porta afora. Shahid saiu da faculdade a contragosto, mas aliviado por se afastar deles. Assim ganharia tempo para pensar.

Caminhava, perturbado, sem pensar direito no caminho que tomaria, quando Tahira veio correndo atrás dele. Seu lenço havia escorregado; mechas do cabelo caíram sobre o rosto ovalado, mas ela logo as escondeu, cuidadosamente.

"Shahid, vi o que aconteceu." Ela levou um dedo aos lábios. "Psss. Não se sinta humilhado. Lembre-se que este é apenas um passo na longa estrada. Você age como se fosse a viagem inteira." Pretendia dizer alguma coisa, mas encontrava dificuldade. "Desde o início... gostei de você."

"De mim?"

"Por que tanta surpresa? Você tem a mente mais aberta que os outros. Mas por que você sempre está pensando em outra coisa?"

"Penso em meus estudos."

Ela o olhou, desconfiada. "Ou será que você tem alguém?" Parou de falar, esperou um pouco, mas ele não queria dizer nada. "Imagino quem seja. Vou adivinhar. Aposto que é..." Ele começou a andar. "Por favor, não vá embora. Temos uma missão a cumprir. Shahid!"

Ela o arrastou para a loja de ferramentas, onde adquiriram uma vassoura e um rolo de barbante. Ao sair, ele tentou entregar o material, colocando tudo em suas mãos. "Leve isso ao irmão Riaz."

Ela não aceitou. Percebera suas intenções. Obrigou-o a voltar para a faculdade.

"Não é o momento para desistir de tudo. Precisamos acreditar em alguma coisa, e defender nossas crenças. Caso contrário, fracassaremos."

As salas de aula estavam cheias. Era um dia belo e normal; faltava pouco para a hora do almoço. Em pouco tempo, todos se reuniriam no pátio. E lá estaria ele, vigiando a chama com o irmão Riaz, Chad e os outros. Sensacional!

Queria cooperar, entregar-se ao niilismo amargo, à destrutividade e ao ódio. Adoraria a loucura que circulava em suas veias, como se estivesse numa *rave* de adolescentes em Kent.

De repente Shahid viu um dos guardas de segurança descendo a escada. O sujeito certamente notaria sua cara de culpado. Concluiria que a vassoura era uma arma, deteria e interrogaria Shahid, antes de expulsá-lo. Shahid seria posto para fora da faculdade. Até o final da tarde, estaria acompanhando as malas, a caminho do trem. À noite, sentaria ao lado da mãe enquanto Tipoo preparava o chá. Seria o "chefe da família".

"O que está fazendo?", Tahira disse. Ele escondeu o rolo de barbante dentro da jaqueta e começou a varrer o chão. "Shahid!"

Não distinguia mais a sanidade da loucura, o certo do errado, o bem do mal. Por onde deveria começar? Nada disso teria como resultado o bem. Mas haveria algo capaz de fazê-lo? Quem saberia dizê-lo? Tudo se movia; nada podia ser detido, o mundo girava, as bússolas perdiam o rumo, alucinadas. A história se desenrolava em sua cabeça, caótica, e ele flutuava no espaço. Onde pousaria? Se o guarda de segurança perguntasse quanto era dois mais dois, o que ele responderia?

Shahid varria o chão calmamente, sem a menor noção de seus atos.

Depois que o guarda passou, Shahid foi para os fundos do prédio, seguido de Tahira. Seguiu para o pátio, onde se realizaria a manifestação. Queria, no caminho, ver o rosto de Deedee novamente.

Passaram pela classe onde ela estava dando aula para "as moças", uma turma de garotas negras do curso de moda. Uma delas, meio constrangida, estava de pé em cima da cadeira. As outras riam e batiam palmas. Deedee também ria, apontando para o sapato da aluna. Estava bastante animada. Como as pessoas adoravam suas aulas!

Ele fechou os olhos e seguiu em frente.

"Qual é o problema?" Deedee surgiu atrás dele, puxando-o para o lado. "Você está doente?" Era difícil sentir seu rosto e seu hálito tão perto dele. Tahira afastou-se, e ficou observando.

Os dentes de Shahid batiam. Deedee queria protegê-lo, e naquele momento ele se sentia grato por isso. Ela olhou para a vassoura e para o barbante, como se fossem provas num julgamento.

"Resolveu ajudar o faxineiro, ou vai sair voando nessa vassoura?"

Ele deixou cair o barbante e o pegou de volta. "Houve um acidente."

"Onde?"

"Quebraram alguma coisa. Preciso limpar a sujeira."

"Diga o que você vai fazer com este barbante!"

Ele largou as mãos de Deedee. "Fique longe de mim!"

"Amo você, sabia? E você, sente alguma coisa por mim?"

"De onde você tirou essa idéia? Preciso ir."

"O que você estava fazendo?", disse Tahira quando ele se afastou de Deedee e eles continuaram seu caminho.

"Ela queria comentar um de meus ensaios."

"Aquela mulher é uma peste."

"Como assim?"

"Riaz conseguiu provas de que a família dela é nudista."

"Não imaginava que fossem tão interessantes."

"Shahid, você gosta de ser tão cínico?"

"Pensando bem..."

"Sim?"

"Gosto muito."

Ela o encarava, fascinada.

Na sala de aula, Shahid mostrou a vassoura e o barbante para Chad.

"Muito bem, muito bem", Chad disse, olhando para Tahira. "Você é radical. Traga isso para cá."

Sadiq conseguira uma lata de gasolina. Hat trouxera caixas acústicas de seu quarto e pegara emprestado um microfone da faculdade. Enquanto isso, os outros irmãos e irmãs distribuíam panfletos aos estudantes que saíam para almoçar, na cantina, nas escadas, no salão comunitário e na porta das classes.

Shahid, Sadiq, Hat e outros seguiram para o pátio, um playground infantil cercado e asfaltado onde os estudantes jogavam basquete. Riaz o escolhera como local da manifestação.

Em pouco tempo os estudantes que saíam das classes começaram a se reunir ali. Alguns subiram numa escrivaninha abandonada para ver melhor. Shahid observou a atmosfera festiva, os risos e a curiosidade passiva, os rapazes que andavam de patins. Em volta do pátio, as janelas se abriram, e dezenas de cabeças surgiram para espiar. As pessoas davam gritos e vivas. Hat conduzia os alunos para o pátio e ordenava, aos gritos, que fizessem silêncio. Para sua surpresa, Shahid notou que Brownlow auxiliava Hat.

O pátio estava praticamente lotado quando Chad ergueu o livro com o cabo de vassoura e o agitou no ar. A seu lado, um casal se beijava na boca, olhando apenas de vez em quando — a moça para levar o dedo à têmpora e girá-lo — mesmo quando Hat molhou as páginas do livro com gasolina.

Dois seguranças da faculdade aproximaram-se de Chad. Brownlow estendeu os braços, num gesto apaziguador, e iniciou uma explicação. Mas sua gagueira retornara, e os guardas trocaram olhares zombeteiros, mais interessados no comportamento do catedrático do que nos acontecimentos, que transcorriam em paz, afinal de contas. Shahid, entretanto, sabia que Brownlow arriscava o emprego ao participar da manifestação.

Shahid viu Deedee sair do prédio principal e parar ao lado de alguns de seus alunos e fãs.

"Meu Deus", ela gritou, levando as mãos à cabeça. "O que está acontecendo?"

Ferozmente decidida, abriu caminho a cotoveladas na multidão, até chegar a Brownlow. Sentia raiva suficiente para socá-lo, mas todos a observavam, e aquela não seria uma boa idéia. Espinafrou o ex-marido, que olhou para Riaz, balançou a cabeça e gaguejou ainda mais. Os lábios se moviam, em espasmos inúteis. Ela deu a volta por trás dele, tentando encontrar alguém com quem discutir. Mas os estudantes começaram a rir deles, por terem uma briga "doméstica" bem no meio da manifestação.

Riaz tomou fôlego. Subiu no caixote de madeira trazido por Hat e apanhou o microfone das mãos de Sadiq. Até então, esperando discretamente num canto, Riaz parecera irrelevante, distraído até, como Lenin na estação Finlândia. Mas o momento de agir finalmente chegou.

"Boa tarde", disse, para testar o público, e limpou a garganta.

A voz de Deedee se elevou. "O que pretendem fazer com aquele livro?"

Riaz parecia tremer, ao se dirigir a ela por cima das cabeças que se viravam para vê-la. "Se permitir, eu gostaria de dizer algumas coisas."

"Pretendem queimá-lo, não é?"

A atitude dela o ajudava. Ele apelou à multidão: "Já vou explicar".

"Vocês realmente entendem o que isso significa?", ela disse.

"Com licença. Por acaso a liberdade de expressão de um asiático pode ser violada por uma autoridade?"

"Não, não", as pessoas responderam.

Ela disse: "Por que não tentam ler o livro, primeiro?".

Alguém gritou de uma janela: "Deixe o irmão falar".

Uma voz na multidão concordou: "É a vez do irmão!".

"Fale, irmão!"

"Vá em frente, cara!"

"É isso aí!"

"Compreende?", Riaz disse, quando as vozes se elevaram. "Isso, sim, é democracia!"

"Democracia!", ela disse.

"Posso começar?"

"Acho que você..."

Ele a interrompeu: "Será que os defensores da supremacia branca pretendem nos dar uma lição de democracia, esta tarde? Ou permitirão, desta vez, que a pratiquemos?".

A multidão, interessada, voltou-se para Deedee, que procurava apoio entre os presentes. Seus olhos cruzaram com os de Shahid. Por um instante, ela o encarou. Ele tentou sorrir, como se dissesse: "Claro, compreendemos um ao outro". Mas, com uma expressão desolada, ela já olhava para a frente.

Alguns estudantes vaiaram e assobiaram. Outros riram. Uma voz se elevou entre os murmúrios: "Cale a boca, sua puta branca!".

"Isso mesmo!", disse outra voz, e outra.

Deedee ergueu o punho fechado para Riaz e gritou: "Salvem-nos dos que desejam nos salvar!".

E foi embora, apressada.

"Obrigado", ele disse. "Agora podemos começar."

Riaz adotou sua atitude irônica de costume, falando pausadamente enquanto desfiava seu argumento padrão sobre os crimes cometidos pelos brancos contra os asiáticos e negros, em nome da liberdade. Deus, como um sopro de justiça, o apoiava. Shahid lembrou que Brownlow havia dito que gostaria de acreditar em Deus. Presumira, na época, que a frase do professor era cínica, mas agora não tinha tanta certeza. Quanta vantagem havia em ter Deus a seu lado, nesta vida — em certas circunstâncias!

Depois de discursar brevemente, Riaz olhou para Chad e ergueu um dedo. Chad levantou o livro. As páginas farfalharam na brisa, como as asas de um pássaro. Hat aproximou o isqueiro. Sadiq e Tahira imediatamente pularam para trás. A fumaça envolveu o livro, antes de se dissipar na atmosfera.

As pessoas aplaudiam e comentavam, como se assistissem a um espetáculo de fogos de artifício. Punhos cerrados voltaram-se para o livro em chamas. Trevor Buss, agora Muhammad Shahabuddin Ali-Shah, aliás irmão Chad, que brandia o livro no ar, riu, triunfante.

Sadiq deu vivas, acompanhado por Hat, Tariq e muitos outros, que aprovavam o gesto. Shahid ficou no meio da multidão, nem muito na frente, nem muito no fundo. Torcia para que os amigos não o vissem. Mas como evitar seus olhares? Virou a cabeça na direção de Hat, e Hat o viu. Shahid desviou os olhos imediatamente, com ar culpado, como se sentisse vergonha por não estar se divertindo tanto quanto deveria. Queria permanecer neutro, mas sabia que isso era impossível. Não estava indiferente, como tantos observadores. No mínimo, sentia vergonha por ser incapaz de participar, de se abandonar. Talvez por isso gostasse tanto das drogas de Deedee.

Examinando a fisionomia de Chad, que estava no meio da multidão, sentiu-se melhor. Não queria em seu rosto uma expressão de rigidez estática como a dele. Nunca! A estupidez da manifestação o chocava. Como eram limitados, burros... aquilo era constrangedor! Mas ele era melhor do que os outros por causa de sua falta de fervor? Era melhor, ficando em cima do muro? Não, era pior, faltava-lhe entusiasmo. Faltava-lhe simplicidade!

"Isso está errado", disse Shahid para alguém a seu lado. "Afinal, o que houve com nossa comunidade?"

O estudante retrucou: "Com o que você está preocupado? É apenas um livro".

Uma labareda ergueu-se no meio dos capítulos. Páginas queimadas voaram na direção da multidão. Um parágrafo voou para Kilburn; várias passagens flutuaram na direção de Westbourne Park; metade da capa foi direto para o alto.

Alguém gritou: "Olha lá! Chamaram a polícia!".

A polícia não era bem-vinda na faculdade; sua presença poderia provocar mais distúrbios do que a literatura flambada.

De repente, escarnecendo dos guardas, a multidão começou a se dispersar, em todas as direções. O microfone, na confusão, foi desligado. Sadiq correu.

Riaz improvisou um megafone com as mãos, soltando gritos quase ininteligíveis. O grupo tentou seguir sua orientação, mas uma agitação na entrada do pátio chamou a atenção de todos. Shahid aproximou-se para ver. Era Deedee. Ela saiu do prédio, acompanhada de três policiais. Apontou para Riaz e Chad. Brownlow, ao ver isso, correu para falar com eles.

Chad correu pelo pátio até um portão lateral e fugiu para a rua. Suspendia o livro incinerado sobre a cabeça como se fosse um guarda-chuva quebrado, e gritava frases num urdu ininteligível. Riaz tropeçou e caiu ao lado do caixote. Levantou-se e olhou para os lados, sem saber como proceder.

Hat, Sadiq e Shahid recolheram as caixas de Hat e entraram no prédio, no instante em que a brigada de incêndio surgia no outro acesso.

Haviam queimado o livro. O evento não havia dado de todo certo, mas queriam fazer aquilo, e o fizeram. Apesar das chamas, não ocorreu nenhuma catástrofe, ninguém se feriu. A diretora da faculdade prometeu castigar os queimadores de livros, mas Shahid duvidava que tomasse alguma atitude, acirrando mais os ânimos. Há muito desconfiava do grupo de Riaz, mas evitava hostilizá-lo, e por medo de ser acusada de racismo reservara uma sala para suas orações, apesar de seus cartazes incendiários.

Os estudantes seguiram para a lanchonete; outros foram para a biblioteca e para as salas de aula. Rapidamente restabeleceu-se a normalidade. As instituições britânicas estavam em decadência, é certo; mas ainda se agüentavam em pé, por força do hábito. Um ataque menor, como aquele, ou mesmo vários não a ameaçavam realmente. Shahid, entretanto, não gostou de ter pensado isso.

Seria impossível, para ele, permanecer na biblioteca. Pegou suas coisas, sabendo que deveria procurar Deedee. Contudo, temia seu sofrimento, não sabia lidar com isso, temia que ela estivesse brava com ele, temia que as coisas tivessem ido longe demais, pondo fim a tudo entre eles.

Na porta da classe, encontrou um aviso de Deedee, cancelando a aula. Calculou que ela estava discutindo a situação com a diretora.

Havia uma página chamuscada na sarjeta, na frente da faculdade. Os ônibus passavam, as casas de kebab estavam funcionando, mães empurravam carrinhos de bebê, pessoas voltavam para casa do trabalho. Na escada do metrô, um padre agachado lia a Bíblia para um mendigo que passava o dia inteiro ali, sentado. Ninguém sabia que um livro havia sido queimado, perto dali. Poucos, provavelmente, se importariam, se soubessem do fato. Todavia, naquela manhã, outra bomba explodira na City. Em muitas ruas havia barreiras policiais. Ele sabia que não adiantava pensar que tudo continuaria na mesma.

Queria voltar para seu quarto, fechar a porta e sentar para escrever; assim, recuperaria sua identidade. A destruição do livro — um livro que se tornara um desafio — continha uma atitude em relação à vida, e ele precisava meditar a respeito.

Estava subindo a escada quando, perto de seu quarto, ouviu vozes conhecidas. Praguejou. Alguns irmãos estariam reunidos no quarto de Riaz. Ele pensou em dar meia-volta. Fugir dali. Abandonara o grupo. Não tomara nenhuma decisão: a aliança se rompera no momento em que Hat encharcara o livro de gasolina. Não agüentava mais que determinassem o que não deveria fazer; para variar, aceitaria a incerteza. Talvez a sabedoria viesse daquilo que a pessoa não sabia, e não das certezas. Torcia por isso, pelo menos.

Esperava, também, que o afastamento fosse franco. Sem confrontos, pelo menos. Não pretendia defender suas opiniões, nem encontrar os membros do grupo, por algum tempo. Por outro lado, não queria evitar os antigos amigos, como se fosse um bandido ou pária. A vida na faculdade seria intolerável. Não pretendia, tampouco, ser expulso do prédio onde morava. Continuaria a passar pela porta de Riaz, sem que ninguém notasse.

Chegou ao alto da escada e percebeu que eles não estavam reunidos no quarto de Riaz. Chad, Hat, Tahira, Saqid, Tariq e

Nina haviam aberto sua porta, que desde a invasão de Chili não tinha mais tranca.

Ao entrar, encontrou rostos hostis. Todos fizeram silêncio. Não havia lugar para sentar. Hat estava em pé, ao lado do computador, abanando-se com um disquete. Shahid apontou para a tela iluminada. "Quer ajuda?"

Chad levantou-se, pegou o disco da mão de Hat e o enfiou no bolso. Hat desviou os olhos.

Sadiq retomou a conversa. "Vamos vê-la imediatamente!"

Hat olhou para Shahid, com ar de culpado. "Ela não está na sala dela."

"Já verificou isso?", Chad disse.

A resposta de Hat foi quase inaudível: "Como você mandou".

"Ainda bem."

Sadiq quebrou o silêncio que se seguiu: "De uma coisa eu sei — ela jogou o Estado britânico contra nós".

"Sem escrúpulos", Chad disse. "Ela diz que é contra as autoridades, mas quer nos ver presos. É inacreditavelmente hipócrita."

Sadiq disse: "Devo informá-los de um detalhe que surgiu em minhas investigações, para que tomem providências. Osgood escolhe seus amantes entre os estudantes afro-caribenhos e asiáticos. Confirmei isso". Tahira e Chad trocaram olhares. Sadiq prosseguiu: "Temos provas. A faculdade já sabe que ela tem casos com dois rasta. Por motivos políticos, seleciona os amantes entre os negros e asiáticos, exclusivamente".

Tahira ajustou o lenço. "Nosso povo sempre serviu como objeto sexual para os brancos. Não admira que odeiem nossa modéstia."

"A sacerdotisa da pornografia encoraja nossos irmãos de cor a tomar drogas", Sadiq continuou. "E, quando fode, podem-se escutar seus gritos do outro lado de Londres, como se fosse o alarme de um carro. Costuma abortar, regularmente. Tem até conta na clínica!"

"Sadiq", Tahira disse, "você está exagerando um pouco em suas colocações."

"Peço perdão. Basta ver o modo como ela se veste. As roupas são justas demais para ela. Sai carne para todo lado, como uma batata dentro de uma meia."

"Se pelo menos vocês estivessem aqui, no ano passado", Chad disse. "Uma das irmãs foi desencaminhada pelos pós-modernistas. Eles a obrigaram a abandonar o lar paterno. A família, que a amava, entrou em contato com o irmão Riaz e comigo. A moça estava escondida. Seus pais, coitados, desesperados. A moça foi obrigada a declarar que a religião trata as mulheres como cidadãos de segunda classe. Riaz assumiu seu caso pessoalmente. A moça se mudou para uma pensão e concordou em dialogar com os pais. Dialogar! Sabe onde ela estava, antes? Osgood a escondera em sua casa!"

"Aquela mulher roubou uma criança dos próprios pais?", Tahira disse.

"Sim! Eu poderia esconder um membro da família Osgood em minha casa e encher sua cabeça de propaganda? Se fizesse isso, sofreria as mais terríveis acusações. Terrorista! Fanático! Lunático! Não podemos vencer nunca. Os conceitos imperialistas não morrem jamais."

"O que aconteceu com a moça?", Shahid perguntou.

Chad disse: "Boa pergunta. Pois ela foi assassinada".

"Pelos pais?"

"Por que pergunta isso, idiota? Não, ela mesma se matou, no Tâmisa. Isso acontece quando a pessoa não sabe mais quem é."

"Não podemos permitir que isso continue", Tahira disse. "Vamos falar com ela."

"Isso mesmo!", Sadiq disse.

Tahira disse: "O irmão Riaz mencionou que Osgood, no mínimo, deve ser despedida, por causa de seus ataques contra as minorias. Hoje mesmo ela interferiu em nossa liberdade de expressão. Isso não é censura racista, Shahid?".

Shahid baixou os olhos.

"Algum dia ela dialogou conosco?", Chad perguntou.

"Hoje", Shahid falou. "Ela bem que tentou."

"Hora imprópria", Chad disse. "Tentou nos humilhar na frente de todos. Ela por acaso perguntou por que não queremos ser insultados? Disse por que nossas crenças são sempre inferiores às dela, e por que se julga no direito de dar aulas a todos, sobre a igualdade?"

"Ela acredita na igualdade, mas com uma condição: devemos esquecer que somos diferentes", Tahira disse. "Se afirmamos nossa individualidade, então somos inferiores, pois acreditamos em bobagens."

"Ela nos entregou para a repressão!", Hat disse.

Chad completou: "Eu jamais seria capaz de fazer isso — nem ao meu pior inimigo!".

"Vamos até a sala dela para esclarecer tudo!", Hat disse.

"Isso mesmo. Vamos mostrar o que é liberdade de expressão."

Chad olhou para Shahid: "Que tal?".

Shahid disse: "A segurança vai detê-los antes que consigam dizer uma única palavra a Deedee Osgood".

"Como você sabe?"

"E serão todos expulsos."

Chad aproximou-se e passou a mão na cabeça de Shahid, como se espantasse uma vespa presa em seu cabelo.

"Não quero mais estudar! Vou expulsá-los. Não subestimem nosso poder! Se seguirmos seu conselho, nunca tomaremos a iniciativa. Vamos ficar quietinhos, como gatinhos de estimação, mexendo as perninhas no ar! Chega! Graças à minha genialidade costumeira, pensei no que devemos fazer. Sei onde ela mora. Esta noite, visitaremos sua casa."

"Como é?", Hat disse.

"Ela precisa de uma lição, para aprender de uma vez por todas", Tahira disse. "Você não concorda, Shahid?"

"Gostaria de dar um soco nela", Sadiq disse, erguendo a mão fechada. "Para que se lembre de nós."

"E quem poderia condená-lo?" Chad aproximou-se da porta. "Riaz espera por nós, na mesquita. Devemos conversar, antes da reunião com o senhor Rugman Rudder. Logo teremos a decisão a respeito do uso da prefeitura."

Shahid pensou se teriam coragem de pedir-lhe que se unisse a eles. Mas Chad só bateu com a mão em seu bolso. "Obrigado pelo disquete."

"Qual deles você pegou?"

"Somente o que pertence ao irmão Riaz."

Shahid estendeu a mão. "Por favor, devolva isso para mim, Chad."

"Esqueça."

"Mas não está pronto. Pode levar o disquete esta noite, quando eu terminar."

"Está pronto."

"Não, Chad, não está!"

A fisionomia de Chad era rígida como a terra congelada. "Claro que está pronto. Completamente."

Chad fez um gesto para que saíssem. No caminho, Sadiq cantou: "Osgood — *no good*! Osgood — *no good*!".

Shahid atirou-se na cama e ouviu os outros continuarem o grito de guerra enquanto desciam a escada.

DEZENOVE

Precisava avisá-la, mas onde encontrar Deedee? Correu de volta para a faculdade, mas ninguém sabia de seu paradeiro. Pegou o metrô, correu da estação até a casa dela, onde ela normalmente já deveria estar, segundo um dos inquilinos. Naquele dia, porém, ainda não dera sinal de vida. Shahid rabiscou um recado e o deixou sobre a mesa, dizendo que precisava vê-la e que voltaria.

Shahid caminhou por muito tempo, até se perder, exausto. Encontrou um telefone e ligou várias vezes, pensando que ela já poderia ter voltado. A secretária eletrônica estava ligada. O medo esfriou seu corpo inteiro. Sentia um aperto no peito, mal conseguia se mexer. Seu corpo sabia que ele havia feito algo irrevogável.

Pegou um ônibus e acabou no Morlock. Pediu uma cerveja e sentou, arrasado como o resto da freguesia. Ainda acreditava, porém, que Riaz era compreensivo e que ele iria entender. O irmão reconhecia o lado humano de cada um, e o respeitava. Se pelo menos Shahid pudesse conversar com ele. A situação de Deedee, e mesmo a sua, poderiam ser esclarecidas. Precisaria se livrar de Chad, primeiro. Caso contrário, ele o impediria de falar com Riaz. O que fazer?

Repassou o caso várias vezes, e tomou mais duas cervejas. Ao sair, teve uma idéia.

A luz fluorescente zumbia. Hat parecia chocado. O rosto de Shahid parecia causar-lhe sofrimento, tanto que Hat se recusava a olhar para ele. Contudo, havia um movimento em seu íntimo, como se ele estivesse tentando decidir que atitude tomar. Shahid continuou balançando a cabeça e sorrindo, embora isso fosse difícil, já que Hat continuava a servir os fregueses como se Shahid fosse invisível.

Por fim, Shahid era a única pessoa no restaurante. Hat começou a limpar o balcão com um pano.

"Não chegue perto de mim."

"Preciso saber uma coisa."

"Por quê?"

"Por favor, Hat."

"O que você quer?"

"Hat, Hat, éramos amigos."

Hat, aparentemente, cedeu. Chamou o irmão mais novo nos fundos e ordenou que assumisse sua posição no balcão. Em seguida, porém, seguiu direto para seu apartamento, pela escada da entrada de serviço. Shahid esperou, acompanhando a passagem do tempo pelo relógio do microondas. Quando já estava indo embora, pensando que Hat queria apenas ver-se livre dele, ele voltou. Shahid nunca vira Hat naquele estado. Parecia exausto, apavorado.

"Você sabe muito bem o que aprontou", Hat disse, sentando-se na frente de Shahid.

"O quê?"

"Para que piorar tudo, mentindo?"

"Você precisa me contar, Hat."

Hat o encarou, como se Shahid estivesse fazendo uma brincadeira de mau gosto. "Imprimi os poemas de Riaz na minha impressora."

"Já?"

"Sim."

"Sei", Shahid disse. "Compreendo."

"Não deu para acreditar!"

"Eu não havia terminado!"

"Terminado?"

"Os poemas em prosa..."

Hat deu uma risada forçada. "O que você acha que o irmão Riaz sentiu, esperando todo orgulhoso que seus versos rimados fossem impressos, querendo pegar o material e mostrar para os amigos? Sei que ele esperava ganhar algum dinheiro com isso."

"O manuscrito original não foi alterado."

"Nunca o vi tão excitado. Depois, ocultou seus sentimentos muito bem. É um homem digno. Mas aquilo o reduziu a cacos. Todos nós ficamos arrasados."

Shahid lembrou-se de ter lido:

As areias fustigadas pelo vento sussurram: adultério!
Nesta terra sem Deus, onde Lúcifer e os colonialistas reinam,
moças sem véu, perfumadas de Ocidente, invejam as
[desavergonhadas.

Iniciara a digitação do trabalho de Riaz com boa-fé. Mas havia certas palavras, depois frases, depois versos, que não conseguia reproduzir literalmente. E, tendo abandonado a transcrição pura e simples, empolgou-se. A intensidade de seu relacionamento com Deedee contaminou tudo. Tornou-se natural, para ele, expressar no texto sua perplexidade.

Shahid disse: "Era uma celebração".

"Do que, yaar?"

"Da paixão."

Hat encarou Shahid como se pretendesse estrangulá-lo. "Eu também tenho a mente suja, mas aquilo... você é um rato de esgoto."

"Você não tem fantasias sexuais?"

Os olhos de Hat quase saltaram das órbitas. "Todos sabem que eu gosto de espiar. Mas não escrevo um ensaio sobre moças que cruzam as pernas..."

"Nem sobre o cheiro do cabelo delas, ou a região atrás do joelho..."

"Certo. Nem sobre os odores do corpo, e outras coisas mais. Como uma pessoa cheirando a outra, sabe, nas partes."

"Mas não foi Deus quem nos deu as partes?"

"Eu nunca poria isso no papel! Não misturaria isso com palavras religiosas, como você!"

"Você leu tudo, então."

"Como é?"

"Hat, com exceção dos aspectos negativos, que você já citou, você gostou do que eu fiz? Seja sincero, Hat."

Por um momento Shahid pensou que Hat cederia, e a amizade entre eles seria retomada. Pois, sem dúvida, a profundidade do relacionamento entre eles era capaz disso. Mas Hat encarava Shahid furioso, perplexo. Não parava de abanar a cabeça, como se esperasse que alguém chegasse para aconselhá-lo.

"Você não passa de um espírito nocivo, descontrolado, de um agente duplo, a serviço de outros povos!"

"Hat, sou seu amigo, ainda. Caso você me aceite."

"Então por que você nos violentou? Como ousou fazer isso ao irmão Riaz? Poderia me dizer que mal ele causou a você?"

Shahid sabia que não dava para explicar. Sentia muita vergonha; queria parar de chorar. Hat tinha razão. Haviam queimado um livro; mas e ele? O que ele fizera? Abusara da confiança de um amigo, sem nem sequer pensar no caso. Como poderia reclamar dos outros, agora?

"Chad disse que o irmão Riaz salvou sua vida, certa vez. É verdade?"

"Sim."

"Ele o salvou. É assim que você agradece?"

"Hat, por favor, acredite em mim. Eu estava brincando... brincando com as palavras e idéias."

"Você pensa que pode brincar com tudo, né? Quer saber de uma coisa? Não vejo graça nenhuma nas suas fantasias."

"Em geral, elas me parecem muito gozadas."

"O que mais posso dizer? Você não acredita em mais nada, neste momento?"

"Não sei! Mas preciso acreditar, Hat. Estão faltando ordem e equilíbrio em minha vida."

"Que bom. Mas a nossa religião não é algo que se possa experimentar, como se experimenta um terno, para ver se serve! Você precisa comprar o traje completo!"

A repulsa que Hat mostrava enfurecia Shahid. Queria agarrar o outro pelo colarinho e dizer: "Hat, ainda sou o mesmo. Não me transformei em outra pessoa desde que nos conhecemos"...

Ele se debruçou. "Por favor, Hat, me ajude."

"Como?"

"Quero conversar com Riaz, a sós. Por meia hora, apenas. Preciso explicar tudo. Falaria com ele em meu nome, sem que Chad interferisse?"

Hat, entretanto, nem quis ouvir falar mais nisso.

"O irmão Chad, e todos nós, nós confiamos em você — com exceção de Tahira, que dizia desde o início que você não passava de um egoísta com um sorriso diabólico. Riaz entregou suas palavras cheias de sentimentos a seus cuidados. Teria sido um privilégio, para qualquer um de nós!" Quanto mais Hat alimentava sua raiva com exemplos, mais ela crescia, até que ele não conseguiu mais suportar a magnitude dos crimes de Shahid. "E por que você acha que pode perturbar o irmão Riaz agora? Ele está ocupado com seus planos."

"Planos para quê?"

"Outros castigos justos."

"Por exemplo?"

"Não posso contar. Mas o livro será condenado pelo próprio Rugman Rudder. Ele, o homem mais importante do distrito, dirá que o livro é sujo. Como alguém poderá negar isso?"

"Entendo."

"Ótimo."

Shahid e Hat levantaram-se simultaneamente. Shahid estendeu a mão para se despedir. Hat recuou, olhando para ele, perturbado.

"Aonde você vai?"

"Como?", Shahid disse, confuso. "Acho melhor ir embora. Vejo você por aí, espero."

"Não! Fique!"

"Por quê?"

"Não quer comer nada?"

"Não estou com vontade."

Com um movimento brusco, que mais parecia involuntário, Hat empurrou Shahid. Não foi um empurrão violento, mas veio de surpresa, e Shahid, quando tentou se esquivar, tropeçou e bateu as costas na geladeira das bebidas. A prateleira presa à parede, bem em cima da geladeira, soltou-se, e os potes enormes se espalharam pelo chão, quebrando e derramando seu conteúdo pastoso por toda parte.

Hat ficou horrorizado com sua atitude, principalmente quando o pai saiu correndo do quarto dos fundos e, sem entender a cena, tentou acertar a cabeça de Hat, tropeçou nos molhos e caiu de costas, balançando as pernas no ar como se dançasse um cancã. E lá ficou, encharcado de chutney de manga, praguejando.

Shahid levantou-se, limpou o que pôde dos molhos em sua roupa e seguiu em direção à porta. Sentia dores em várias partes do corpo, mas resolveu não parar para lamber as feridas. Precisava sair de lá antes que quebrasse algo, ou perdesse a cabeça.

Ao olhar para a frente, viu Chad atravessando a rua. Parecia saber que Shahid estava lá, e avançava em sua direção. Hat possivelmente havia subido e telefonado para ele, no início da conversa. Chad não parecia muito amigável.

Shahid escancarou a porta, subiu a rua correndo, atravessou-a e dobrou a esquina, empurrando as pessoas ao passar. Então parou e olhou para trás. Era verdade: Chad vinha em seu encalço. E Chad, embora tivesse corpo e pés enormes, corria com a ferocidade de um porco selvagem. Atravessou a rua sem olhar para os lados, de punho erguido, dentes arreganhados, explodindo de raiva.

Shahid corria o mais depressa possível, mas acabava tropeçando e diminuindo o ritmo. Queria conversar com Chad, que aparentemente sofria com o esforço: ofegava, cambaleava, parecia a ponto de cair de quatro. Mas, sempre que Shahid diminuía a velocidade, Chad recuperava as forças, ressuscitava e avançava em sua direção.

Shahid tinha mais fôlego do que Chad. Respirou fundo e conseguiu deixá-lo para trás. Tentou escapar entrando num shopping center, passando a toda pelo Our Price, Habitat, Dixons e Early Learning Center. Por fim olhou para trás. Comemorou ao ver que Chad se perdera. Deu mais alguns passos e sentou-se na beira da calçada. Seu coração batia com força, a cabeça zumbia.

Quando tocou a campainha da casa de Deedee, Brownlow atendeu. Shahid o acompanhou até a sala de estar e ficou observando enquanto ele removia os livros da prateleira, jogando-os dentro das caixas.

"Onde está Deedee, doutor Brownlow?", perguntou, sem rodeios.

Brownlow, perturbado por causa da bebida, trabalhava rapidamente, jogando tudo com força.

Havia livros sobre a China e a União Soviética; guias de viagem à Europa oriental — Deedee disse que o marido, por três anos, insistira que deviam passar as férias na Albânia; além de obras de Marcuse, Miliband, Deutscher, Sartre, Benjamin, E. P. Thompson, Norman O. Brown; livros sobre marxismo e história, marxismo e liberdade, marxismo e democracia, marxismo e cristianismo.

Havia também alguns discos, que Shahid examinou, ajoelhado: Traffic, King Crimson, Nick Drake, Carole King, John Martyn, Iron Stool, The Condemned, Police, Eurythmics.

"Onde ela está?"

Brownlow disse: "Estou indo embora daqui, e nunca mais vou voltar".

"Se você sabe, por favor, me diga."

"Ainda bem que não sei de mais nada, no que se refere à minha mulher. Talvez ela esteja entregando alguns nomes para a polícia."

"Cale a boca. Você é um bosta."

Aquilo deixou Brownlow satisfeito. "Quer dizer que ela não conta mais nada a você, é?"

Shahid abriu uma lata de cerveja de Brownlow e tomou metade. "Não é nada disso."

"Bela droga, ela. Se eu tivesse a sua aparência, arranjaria coisa melhor."

"Aonde você está querendo chegar?"

"Faça bom proveito. Mas as mulheres da geração dela esperam demais dos homens. No final das contas, a que se resume o feminismo? A um punhado de mulheres brancas de classe média, amarguradas, conseguindo tudo o que querem. Quem precisa de tantas discussões e agressões?"

"Doutor Brownlow..."

"Cale a boca! Essas mulheres, elas vão fazer você correr feito um escravo. Depois vão tomar todo o seu dinheiro, o seu orgulho, o que mais você tiver, porra. Como se fosse culpa sua a humilhação que sofreram. Alguém como você, que pode conseguir qualquer coisa na vida, deveria procurar loiras jovens, meigas, que dessem o peito para você mamar — uma sucessão de deliciosas conquistas fáceis. Isso mesmo. Seria isso o que eu faria." Brownlow lambeu os beiços.

"Muito obrigado", Shahid disse. "Seus conselhos foram muito úteis."

Ele se atirou numa poltrona. Respirava com dificuldade. Suas calças cheiravam a chutney de manga. Shahid terminou a cerveja e jogou a lata no chão, junto com o resto do lixo.

Brownlow disse: "Quem está atrás de você?".

"Diga primeiro por que você está levando estes livros."

"Eles me pertencem. Por que não posso levá-los?"

"Talvez seja melhor acender uma fogueira com eles, para esquentar a sala. Que tal?"

"Não banque o engraçadinho."

Shahid disse: "Mas você está indo embora, não é? Abandonando tudo".

"Como?"

"Chegou a sua hora. Você foi despedido da faculdade."

"Como você sabe? Tudo bem, é verdade. A gente não precisa da previsão do tempo para descobrir para onde sopra o vento. Por outro lado, terei bastante tempo para ler, não é? História, filosofia, política, literatura. Mal posso esperar."

"É mesmo?"

Shahid sentia-se como se estivesse sendo caçado. Não conseguia parar quieto. Aproximou-se da janela e encostou a mão no vidro. A sala estava quente, mas dava para sentir o vento penetrando pelas frestas. Esforçou-se para esquadrinhar as vibrações inusitadas provenientes do clamor da cidade. O que Shahid temia era que Chad chegasse com os outros, portando facões, facas de açougueiro, martelos.

Brownlow prosseguiu: "O que há para ensinar? Como pode haver futuro, se não há mais conhecimentos a transmitir?".

Shahid atravessou a casa até chegar à porta dos fundos. Checou o jardim e prendeu a porta com uma cadeira, na altura da maçaneta.

Brownlow dizia: "Vou morar na Itália, nem que seja numa barraca. Lá eles sabem que só se vive uma vez, e aprenderam a aproveitar o máximo".

Shahid jogou-se numa poltrona. Tremores incontroláveis o agitavam. Mais do que nunca queria voltar para casa, deitar na cama e buscar uma saída. Mas seu quarto, vizinho ao de Riaz, era o último lugar para o qual poderia ir. A não ser que a situação melhorasse, ele teria de sair de lá definitivamente.

Brownlow, a testa suada, trabalhava ruidosamente, resmungando ao esvaziar as estantes e arrastar caixotes para perto da porta. Dizia a si mesmo: "Este é meu. Não, é dela. Vou levar, assim mesmo. Não, este eu não quero, traz más recordações...". Ele começou a atirar livros para o alto. "Não adianta levar este, nem aquele. O que poderei fazer com estas palavras inúteis?"

O relacionamento de Brownlow com Deedee terminara. Talvez nunca mais se encontrassem; se isso acontecesse, mal se cumprimentariam.

Shahid lembrou-se das palavras de Riaz, certa vez, na mesquita: sem uma moral definida, sem uma estrutura na qual o amor pudesse florescer — dada por Deus e estabelecida em sociedade —, o amor era impossível. Do contrário, as pessoas meramente se alugavam umas às outras por um período. Nesse interlúdio sem fé, esperavam obter prazer e distração; sonhavam até em descobrir algo que as completasse. Caso não conseguissem isso rapidamente, logo desistiam e seguiam em frente. E começavam tudo de novo.

Em tais circunstâncias, como se poderia esperar continuidade, ou conhecer alguém em profundidade? Ele e Deedee haviam mergulhado numa familiaridade forçada. Saíram algumas vezes, trocaram confidências, compartilharam as paixões mais despudoradas com que duas pessoas podiam sonhar. No entanto, fazer amor, em seu caso, seria apenas uma demonstração de habilidade e desempenho? Ele fazia isso, ela fazia aquilo. O quanto conheciam um do outro? Haviam sido turistas, cada um visitando a vida do outro. O que a impedia de arranjar outros amantes asiáticos, ou negros? Por que não? Talvez escolhesse um amante diferente a cada ano, usando os homens como Chili usava as mulheres, descartando-os na época dos exames.

Talvez Deedee pretendesse abandoná-lo. Talvez ele não devesse vê-la mais. Por que não? O que havia entre eles, afinal? Talvez um dia, num futuro não muito distante, ele faria o que

Brownlow estava fazendo agora, separando as coisas de cada um. E, como agora, haveria outro sujeito, esperançoso, esperando a vez na fila.

Mesmo assim, pensar em Riaz fez com que Shahid estremecesse. Ele era um sujeito boçal e insincero. Tinha a mente limitada, estreita, cheia de rancor e acidez!

"Ei!", Brownlow disse. "Me dá uma força."

Sem saber o que fazer, esperando que alguma idéia lhe ocorresse, Shahid começou a ajudar Brownlow. Ao pegar uma pilha de livros, notou um objeto enrugado, como a parte interna de uma orelha de vaca, colado num livro.

"Meu Deus, o que é isso?", perguntou, erguendo a coisa.

Brownlow disse: "O que você acha que é?".

"Estou curioso para descobrir."

"Na verdade, é uma berinjela velha", Brownlow confessou. "Isso mesmo."

"É a própria?"

"Como assim?"

"É alguma berinjela que Deedee pretendia preparar como conserva? Ou é a berinjela milagrosa?"

Brownlow pareceu evasivo. "Mais ou menos. Na verdade, sim. É a berinjela em questão."

"E o que ela está fazendo na sua sala?"

"Não está aqui de propósito. O que eu faria com um milagre?"

"Diga."

"Precisávamos mostrá-la aos colegas de Rudder."

"E eles ficaram de quatro?"

"Você ficou maluco? Está drogado? Posso adivinhar quem forneceu a droga para você. Não se pode dizer que você não esteja sendo educado." Brownlow riu, malicioso.

Shahid abriu outra cerveja.

Brownlow prosseguiu: "Os filhos da mãe se recusaram a autorizar a exposição na prefeitura sem antes ver o milagre. O casal que a descobriu não agüentava mais aquela multidão em sua casa. Levamos a berinjela, portanto, para a apreciação dos outros vereadores. Quando eles pararam de rir, eu a guardei no bolso, sem pensar".

"Ele vai exibi-la na prefeitura, ao lado do retrato de Mandela?"

"Duvido muito."

"Como assim?"

"Rudder queria fazer concessões. Prometeu seu apoio a uma escola islâmica, uma das prioridades na agenda de Riaz. Mas, no caso da berinjela, não quis se comprometer com uma exposição em grande estilo. 'Não é o momento apropriado', repetia sem parar. A queima do livro prejudicou Riaz. Fez lembrar os nazistas, e tudo o mais."

"O que você achou disso tudo?"

Brownlow começou a gaguejar. Levou a mão à boca e debruçou-se, como se fosse vomitar. Finalmente, conseguiu dizer: "Devo admitir, o c-c-c-conflito ficou atravessado na minha g-g-g-garganta".

"Mas não pôde resistir, e ofereceu sua solidariedade."

"Naturalmente. Por acaso importa o que eu acho? Falei a Rudder que Riaz e seu grupo não são nazistas. E que o caso tinha uma certa legitimidade."

"Sim. Riaz ficou desapontado com a recusa de Rudder?"

Brownlow conseguiu se acalmar o suficiente para dizer: "D-depois de q-q-queimarem o livro, ele percebeu que já era uma s-s-s-sorte conseguir entrar no escritório de Rudder. Acho que Rudder não vai querer saber de Riaz por algum tempo. Mas ele disse algo importante".

"O quê?"

"Ele vai dizer que acha o livro um i-insulto, e exigir que seja retirado de circulação. Por estranho que pareça, o líder do Partido Conservador concordou em fazer o mesmo. Os dois sabem que isso jamais ocorrerá, contudo."

"Por que vão fazer isso, então?"

"Não seja ingênuo, existe uma comunidade asiática imensa, aqui. Mas Riaz é r-revolucionário demais para eles — no momento. Para ser honesto, no final ele parecia meio triste, como se já esperasse que a Inglaterra, como sempre, tivesse uma atitude paternalista em relação a ele. Mas não pretende desistir. Seu trabalho — ou sua época — mal começou. Ele tem as desvantagens certas. Elas não são muitas, não chegam a paralisá-lo. Mas são suficientes para colocá-lo à frente das pessoas acomodadas. Ele precisará entrar no sistema, contudo, e deixar a ação direta de lado. Não lhe contei? Ele foi convidado a participar de um programa de tevê."

"Riaz?"

"O produtor de um programa telefonou e pediu que ele comparecesse, para dar sua opinião."

"Ele aceitou?"

"Disse que precisava discutir o caso com os outros. Mas ficou lisonjeado."

"Sério mesmo?"

"Seus olhinhos brilharam. Mal pode esperar. A sedução já começou."

"Não sei bem se ele vai seguir esse caminho."

"Não sabe? Por que não?"

"Vai acabar isolado."

"É o que veremos", Brownlow disse. "Para o pessoal da televisão, Riaz é um maluco fascinante. Nunca conheceram alguém como ele. Pode acabar conseguindo um programa próprio."

Brownlow continuou empacotando seus pertences, parando de vez em quando para encarar Shahid — que brincava com a berinjela —, como se pretendesse dizer alguma coisa. "Esta onda religiosa — as superstições, os cultos, as formas de adoração, as orações —, alguns aspectos são muito bonitos, outros interessantes. Todos servem a um propósito. Quem imaginaria que pudessem sobreviver ao racionalismo? Mas, exatamente quando se pensava que Deus estava morto e enterrado, a gente descobriu que Ele apenas esperava o momento da ressurreição! Qualquer cretino está descobrindo Deus dentro de si, agora. Quem sou eu para desafiar tudo isso?"

"Exatamente. Como eu disse, você não passa de um filho da mãe, doutor Brownlow. E de um fraco."

"Muito obrigado. Eles são idiotas, ou o idiota sou eu? Como é que eu fico?"

"Como é que o senhor fica?"

"Sabe, sabe, seu i-idiota, tudo aquilo em que eu acreditava virou merda. Lá estávamos, no final dos anos 70, discutindo a sociedade pós-revolucionária, a natureza da dialética, o significado da história. Enquanto isso, enquanto debatíamos em nossas publicações, tudo estava sendo roubado de nós. O povo britânico não queria educação, moradia, artes, justiça, igualdade..."

"Como assim?"

"Ora, eles não passam de um bando de babacas gananciosos, míopes..."

"A classe trabalhadora?"

"Isso mesmo!"

"São um bando de babacas?"

"Sim!" Brownlow esforçou-se para se conter. "Não, não, é tudo muito mais complicado. Complicado demais." Ele começou a soluçar. "Não posso dizer que eles nos traíram — embora pense assim, penso mesmo! Mas não é verdade, não é verdade! Eles t-t-traíram seus próprios interesses!"

Ele puxou a fralda da camisa e a passou no rosto suado. Baixou as mãos, ergueu a cabeça e virou para o alto a testa larga, com os lábios trêmulos.

"Corte minha garganta! Por favor. Com mais de quarenta anos e perdido — sem o rumo de casa! Acabe comigo antes que as coisas p-p-p-piorem!"

Shahid deu um pulo e caminhou em direção à janela. Imaginou ter ouvido Chad tossir, e se escondeu atrás da cortina empoeirada para poder espiar lá fora.

"Não precisa pedir a mim, doutor Brownlow. Os degoladores estão a caminho. Entrarão pela porta da frente. Se permanecer onde está, a redenção virá ao seu encontro."

Shahid não viu ninguém. Mas estava escuro, e seus inimigos o encurralariam ali, caso o localizassem. Brownlow, balbuciando como o louco de Gogol esperando pelo carrasco, dificilmente lhe daria cobertura.

"Quem mais está aí?", Brownlow gemeu, sem escutar nada.

"E quanto ao amor?"

"Amor? Por quê? Você encontrou o amor?"

"Eu? Sei lá."

"Com a minha mulher?"

"Por que você está perguntando para mim? Eu também não sei de nada."

"Já percebi. Qualquer pessoa, ao vê-lo durante a manifestação contra o livro, teria dito: aquele rapaz está em maus lençóis."

"Acha mesmo?"

"As coisas estão piores para você do que para mim." Brownlow arriscou um sorriso murcho. "De quem você está se escondendo? Está petrificado, porra. São seus 'amigos'? Eles querem que confesse seus crimes?"

Deedee não vai aparecer, Shahid pensou. Não podia mais ficar ali. Não que visse Brownlow com maus olhos naquele momento. Ele o irritava profundamente, mas Shahid se impressionara com sua sinceridade alucinada.

Shahid olhou para a rua. Não viu ninguém. Virou-se para dar adeus a Brownlow, que estava examinando os discos.

"Shahid, Shahid, onde foi parar 'Hey Jude'? Você conhece o disco?"

"Já escutei, sim."

"Viu onde ele estava, quando andou metendo o bedelho por aqui? '*His world a little colder*', quero ouvir McCartney cantando. Quero ouvir George e John nos vocais: '*Nah, nah, nah*'. Preciso ouvir isso agora!" Brownlow deu um passo à frente. "Aquele disco, não o da Parlophone, o outro, com a maçã no meio. 'Revolution', lado B, o cara de capa, o rosto de Paul em *Top of the Pops*, todos cantando..." Shahid cruzou a sala na ponta dos pés. "Posso até ver! Amor, liberdade, paz, unidade! As pessoas unidas, fazendo o que querem!"

Shahid deu meia-volta e avançou alguns passos, como se fosse cobrar um pênalti. Mirou e deu um chute feroz na bunda de Brownlow. O professor caiu de pernas abertas sobre os livros, como um mergulhador. A cabeça bateu numa caixa vazia de papelão. Ainda deitado, ele gemeu: "Mas está tudo lá... tudo!".

Não fez o menor esforço para se mover.

Satisfeito, Shahid tomou fôlego e avançou na direção da porta. Saiu na noite fria, mas parou. Esquecera-se de uma coisa. Voltou para pegar a berinjela, guardou-a no bolso, abriu uma cerveja e caiu fora dali.

VINTE

"Bem na hora, meu caro."

Chili estava encostado no bar. Fizera a barba, vestira o blazer Armani sobre uma camisa com gravata branca. Recompusera-se. Graças a esses detalhes, não combinava mais com o Morlock. O barman perguntou se ele ia a um enterro. "Nossos fregueses costumam morrer por aí, aos montes", disse. "Quando não estão dando o ar da graça nas prisões de Sua Majestade. Quer dizer que mais um se foi?"

"Hoje não, meu caro. Estou batendo um papo com meu irmão, aqui presente. Acho que podemos segurar essa sozinhos." Chili olhou para Shahid, como se este fosse seu cúmplice em algum ato suspeito. "Não é meu primeiro compromisso, aliás. Meu dia foi muito, muito ocupado."

Dois velhos caíram no chão, virando uma mesa. Brigavam feito loucos, dando mordidas um na cara do outro, como dois cachorros brincando. Em outro canto, onde um sujeito tentava vender meias e relógios guardados numa pasta, começou uma discussão.

Strapper olhava indiferente para tudo isso. Suas pálpebras estavam baixas e pesadas. Por trás delas, entretanto, seus olhos elétricos estavam agitados, fora de controle. Estava bravo, a alma febril, inquieta, embora seus companheiros de pub se mostrassem pacíficos, quase contentes, sussurrando aqui e ali suas eternas jogadas.

Ele disse: "Não vamos muito longe, né?".

"Cara, você não vai a lugar nenhum", Chili disse. "Estou aqui a negócios."

"Ótimo. Somos sócios."

Chili virou-se para Shahid. "Levei Strapper para uma clínica esta manhã. Mas nem eles quiseram tratar do desgraçado."

"Por que não?"

"Chapado demais. Explodi. Falei: 'Porra, se ele não estivesse chapado, não viria para cá, não precisaria de vocês. Agora tratem dele!'."

"E o que eles disseram?"

" 'Fora daqui antes que a gente chame a polícia.' Strapper, o que você tinha tomado?" Chili cutucou Strapper. "Strapper, o que você tomou, cara?"

"Só dois Es e uns goles. E fumei um baseado, dei uma pipada de crack. E também dei um tirinho de herô, na viatura."

"Certo." Chili olhou para Shahid. "Enfie a camisa para dentro da calça. Você andou brigando?" Chili terminou de pentear o cabelo e jogou o pente no chão. Strapper abaixou-se para pegá-lo e o entregou a Chili. Levantando-se, viu que Shahid notara o gesto. Ficou vermelho e resmungou. Chili disse: "Você tem dinheiro?".

"Não adianta pedir", Shahid disse. "Estou procurando por Deedee, no momento. Preciso encontrá-la. E tenho mil outros problemas na cabeça."

"Ela não passou por aqui."

"Ela desapareceu, diacho!"

"Nunca persiga uma mulher. Deixe que elas venham até você. Foram educadas para serem românticas e tudo o mais." Chili dirigiu-se ao barman. "Meu chapa, uma cerveja e um uísque para rebater. Você quer alguma coisa?"

"Não."

Chili despejou o uísque dentro da cerveja e bebeu tudo. Enquanto Shahid pagava, Chili informou a Strapper: "Voltaremos logo".

Strapper desceu da banqueta e parou na frente de Chili. "Nada disso. Você vai fazer aquela transa de que tanto fala! Vai acontecer agora! E você quer me tirar da jogada!"

Chili pegou a mão frouxa de Strapper e tentou apertá-la. "Volto logo. Vamos nos dar bem juntos, Strapper. Não é conversa mole." E para o irmão: "Vamos nessa".

Strapper parou na porta do pub e gritou na direção deles: "Para um drogado de merda, você conta muita vantagem!".

"Espere a gente aí!", Chili berrou. Seu carro ainda estava "emprestado" para o traficante, de modo que precisaram ir de ônibus para a casa de Zulma. "Do que ele me chamou?"

"De drogado de merda."

"Cacete." Chili parecia querer ouvir de Shahid que não era verdade. "Strapper está se tornando uma responsabilidade do cão. Mas não posso abandoná-lo, sem mais nem menos." Entraram no ônibus e sentaram-se na frente, na parte de cima, como adoravam fazer quando eram crianças. "Todo mundo faz isso com ele. Mas o cara está me deixando louco. Por isso tentei internar o sujeito na clínica. Para ele largar do meu pé."

Ao entrar no elevador do prédio de Zulma, Chili penteou o cabelo novamente, levou a mão à frente da boca e soltou o ar. De repente, olhou para Shahid, apavorado.

"Não estou empastando as palavras, né?"

"O que você disse?"

"Estou falando arrastado?"

"Não muito."

"Tem certeza?"

"Como?"

Ao chegar ao andar onde Zulma morava, em vez de seguir pelo corredor, Chili foi para a escada e começou a descer, dizendo: "Estou muito deprimido para ir lá agora".

"Chili, se você não fizer isso agora", Shahid gritou, atrás dele, "eu vou embora. Tenho muito o que fazer."

Ele voltou. "Está bem, está bem. Mas você vai ter de pedir algumas libras a ela."

"Quer que Zulma nos dê dinheiro?"

"Só algumas libras. Eu não posso pedir. Bem, talvez possa. Não que eu me importe, se ela me odiar por isso. Mas ela vai começar a me xingar, e não quero que você se aborreça. Acho melhor você cuidar dos aspectos financeiros."

"Vamos ver como está o clima, primeiro", Shahid disse, cauteloso. "Ela pode nos expulsar a pontapés."

"Tem razão, porra. Pode ser uma experiência terrível. Sabe, não dá para entrar lá assim, sem estar no pique certo."

Shahid entendeu o que ele queria dizer. Segurou os tacos de plástico e a bola que haviam comprado no caminho, enquanto

Chili cheirava a cocaína. Embora a mão tremesse, ele não perdeu um grão. Shahid convivia com o irmão desde o dia em que nascera, mas não tinha a menor idéia de como Chili fizera isso com sua vida. Ao olhá-lo, porém, percebeu que estava recebendo uma lição sobre como não viver.

Iam continuar quando Chili começou a esfregar o nariz e a examinar os dedos. "Por que você está me olhando deste jeito? Viu alguma mancha de sangue, por acaso?"

"Pare com isso."

"Só me diz se vou sangrar na frente da minha mulher! Seria sensacional, não acha?"

"Meu Deus, acho que vou perder a cabeça!"

Chili tocou a campainha e empurrou o irmão para dentro do apartamento na sua frente. "Todo mundo ficou na mesma", falou, recuperando a confiança. "Ninguém morreu de pena de si mesmo."

Zulma os recebeu em pé, zombeteira e elegante num sári verde-limão, com braceletes dourados e batom brilhante.

Shahid tentou se aprumar. "Como vai, Zulma?"

Ela examinou o marido brevemente, mas com intensidade. Sua voz traía seu desapontamento, quando disse: "Você continua parecendo um gigolô".

Chili tirou um fiapo de algodão do paletó e o deixou cair no chão. Pegou Safire no colo e a beijou com força. "Só vim aqui para ver minha princesa."

Zulma disse: "Sem dúvida".

Ele pegou os tacos da mão de Shahid e os deu a Safire. "Um presente."

"Só isso, seu falido?", Zulma disse. "Não faz muito tempo, você torrava todo seu dinheiro."

"Naquela época, todo mundo vivia como louco."

"Especialmente você."

"Sim, Zulma! Nisso, pelo menos, estamos de acordo!", Chili disse, veemente. Shahid esperava que ele se contivesse, mas ver Zulma não o ajudara em nada. "Adorávamos o dinheiro. Ele nos dava a impressão de que éramos superiores, também! Amávamos fazer as coisas que os outros não podiam fazer! Sabe o que tínhamos vontade de fazer com os outros?"

"O quê?", Shahid perguntou, pois Zulma não pretendia encorajá-lo.

"Queríamos esmagá-los! Por sua preguiça, fracasso, pobreza! Mas o que eles nos fizeram? E por que éramos tão mentalmente estúpidos, a ponto de não ver que a época da fartura daria lugar à miséria? Só os excepcionalmente astutos saíram da jogada com dinheiro na mão. Não conseguimos dançar conforme a música."

Zulma dava a impressão de que teria preferido ver o marido desorientado, e não cinicamente crítico. Ela sorriu, satisfeita, contudo. Fizera muito bem em se livrar dele!

"Ignoramos o desastre que estava bem na nossa frente!"

Zulma balançou a cabeça para Shahid, que se mantinha agarrado à mesa, temendo que a atmosfera pesada o sufocasse. A sala parecia desvanecer, perder os contornos, ganhar dimensões indefinidas.

"Como vai?"

Tudo se arqueava e ondulava, como num quadro de Escher. Ficaria satisfeito se conseguisse permanecer em pé.

"Nada mal, Zulma. Um pouco... perturbado, com os últimos acontecimentos."

Ele sabia que o chão estava a ponto de se abrir, como uma ferida: mutilados, maníacos, vítimas de torturas e fiéis entoando hinos, transformados em insetos ululantes, sairiam do buraco, enchendo as bocas de todos, até que morressem sufocados.

"Arranjou novos amigos?"

"Como é?"

Zulma virou-se para Chili: "Ele está bem?".

Chili gritou: "Shahid!".

"Ando preocupada com ele", Zulma disse. "Parece que vai morrer a qualquer momento."

Chili, de tão ligado, parecia que ia sair correndo. Shahid ficou surpreso ao ver o irmão cambaleando pelos cantos da sala. Em todos os aspectos, Chili parecia sem rumo. Shahid esperava ver um buraco com a forma de Chili no fundo da sala, as luzes apagadas, uma parede desabando, um vento negro a soprar, as cortinas balançando para lá e para cá.

Chili olhou para o irmão de revés. "Está com o pé na cova, pelo jeito. Mas não se preocupe com o rapaz, já o levei ao médico, sua saúde vai melhorar em pouco tempo."

"É assim que cuida da família? Deixando seu irmão cair nas garras daqueles fanáticos religiosos?"

"Serei muito franco com você. Não tenho nada contra esses seres humanos que você chama de fanáticos religiosos."

"Quanta bobagem, Chili."

"Zulma, pelo menos eles acreditam em alguma coisa, encontram apoio nisso! Conseguem dormir à noite! Se acreditássemos em algo, seríamos mais felizes! É em nós que está faltando alguma coisa!"

"Mas que absurdo!"

"Por que você pretende voltar para casa, então?", Chili disse. "Lá, os lunáticos tomaram conta do hospício. Não há nada lá, para alguém de mente aberta!"

Ela apanhou uma câmera e a apontou para Chili, olhando pelo visor. Ele cobriu o rosto. "Vou aprender fotografia. Sabe que sempre fui boa nisso." Ela continuou, mais calma. "Vamos fundar um jornal. Eu e algumas amigas. Para mulheres, chamado *O Mundo Feminino*."

"Não seja cretina!"

Ela se voltou para Shahid. Ele estava tentando se afastar da mesa, mas estava achando os espaços vazios por demais desoladores.

"Ele nunca me deu o menor apoio." Ela bateu na testa. "Nunca aceitou que tenho alguma coisa aqui dentro." Ela encarou Chili. "Agora, porém, não pode fazer mais nada para me impedir."

"Zulma, só gostaria de saber quem vai pagar por tudo isso."

"Nossos pais, irmãos e maridos, claro. Eles vão financiar nossa pequena extravagância. No início."

Chili não a censurou. "Boa idéia, como de costume, Zulma. Você é uma mulher fabulosa, realmente! Crianças, casamentos, moda, e assim por diante, né?"

"Sabe como nós, mulheres, somos. Não conseguimos pensar em outra coisa. Mas há outras questões, também, a discutir."

Ela, obviamente, pensara em tudo. A idéia ia muito mais longe, mas ela não queria revelar tudo.

Chili disse: "Você não se refere a preocupações de mulher — aborto, política e liberdade, além do hijab, não é?". Zulma mordeu o lábio e fez que sim, quase imperceptivelmente. "Não banque a louca, Zulma. Não pode fazer isso. Vão crucificá-la, colocá-la na cadeia. Serei forçado a ir lá para soltar você. Pense no quanto isso vai me custar!"

Zulma afastou-se do marido. A filha, ao mesmo tempo feliz e tensa, observava a discussão dos pais.

Shahid conseguiu chegar até o quarto, onde as malas de Zulma já estavam quase prontas. Viu o passaporte e as passagens em cima da cama. Chili e a mulher brigavam na sala.

Shahid pegou o telefone e revirou os bolsos à procura de um número. O telefone tocou no apartamento de Hyacinth por muito tempo, até que uma voz suave atendesse. A pista estava certa. Ela ensinou o caminho e passou o endereço. Encontraria Deedee assim que pudesse.

Quando voltou, Safire entregava a Chili um desenho e uma caixa de ovos com limpadores de cachimbo presos do lado de fora.

"É um gafanhoto", explicou. "Vou pintar de amarelo, amanhã. Você vem com a gente?"

"Desta vez não, querida. O papai vai esperar vocês voltarem."

Zulma apanhou algo no chão e fez cara feia. "Minha nossa, Chili, o que é esta coisa repulsiva?"

Chili aproximou-se para ver.

Shahid tentou pegá-la imediatamente. "Safire deve ter tirado do meu bolso."

Zulma insistiu: "Mas o que é isso?".

"É só uma berinjela velha", Shahid disse. "Embora possa ser outra coisa."

"E você pretende guardar isso?"

"Se você não se importar."

Zulma entregou a berinjela, deu meia-volta e riu, mordaz. "Seu irmão anda por aí com uma berinjela velha no bolso. O que me diz, Chili?"

Chili voltou-se para Shahid. "O que você vai fazer com isso, irmão? Não dá para fumar."

"Não pretendo fumar nada."

"Deixe ela aqui, por segurança."
"Me deixe em paz!"
"Diacho!", Zulma disse, suspirando.
Inexplicavelmente, os irmãos começaram a discutir por causa do legume. No final, ficaram cara a cara, prontos a trocar socos.
"O que o pai de vocês diria?", ela falou. "Estou fora desta família!"
Chili pegou Safire no colo pela última vez e a beijou. Safire limpou o rosto. A sala ficou mais calma. "Vamos brincar de esconde-esconde", a menina disse.
Chili a colocou no chão e olhou para Zulma. "Papai precisa ir embora, diabinha. Minha princesa."
"Só uma vez. E não sou diabinha. Você é que é." Ela se escondeu atrás do sofá.
Shahid percebeu que Chili estava olhando para ele, encorajando-o.
"Zulma", Shahid disse, "você poderia me arranjar algumas libras?"
"Para quê, querido?"
"Pegar o metrô... comprar uns livros. Tenho andado meio duro."
"Só tenho rúpias, agora. Mas existe um método para conseguir dinheiro, e você poderia tentar."
Chili mostrou-se interessado. "E qual é?"
"Trabalhar."
"Ora, Zulma, minha esposa." Chili caiu de joelhos e arrastou-se até ela. "Eu amo você, querida, principalmente quando você me maltrata. Dê algum para nós. Farei qualquer coisa, mas não vá embora!" Quando ela tentou se afastar, ele a agarrou pelo tornozelo e lambeu seus pés. Zulma não conseguiu se conter e gritou.
Jump apareceu de repente na porta da cozinha. Usava avental e estava segurando uma colher de pau.
Chili dizia: "Fique comigo! Vamos passar a vida juntos!".
"Chega!", Jump gritou. De quatro, Chili olhou para cima, atônito. "O que é isso? O que este cara está fazendo aqui?"
"Chega." Zulma pegou Safire e se escondeu atrás da mesa.
"Fora daqui!" Jump deu um passo, hesitante, na direção dos irmãos. "Fora daqui, seu muçulmano! Seus terroristas! Deixem as pessoas decentes em paz!"

Chili enfiou a mão no bolso do paletó. Shahid, imediatamente, fez com que o irmão se levantasse e o conduziu até a porta.

Chili apontou para Jump. "Qual é a deste cara?"

"Deixe ele para lá", Shahid disse.

"Tome conta dele", Zulma disse.

"Papai!", Safire gritou.

"Quem é aquele cretino?", Chili disse.

"Tchau, Zulma. A gente liga. Foi bom ver você."

"Você está bem? Chili? Chili?"

"Estou melhor."

"Está com a faca?"

Chili o olhou, enigmático, antes de bater no bolso do paletó. "Naturalmente. Ninguém é louco de andar em Londres desarmado, né?"

Ele enfiou a mão no bolso. Shahid pensou que Chili mostraria a faca para acalmá-lo. Em vez disso, porém, Chili tirou o maço de Marlboro, onde guardava o envelope de cocaína, a gilete e a nota de dólar enrolada.

"Não pode fazer isso aqui. Estamos em Knightsbridge."

"Melhor ainda."

Shahid o empurrou para a entrada de uma loja.

"Aí dentro. Depressa!"

Ele ficou olhando a rua nevoenta, deserta, procurando passantes e policiais, enquanto Chili, recurvado, cheirava o pó que tinha. Ele se ergueu com uma fungada satisfeita, limpou o nariz com as costas da mão e jogou fora o papelote vazio. Repentinamente, o alarme da loja disparou, acima de suas cabeças, ganhando vida com seus uivos. Shahid puxou Chili para fora. Mas, antes de ir, Chili resolveu procurar o papel que havia jogado na sarjeta. Ao encontrá-lo, inspecionou com cuidado e o guardou no bolso do paletó.

Finalmente, para alívio de Shahid, começaram a andar mais depressa.

"Para onde vamos?", Chili perguntou.

"Você não vai se afastar de mim esta noite."

"Irmãozinho, você está tremendo. Tem alguém atrás de você? Se me contar, podemos dar um jeito. Se não for a polícia, claro."

"Como é?"

"Só falei por falar", Chili resmungou, apressando o passo. "Acho que querem pegar nós dois. Cuidado com os investigadores à paisana." Ele olhou para trás. "Os filhos da mãe estão em toda parte, com suas capas longas. Mas não usam mais chapéu."

"Chili, por favor, fique comigo esta noite."

"Sem problema." Shahid ia agradecer ao irmão, quando Chili acrescentou, revelando seu desespero: "Sabe, cara, eu estou sem nenhum pó, no momento".

"Largue esta merda, Chili! O que papai diria, se soubesse que virou viciado em pó?"

"Viciado?"

"Isso mesmo."

"Acho que você tem razão. Talvez eu seja mesmo viciado. Sabe de uma coisa? Largo da minha droga se você largar da sua."

"E qual é a droga que estou usando?"

"Zulma tinha razão. A religião. Você se envolveu demais com aqueles caras. Eles estão atrás de você?"

"Acho que sim."

"E você mal começou a faculdade." Chili pegou no braço de Shahid. "Sabe, ver minha filhinha Safire, hoje, me deu vontade de me livrar disso. Senti vontade de chorar, por causa dela." Ele parou, lutando contra seus pensamentos. "E por minha causa, também. Deu tudo errado, para dizer a verdade."

"Já é um bom começo."

"É isso aí, irmão. Mas não se preocupe. Não vou deixar você na mão. Esta noite, porém, preciso do Strapper." Chili acendeu um cigarro, passou os dedos trêmulos sobre o capô de uma Mercedes conversível e observou a rua, como se seus inimigos fossem aparecer de repente, vindos de qualquer lado. "Será que é por isso que Zulma me odeia? Viu que babaca ela arranjou? Não dá para acreditar. Mas, talvez... talvez ele dê a ela o que eu não posso dar."

"Talvez. Ele tem uma mansão."

"É? Ela disse quando pretendia voltar?"

"Acho que dentro de poucos meses."

"Pelo menos isso, não é? Shahid, estou desesperado. Sem a droga, fico confuso, e não consigo pensar em mais nada. Se não conseguir pensar, não vejo como vou conseguir paz de espírito. Cinco minutos de silêncio dentro da minha cabeça, é só o que eu peço! Se pelo menos estes barulhos parassem, e me deixassem sossegado!" Ele sussurrou: "Shahid, não tenho para onde ir. Strapper conhece muita gente".

"Não imaginava que ele fosse tão importante."

Shahid começou a descer a escada do metrô de Knightsbridge.

Chili pediu, dócil, porém insistente: "Vamos procurar Strapper mais tarde?".

"Sim, claro que sim. Mas, primeiro, preciso ver uma pessoa."

"Quem?"

"Você logo vai saber."

Shahid e Chili desceram os degraus que conduziam ao porão. Shahid bateu na janela, primeiro de leve, depois com força. Logo estava esmurrando o vidro. Ninguém veio atender. Ele chamou o nome dela várias vezes.

Chili esperou, inquieto. "Vamos embora. Ela deve ter ido para casa. Depois a gente passa lá."

"Já estive na casa dela, e nada! Vamos, Deedee! Chili, ela tem de estar em algum lugar!"

Shahid estava quase desistindo, quando Chili apontou: "Olha lá!".

Uma mão afastou a cortina. Shahid reconheceu o anel e quase gritou o nome dela.

Sem reconhecê-los, ela abriu o portão cautelosamente. Trancou-o assim que eles passaram, e depois a porta, verificando se estava bem fechada. Shahid nunca a vira assim, tão frágil. Tocou seu rosto pálido com os lábios, mas ela não quis tocar em Shahid.

Estivera sentada no sofá onde ela e Shahid se amaram pela primeira vez. Eles tinham rido de tudo, experimentado roupas e conversado até o amanhecer. De manhã saíram para tomar café. Agora o apartamento estava frio, o aquecimento quebrara. Ela estava com o casaco sobre os ombros. Voltou ao lugar onde estava e se aninhou, tensa, agarrando os joelhos. Em torno dela havia três sacolas cheias de supermercado.

"Andei procurando por você. Em toda parte. Está tudo bem?"

Ela fez que não com a cabeça.

Os três estavam meio perturbados. A atmosfera era silenciosa, porém tensa; Chili foi para a cozinha, para "lavar a mão e pôr a chaleira no fogo". Deedee roía as unhas, suspirando. Cruzava e descruzava as pernas. Shahid afundou na outra extremidade do sofá, contente por ficar sozinho com ela.

Aproximou-se e tocou seu braço. "Por que não ficamos aqui?"

"Quando?", ela perguntou, assustada.

"Só esta noite. Chili pode dormir aqui. Você e eu... podemos conversar."

"Para quê? Você deve estar atento ao que as pessoas fazem, e não ao que elas dizem. É isso que eu pretendo fazer daqui para a frente."

Nunca a vira tão inquieta. Perdera a confiança nele.

"Amanhã de manhã já vamos nos sentir melhor", ele disse. "Sairemos para tomar café. Que tal?"

Ele tentou se aproximar mais uma vez. Ela se levantou bruscamente e tentou vestir o casaco. Mas não conseguiu, lutando desesperadamente para enfiar o braço na manga, sem êxito.

"Preciso ir para casa, ficar na minha cama. Hoje foi um dia ruim. O que o meu marido foi fazer com aquele livro em cima de um cabo de vassoura? Viu aquele bundão aplaudindo?" Furiosa, ela jogou o casaco em cima do ombro e parou, em pé, segurando-o com os braços cruzados. "Foi você quem a comprou, não foi?"

"Fui! Mas não vamos pensar nisso agora."

"Não? Vamos esquecer tudo? Principalmente que você mentiu para mim e não disse o que pretendia fazer com a vassoura?"

"Deedee..."

"Mentiu bem na minha cara, não foi?"

"O que estou dizendo agora é que temos bons motivos para ficar por aqui."

Ela gritou, áspera: "Não temos coisa nenhuma!".

"Temos, sim."

"E quais seriam?"

"Chad e os outros sabem onde você mora, por exemplo."

"Por quê? Como você sabe?" Ela o encarou. "Foi isso que eles disseram? Esteve com o grupo?"

"Sim. Depois que eles queimaram o livro. Não gostam de nós dois."

"Você fez alguma coisa para irritá-los? Recusou-se a queimar o livro, por acaso?"

"Não. Fiz uma coisa ruim para Riaz."

"O quê?"

"Reescrevi alguns poemas dele."

"É mesmo? Quando?"

"Quando estava digitando o texto."

"Por quê?"

"Eu não pretendia. Mas não gostava do texto como estava. Eu ia voltar ao original, mas não tive tempo."

"Meu Deus." Ela riu, subitamente. "Mais uma coisa que você não me contou."

"As coisas foram acontecendo..."

"E agora, eles pretendem nos pegar?"

"Deedee, eles podem se convencer uns aos outros. O grupo é paranóico, precisam de ação constante para se manterem unidos."

"Vou chamar a polícia."

"Mas você odeia a polícia."

"E daí?"

"Foi você quem chamou a polícia, na faculdade?"

"Sim." Eles ouviram um barulho na cozinha. Chili falava sozinho, pelo jeito. Deedee prosseguiu: "Estou preocupada com você. Rompeu com seus grandes amigos?".

"Sim, sim."

"Já disse isso antes. Mas então como você vai poder voltar para o seu quarto?"

"Tem razão. Eu sei disso. Não posso voltar."

"Acho melhor você morar comigo."

A idéia o deixou desolado. Não queria que sua vida mudasse tanto assim; não queria ser forçado a cair nos braços dela.

"Você é vizinho de Riaz. O que mais pode fazer?"

"Preciso de tempo para pensar."

"Tudo bem."

Ela foi até a cozinha para ver Chili. Shahid espiou pela janela. Depois, sentou-se. Levantou-se e andou pela sala. Queria rir histericamente. Queria seu pai. Depois foi para a cozinha.

"Seu irmão achou uma garrafa de vodca", Deedee disse. "O miserável pode tomar tudo, se quiser. Mas terei de pagar a Hyacinth." Chili estava encostado na pia, de cabeça virada, com a garrafa nos lábios. Entre um gole e outro, fumava. "Ele quis me beijar. Queria pôr meu peito na boca."

"Você me conhece", Chili disse. "Não custa nada tentar."

Shahid disse: "Só se você quer ser desagradável com as pessoas".

"Por que desagradável? Estou me sentindo solitário, tá bom? Queria um toque humano esta noite. Sentir o calor de uma pele. É pedir muito?"

Shahid deu um sorriso afetado.

"Não pense que você é melhor do que eu. Fugiu, em vez de lutar." Chili guardou a garrafa dentro do paletó e checou a faca. "Vamos ficar aqui ou sair?"

"Deedee?"

"Precisamos sair daqui."

"Ótimo", Chili disse. "Vamos tomar um pouco de ar fresco."

Caía granizo. Ninguém sensato sairia de casa. A cidade estava encharcada e escorregadia, como o interior de um aquário. Era difícil enxergar qualquer coisa que estivesse a mais de dez metros. Os três tropeçaram e ziguezaguearam pela névoa como fantasmas, cada um carregando um saco de supermercado. Deedee ficou no meio dos dois, segurando o braço de Chili. Apesar de tudo, Shahid e Deedee sentiam-se mais seguros com a presença dele. Shahid ainda conservava parte da fé no irmão, e Deedee percebia isso. Finalmente, conseguiram pegar um ônibus.

Chili abriu a porta do Morlock e os dois o seguiram. O local estava quase cheio. Uma tempestade de neve não deteria os fregueses habituais. O que mais fariam? O DJ estava a postos em sua plataforma, rodeado de discos. Duas moças dançavam na pista.

O ambiente animou Chili. Ele pediu as bebidas e perguntou por Strapper. O barman não quis lhe dar nenhuma informação, "por uma questão de princípio".

"O princípio de sempre bancar o filho da puta, presumo", Deedee disse.

Chili pegou um drinque. O barman disse que alguns caras tinham procurado Strapper.

"Que caras?"

"Asiáticos. E os páquis não bebem, só trabalham. Nunca tinham vindo aqui antes."

"Ele saiu com os caras?", Shahid perguntou.

"Saiu."

"Espontaneamente?"

O sujeito deu de ombros.

"E não voltaram mais?"

"Não."

Eles terminaram as bebidas rapidamente e pegaram um táxi na porta.

VINTE E UM

Deedee gritou: "Minha nossa! Mas o que foi que aconteceu?".

"Está tudo bem", Shahid disse.

Ela pensou que Chad e os outros haviam arrombado a casa. O local parecia ter sido atacado: mobília fora do lugar, livros e discos espalhados por todo lado, no meio de latas vazias, recortes de jornais e outras coisas de Deedee. O cheiro azedo de bebida derramada empesteava a sala. "Hey Jude" tocava sem parar. Brownlow destruíra tudo, espalhara as coisas para todos os lados, mas não levara quase nada.

Mesmo assim, remexendo a bagunça, ela espumava de raiva. Se o encontrasse ali, ela o teria matado, teria matado seu erro.

"Bem, eu me casei com ele, né?"

"E deixou o filho da mãe, também."

"Quando eu estiver por baixo, como agora, não se esqueça de me dar o crédito por isso."

Chili ficou parado com a garrafa de vodca na mão. Parecia cansado. "Tudo bem se eu me deitar um pouco?"

"Faça como quiser."

Ele foi com a garrafa até o início da escada e começou a subir.

Shahid subiu com ele. "Não quer verificar se as portas estão bem trancadas? Pode acontecer alguma coisa."

"Claro", Chili concordou.

"Pelo menos, Brownlow caiu fora daqui para sempre", Shahid disse assim que o irmão saiu.

Aproximando-se da janela, abriu a cortina. Ouviu os ruídos da noite. Estava feliz por ficar sozinho com ela.

Deedee se deitou em cima da bagunça e tentou puxá-lo para perto dela. "Pelo menos, ainda tenho você. Toque em mim. Me abrace com força, e não largue."

"Agora não dá."

"Quê?"

"Deedee, não me puxe."

"Perdi completamente a segurança."

"Tudo está uma merda para mim, também!"

"Então me abrace. É pedir demais?"

"Me deixe em paz."

"Tudo bem."

Ela se afastou, a boca entreaberta, e passou a mão na testa, irritada. Depois de algum tempo, levantou-se bruscamente.

Ela disse: "Quero comer com você esta noite. Seria uma boa idéia, não acha? Ou você quer ir embora?".

"Quero ficar aqui."

Ela foi para a cozinha, acendeu as luzes, ligou o rádio e lentamente começou a tirar as compras das sacolas. Isso a acalmou, e ela começou a respirar melhor. Pegou uma lata grande de azeite e colocou um pouquinho num pires para Shahid; ele se sentou e molhou pedaços de pão no azeite. Eles quase não se falaram, a não ser pelas dicas culinárias que Deedee ia lhe dando. Ela preparou uma cavalinha grelhada com molho tikka e coentro fresco. Para acompanhar, batatas e salada de abacate com hortelã numa tigela imensa, transparente.

Ela pediu a Shahid que limpasse a mesa e a cobrisse com uma toalha limpa. Ele colocou também guardanapos de linho, acendeu as velas e desligou a luz do teto. Passou a manteiga para um pratinho, escolheu copos adequados e serviu o vinho. A cozinha estava aquecida e tinha um cheiro bom. No rádio, estava tocando uma canção de que eles gostavam.

Ela pegou mais pão no forno e o colocou sobre a mesa. Havia uma cordialidade entre eles. Fizeram um brinde.

"Boa sorte, tá?", ela disse.

"Para nós dois!"

Viram ao mesmo tempo uma forma na janela. Nenhum dos dois se moveu. Olharam para as sombras e pensaram que estavam chapados, que era um gato. Não podiam acreditar que aconteceria algo, naquele momento.

Shahid colocou os óculos e foi até a sala. Pensou em chamar Chili. Alguém mexeu na caixa de correio. "Sou eu. Strapper, o duro", uma voz gritou. "Visita oficial, cara."

Shahid arrependeu-se imediatamente de ter aberto a porta. Strapper invadiu a sala. Abriu os pés ao parar, como se não soubesse se eles agüentariam seu peso. Não tinha boa aparência. Arranhões no rosto, roupas rasgadas. Parecia ter rolado pelo chão.

Shahid não teve outra escolha senão acompanhá-lo.

"Pensei que estivesse com seu velho amigo Trevor", ele disse, incapaz de ocultar sua irritação.

Strapper voltou-se para ele, surpreso. "Como você descobriu isso? Mas tudo bem, ele foi mais legal comigo do que a maioria das pessoas. Chad é um tipo religioso, compreende os problemas e sente pena dos pobres. Vê tudo do mesmo ângulo. Você só quer virar branco e abandonar seu povo." Ele começou a gritar. "Você e seu irmão só querem foder com as vagabundas brancas! Por isso, ele não quer mais saber de você. Mas deu-lhe uma boa chance, não acha?"

"Cuide de sua própria vida."

"O que você fez, para ele querer matá-lo?"

"Ele quer fazer isso, é?"

"Você vai levar uma lição da qual nunca mais vai se esquecer."

"Não deveria ter deixado você entrar."

"E como conseguiria me impedir, babaca? Ei, não me toque, cara."

"Fora daqui."

"Acho melhor não pegar pesado", Strapper ameaçou, como se tivesse informações que pudessem protegê-lo. "O lance é o seguinte, neguinho: Chili me deve dinheiro. Onde ele se escondeu?" Strapper olhou para Deedee, que acabara de entrar. "Moça, cadê meu amigo?"

"Estávamos jantando."

Strapper esfregou o estômago. "Fazendo comidinha para o namorado estudante, é?" Ele olhou para Shahid e riu. "A comida da mamãe é sempre a melhor."

Ela disse, desanimada: "Vou preparar um sanduíche para você. Pode dar o fora e comer na rua, tá legal?".

Strapper andou pela sala, mas não se aproximou da porta. Apelou para a autopiedade. "Enfie o sanduíche no rabo. Como você acha que eu me sinto, sendo sempre rejeitado?"

Ela o encarou, impassível. "Terrível."

"Você gostou de mim de verdade, naquela noite, no Morlock. Mas você queria ficar chapada, dona professora. Por falar nisso, por que as pessoas chiques são tão sujas? Você anda ocupada demais, pensando na revolução operária, ou a faxineira faltou hoje?"

"Por que você não nos deixa em paz?"

Strapper levou a mão ao cabelo e começou a puxá-lo. Levou algum tempo, mas conseguiu arrancar um chumaço e o jogou no chão.

Ele disse: "Talvez eu volte, para morar aqui. Tem lugar de sobra. Um lugar classe média, legal, seria ótimo para mim, no momento".

"Quer um lugar como este? Arranje um emprego, então", Shahid disse. "Trabalhe com arqueologia. Assim poderá comprar..."

"Já avisei, seu bosta." Strapper o encarou, com ódio profundo. "Quero que você me arranje um emprego — agora mesmo."

Deedee disse: "Pegue seu cabelo e caia fora".

"Os irmãos queimaram o livro, não foi?"

Deedee e Shahid permaneceram em silêncio.

"Mas ela não gostou. Chamou a polícia. Vocês e os livros. Gozado como ficam mais abalados com um livro do que com o sofrimento do povo."

"Você está me fazendo sofrer, Strapper."

"Tudo bem, já vou sair. Mas respeito é bom e eu gosto. Sou um marginal, um objeto sexual. Mas continuo sendo uma pessoa, ou não?"

"Claro que sim." Deedee disse a Shahid: "Prepararei o sanduíche e tomarei um banho. Depois, comeremos".

"Tudo bem."

A sós com Shahid, Strapper continuou a andar de um lado para o outro, mexendo no que via pela frente. Abriu uma caixinha indiana, onde havia um pouco de maconha. Aquilo o animou um pouco. Shahid notara seu nervosismo. Strapper murmurou, quase sussurrando, como se suas palavras não significassem nada: "Vou cair fora, depois de dar uma bola".

Ele começou a enrolar o baseado. Shahid foi até a cozinha para informar Deedee. Quando voltou, Strapper estava abrindo a porta da rua, a boca entreaberta num esgar de selvagem contentamento.

"Tudo bem, tudo em cima!", ele gritou, em tom marcial.

Sadiq e Hat estavam parados bem na frente dele.

"Filho da mãe!", Shahid gritou para Strapper.

Atrás dos outros dois surgiu Chad, que estava bloqueando a passagem. Ele parece ter gostado do que viu.

"Peguei você, e ainda não é tarde demais", ele disse. "Encontramos o verme, como esperado. Escondido debaixo da saia da puta. Tão óbvio. Agora, irmãos, cuidem do espião, do infiel."

Sadiq tentou segurar o braço de Shahid. Este o puxou, mas Saqid enfiou as unhas em seu braço.

"Hat — agora", Chad gritou.

Shahid olhou para Hat, que parecia confuso. Ele havia recebido uma ordem e queria obedecer, até certo ponto. Agarrou a mão de Shahid e a segurou com força. Chad entrou. Atrás dele vieram os outros, Tariq e Tahira.

Chad agarrou Shahid e o empurrou contra a parede, socando seu estômago e batendo em sua cabeça. Depois virou-o e o ofereceu a Hat.

"Em frente!", Chad disse, tremendo de raiva. "Sua vez, agora!"

Hat sabia o que Chad queria que ele fizesse, mas sentia medo. Ele disse, engasgando: "Mas meu pai está me procurando".

"Seu pai?", Chad disse. "Mas o que ele tem a ver com isso?"

"Não posso ficar aqui."

"Bata nele!", Chad gritou. "Este idiota nos odeia, e odeia Deus! Bata em Satã!"

Sadiq, percebendo a indecisão de Hat, avançou um passo e deu uma bofetada em Shahid com as costas da mão. "Legal!", gritou, ao ver a boca de Shahid sangrar. Chad socou Shahid na altura do rim. "O espírito maligno foi castigado!"

Shahid cambaleou, e Chad o chutou. Deedee apareceu.

"Não façam isso!"

Chad, com seu braço enorme, barrou o caminho dela. "Ele nos pertence. Vamos levá-lo, sua puta. Se não tentar nos impedir, não faremos nada com você."

Shahid dobrou o corpo, gemendo de dor. Estava quase desmaiando. Sadiq começou a puxá-lo na direção da porta, dizendo:

"Vamos dar um jeito no espião. Ele nos enganou, escarrou em seu próprio povo. Mergulhou na podridão".

Deedee passou por Chad e agarrou o outro braço de Shahid. Ele foi puxado de um lado para o outro. "Larguem dele!"

"O mal deve voltar ao mal. Será que você não consegue entender?"

"Muito religioso, senhor Trevor", ela disse.

"Não me chame desse nome! Não é minha verdadeira identidade!"

Chad ergueu a mão para bater nela. Teria sido fácil acertá-la. Mas representaria um passo definitivo. Ela sabia disso: ela se encolheu mas não recuou. Ele também sabia disso.

Riaz, acompanhado de outro irmão, entrou apressado. Sua cabeça estava suja de neve, e ele carregava a pasta como se estivesse atrasado para uma reunião. Olhou em torno, atônito.

"Nós o pegamos", Chad disse desnecessariamente, apontando para Shahid, que respirava com dificuldade. "Ele está doente, doente, como você tinha nos dito."

"Agora piorou um pouco", Sadiq disse, enquanto Shahid vomitava.

"Capturamos os dois!" Chad estava claramente satisfeito por ter realizado a proeza para Riaz.

Os seguidores de Riaz aguardaram. Ele olhou para todos os presentes. Estava parado, rígido, petrificado. Nem piscava, temendo que um único movimento o denunciasse.

"E agora, irmão?", Chad perguntou, com urgência desesperada. "Qual atitude devemos tomar, neste momento?" Os dentes de Riaz, contudo, rangiam. "Qual é o próximo passo? Devemos levá-lo?"

"Ou dar um fim nele aqui mesmo?", Sadiq disse.

"Precisamos agir depressa, sem dúvida."

Mas Hat já apontava para o alto da escada, de boca aberta, como se tivesse visto o demônio.

"Irmãos!"

Eles olharam.

"É aquele louco!"

Chili havia apagado, no alto da escada, com a garrafa na mão. Mas a confusão o acordara. Não desceu, porém conseguiu se levantar, com as pernas ainda bambas.

Ele aceitou o epíteto de Hat. Passou a mão no cabelo, ajeitou o colarinho e executou alguns passes rápidos com a faca, como um astro de cinema preparando-se para a cena do duelo. "Oi, pessoal."

Ele desceu a escada lentamente, batendo no corrimão e sorrindo com escárnio. A adrenalina corria solta em suas veias, como uma droga.

Ele disse: "Robert de Niro está pronto!".

"Rá, rá, rá! Quero ver!", Chad se gabou, como um malandro de rua. Parecia saber — herança dos velhos tempos, possivelmente — como se comportar numa situação dessas. "Vamos lá."

"É mesmo?" Chili animou-se com a disposição de seus oponentes. "Tá legal."

Chad disse aos outros: "Todos prontos?".

Sadiq ergueu os punhos cerrados. Riaz assumiu a mesma posição, sem dizer nada, os olhos arregalados.

Naquele momento, porém, Strapper entrou na sala e começou a dançar como um louco na frente deles.

"Já pegou, já pegou! Que se foda tudo! Que se fodam todos!"

Deedee gritou: "O que você fez?".

"Vai ver uma coisa, sua puta! Tudo bem, Chad, não era isso o que você queria?"

"O que foi?", Riaz disse, finalmente.

Deedee correu para a sala, e os outros a seguiram. A parte inferior das cortinas estava em chamas. Strapper tinha posto fogo nelas.

Ela correu até as cortinas, agarrou-as e arrancou-as dos trilhos, apagando o fogo com os pés. Strapper gritava: "Fogo, fogo. Hora de queimar tudo, seus panacas!".

No hall, Sadiq continuava a segurar Shahid, enquanto os outros iam ver o que estava acontecendo. Mas Sadiq não se deu conta do quanto Chili se aproximara dele, nem das maldades de que Chili era capaz. Ele esbofeteou Sadiq com as costas da mão, antes de pegá-lo. Deu uma joelhada em suas bolas e o atirou na rua. Batendo a porta, limpou a mão na calça.

"Quem é o próximo?"

Na sala, onde Deedee apagava o incêndio, Chili puxou Riaz com um safanão. Passou o braço pelo pescoço dele e encostou a faca em sua garganta.

"Fora daqui", ordenou aos outros. "Deixem meu irmão em paz, ou rasgo a garganta deste cara."

Riaz contraiu o rosto, numa expressão de terrível sofrimento. Seus olhos tremiam, como se tudo estivesse escuro e uma dor enorme o incomodasse. De resto, com a cabeça virada para trás, ele se mantinha rígido, temendo que Chili o cortasse acidentalmente.

"Saiam, saiam", ele murmurou aos outros, quase sem mover os lábios.

"Largue dele", Chad gritou a Chili. "Ou você vai ver!"

Chili riu. Chad arriscou um passo à frente. Sem hesitar, Chili tocou Riaz com a faca. Uma listra fina, vermelha, surgiu. Riaz olhou para o dedo sujo de sangue e arregalou os olhos. Era insuportável para Chad, mas ele teve de recuar.

"E tire esta camisa agora mesmo!", Chili ordenou a Riaz. "Não sei como a conseguiu, cara, mas quero minha camisa de volta. Você nega que ela seja minha?"

Riaz olhou para Chad. "Como...?"

Chad resmungou, desanimado: "Ela pertence a ele".

"Muito bem, Chad", Hat murmurou.

Riaz foi forçado a desabotoar o paletó e entregá-lo a Hat. Depois, olhando para os outros, incrédulo, começou a desabotoar a camisa.

"Depressa!", Chili gritou.

Ele a tirou, finalmente, revelando um corpo magro e pálido. Não teve escolha, senão vestir o paletó sobre o torso despido.

"Fora!"

Chad relutou em se mover.

"Suma daqui, gorducho!", Chili ordenou. "Então eu solto este idiota!"

"Há centenas como nós, centenas e milhares!", Chad gritou, agitando os braços ao sair da sala.

"Pode mandar para cá!", Chili rugiu.

Depois que todos saíram, Chili arrastou Riaz até o jardim e o atirou na rua, jogando a pasta atrás dele.

VINTE E DOIS

Chili e Strapper queriam ir embora. Estavam esperando na porta, impacientes, dividindo a droga de Deedee. Strapper olhava para o chão, as paredes e o teto com inusitado interesse; não tinha coragem de encarar Shahid, que parecia disposto a espinafrá-lo mas foi contido por Chili, que balançou a cabeça, negativamente.

"Espere lá fora", Shahid disse.

Strapper saiu de bom grado. Shahid abraçou o irmão; Chili o apertou com força e o beijou.

"Muito obrigado, por ter livrado a minha cara."

"Impressionado? Viu minha entrada triunfal, do alto da escada? Pena que ninguém vai acreditar em mim. A gente devia ter gravado em vídeo."

"A faca foi uma boa."

"E não foi? Eu devia ter rasgado o nariz dele, ou escrito minhas iniciais na ponta — lugar não faltava —, para que nunca me esquecesse. Você está legal, agora?"

"Todo dolorido."

"E vai doer muito, ainda."

Shahid disse: "Está indo para algum lugar?".

Chili fez que sim.

"Com Strapper?"

"É."

"Depois de tudo que ele fez?"

Chili deu de ombros. "Só esta noite. Você promete falar com a mamãe, a meu respeito?"

"Sobre?"

"Para dizer que estou bem. Diga que melhorei. Você sabe o que fazer."

"Pode deixar."

"Me dê a sua mão, irmão."

Todos haviam saído. Shahid e Deedee ficaram a sós, finalmente. Não tinham vontade de comer. Trabalharam em silêncio, tirando os livros das caixas para guardá-los novamente na estante. Limparam, varreram e aspiraram a sala. Em duas horas, o local ficou mais ou menos em ordem. O esforço serviu como terapia. Com olhares e sorrisos encorajadores, eles fizeram as pazes.

Pouco antes de terminar, Shahid foi até a cozinha para pegar uma garrafa de água. Viu Hat na janela atrás da pia, batendo no vidro com uma moeda. Shahid ia chamar Deedee, mas ela já estava nervosa demais. Enquanto faziam a faxina, ela fechava os olhos e em seguida os abria, olhando apreensiva ao redor.

Shahid tirou uma faca grande da gaveta da cozinha. Subiu na bancada e abriu um pouco a janela. Hat pulava, tentando falar pela fresta.

"Queria que você me escutasse. Preciso dizer uma coisa."

"Por quê?"

"Por favor, Shahid."

Shahid fechou a porta da cozinha, para que Deedee não o ouvisse. Disse a Hat: "Por que deveria confiar em você?".

"Lamento muito. Estou tentando me desculpar pelo que aconteceu."

"Tudo bem", Shahid disse, fechando a janela.

"Espere, espere!", Hat gritou. "Se pelo menos você me escutasse! Não há mais ninguém aqui — estou sozinho!" Shahid não queria perder as esperanças em relação a Hat. Abriu a janela um pouco mais, apontando a faca para ele. Hat disse: "Uma vez que Alá é misericordioso e perdoa tudo, só demonstrarei amor e consideração pelos outros. Sinto vergonha do que nós fizemos".

"Por quê?"

"Por mais que você tenha errado, não cabe a mim condenar outra pessoa. Só Deus pode fazer isso. Errei ao me colocar no lugar Dele, como se eu nunca tivesse errado. Espero que você não se afaste de Deus."

"Para dizer a verdade, Hat..."

"Sim?"

"Estou cheio de ser comandado, seja por Riaz, por Chad ou por Deus em pessoa. Não posso aceitar limitações, tendo tanto o que aprender, ler e descobrir. E, quanto a você..."

"O que foi?"

"Seus estudos de contabilidade. Vai se arrepender, se não passar de ano." Shahid percebeu que Hat o escutava, atento, na escuridão. "Irmão, você com certeza acha que a vida é mais do que ler um único livro velho. O que os homens e mulheres fazem, as coisas que eles fazem, deve ser mais interessante do que qualquer coisa que Deus possa ter feito, não é?"

"Discordo", Hat disse. "Mas entendo o que você quer dizer. Já falei o que eu queria." Ele desceu do parapeito e sumiu entre os arbustos.

Shahid gritou: "Para onde você vai?".

"Para o paraíso."

"Esta noite?"

"Há outros assuntos a resolver."

"Que assuntos?"

Hat parou no meio do jardim e deu de ombros.

"Gostaria de lhe dar uma coisa", Shahid disse. "Pode esperar um minuto?"

Ele pegou a berinjela no bolso da jaqueta, explicou como a conseguira, embrulhou-a num pedaço de jornal e a jogou pela janela nas mãos de Hat.

"Posso ir ao restaurante? Para conversar?", Shahid perguntou. "Tudo bem?"

"Quando quiser. E, por favor, desculpe-me", Hat disse, já na rua. "Perdoe-nos a todos, e tenha piedade de nós!"

"Sim, sim!", Shahid gritou, olhando para fora até não ver mais o amigo.

Shahid e Deedee sentaram-se para comer macarrão. Tomaram duas garrafas de vinho e decidiram ir dormir. Shahid sentiu-se aliviado e triunfante; apesar de tudo, sobrevivera, e nunca em sua vida aprendera tanto. Deedee, contudo, parecia perturbada, não conseguia parar quieta. Disse que seu corpo, e não sua mente, sofria de histeria. Não conseguiria dormir. Depois de assistir televisão por algum tempo, ele sugeriu que caminhassem, para relaxar um pouco. Talvez lá fora conseguissem conversar melhor.

Era tarde. Enfrentaram o vento gelado abraçados, como um casal de velhos inválidos. Pretendiam ir até o parque e caminhar pelo bosque. Quando se aproximaram, ouviram sirenes. Ao longe, uma ambulância derrapou e passou um sinal vermelho. Depois vieram os carros de bombeiros e da polícia. Uma coluna de fumaça branca se ergueu no ar.

Caminharam até a ponta oposta do parque, procurando um desvio. Mas, à medida que as pessoas começaram a sair das casas e a se aglomerar pela rua, eles tiveram um mau pressentimento. Fecharam os casacos com mais força, apertaram os cachecóis e avançaram na direção do pesadelo.

Havia uma barreira policial. Três carros de bombeiros bloqueavam a passagem. Os bombeiros jogavam água na vitrine destruída de uma loja. Era a livraria que haviam visitado recentemente. Alguns funcionários tinham chegado e discutiam com a polícia, que se recusava a permitir que alguém se aproximasse. Shahid ouviu um policial dizer que o pessoal da polícia técnica já havia começado a examinar o local. Nada poderia ser mexido.

Deedee estava tremendo. Fechando os braços em torno do corpo, perguntou a um senhor idoso se ele sabia o que tinha acontecido. Ele disse que alguém lançara uma bomba incendiária. A livraria fora atacada por fanáticos, imaginava. Afinal de contas, ninguém roubara nada — o que alguém faria com um monte de livros? Haviam lançado a bomba para destruir a loja.

O sujeito disse: "Ouvi um grito pavoroso".

"Como assim?", Shahid perguntou. "Havia alguém dentro da livraria?"

O homem balançou a cabeça. "O vento estava forte. Eles jogaram a primeira bomba incendiária, que quebrou o vidro da frente. A segunda explodiu na cara do sujeito. Os outros tentaram apagar o fogo, mas o rapaz ficou com as mãos e o rosto muito queimados. O que se poderia fazer? Quando a polícia chegou, eles fugiram. O rapaz não vai sobreviver por muito tempo, acho, com aquelas queimaduras."

Deedee puxou o cachecol sobre a boca e o nariz, de modo que apenas seus olhos podiam ser vistos. Esperaram um pouco mais. Mas não havia mais nada para ver.

Estavam saindo de viagem.

Ele acordou mais cedo do que combinaram. Estava escuro, lá fora. Ele se convenceu a sair da cama quente e a vestir sua roupa. Era como se estivesse perdendo algo importante. Precisava fazer muitas coisas naquela manhã.

Na cozinha, preparou um bule de café e pensou em ficar sentado à mesa até que o dia clareasse. Mas, depois de alguns minutos, retornou ao quarto dela e acendeu a luminária, colocando a xícara sobre a escrivaninha. Se a incomodasse, ela poderia dispensá-lo. Entre trabalhos escolares, cartas e recortes de jornais, ele encontrou uma caneta-tinteiro em bom estado e começou a escrever com exaltada concentração. Precisava descobrir algum sentido em suas experiências recentes; queria compreendê-las. Como alguém conseguia viver confinado a um único sistema ou credo? Por que achavam que deveriam agir assim? Não existia uma personalidade imutável, sem dúvida as várias personalidades mudavam e se misturavam, diariamente. Deveria haver inúmeras maneiras de lidar com o mundo. Ele pretendia ampliar seus horizontes, no amor e no trabalho, guiado por sua curiosidade.

Ela acordou contente por vê-lo ali. Enquanto Deedee lavava o cabelo e se vestia, ele correu até o supermercado. Comeram arenques com cogumelos e tomate, no café da manhã.

Ele a ajudou a preparar as malas para o final de semana. Jogaram livros e fitas numa sacola e discutiram amigavelmente sobre os que deveriam levar. Quando finalmente saíram, ela usava um capote vermelho que ia até o tornozelo, com gola de veludo preto, e por baixo uma saia curta preta, com gorro de lã xadrez. Compraram três jornais na esquina, dois sérios e um tablóide sensacionalista, e pegaram um táxi até a casa dele. Aquele era um dia especial. Eles não queriam ficar esperando ônibus.

Subiram apreensivos, mas não viram nem sinal de Riaz ou dos outros. Shahid trocou de roupa e apanhou algumas coisas, como blocos, roupas e livros. Não se sentia seguro no quarto, precisava sair logo dali, mas não ia pensar nisso agora. Quando estavam indo embora, colocou a orelha na porta de Riaz, mas não ouviu nada.

Pegaram o metrô até a estação Victoria e compraram as passagens. O trem já estava na plataforma. Subiram e se sentaram junto à janela, um de frente para o outro. Logo estavam atravessando a ponte, passando pela central elétrica, de um lado, e o Battersea Park, do outro, com seu pagode dourado da paz. Abriram os jornais. Dois deles relatavam a queima do livro e o ataque à livraria, no qual Chad se ferira gravemente. Depois de saber isso, Shahid não sentiu vontade de ler mais nada. Ela também largou o jornal e os dois trocaram olhares.

Shahid não sabia o que aconteceria com eles. Por sua vontade, ficaria com ela. Aceitaria o que ela lhe oferecesse; em troca, daria o que pudesse. Nunca confiara em ninguém, antes.

Passariam o final de semana numa pousada barata à beira-mar. Caminhariam na praia úmida, ficariam deitados nas espreguiçadeiras do píer como dois aposentados, comeriam sanduíches de caranguejo, ostras e peixe. Fugiriam da chuva entrando nos pubs. Torrariam dinheiro nas diversões eletrônicas. Não perderiam nenhum museu de cera vitoriano. Passariam as tardes na cama, levantariam às cinco para tomar um drinque, e outro às cinco e meia. Conversariam até enjoar.

Na segunda-feira, pegariam o trem para visitar a mãe de Shahid. Ele poderia pegar o carro emprestado e levar Deedee para conhecer os lugares onde passara a infância. Explicaria que Chili enfrentava sérios problemas, e que ele não poderia assumir os negócios por algum tempo. Precisariam se virar sem ele, mas havia boas chances de que ele voltasse em breve. Na segunda à noite, Deedee e ele retornariam a Londres.

Era mais do que suficiente; na verdade, ele teria ficado satisfeito só com isso. Mas deu pulos de alegria quando ela anunciou que tinha entradas para o show do Prince na segunda. Depois, haveria uma festa fechada num galpão de King's Cross. Conseguira convites com um conhecido da gravadora.

Ela tirou uma garrafa de vinho da bolsa, abriu-a e apanhou duas taças. Serviu o vinho e passou a taça para Shahid. Os dois sorriram e brindaram. Ela bebeu tudo, e pegou mais. Ele fez o mesmo.

Ele olhou pela janela. O ar, lá fora, parecia mais limpo. Não demoraria muito e estariam caminhando pela praia. Ela queria algo especial no almoço. Ele não precisava pensar em nada. Trocaram olhares, como se dissessem: mas que nova aventura é esta?

"Até que deixe de ser bom", ela disse.

"Até lá", ele disse.